La DUCHESSE

« Avec mon lorgnon et ma plume, je pars dans ma chaise à porteurs – le 18ᵉ siècle est vraiment génial ! »

QUAND JE NE me balade pas dans le Londres du 18ᵉ siècle dans ma chaise à porteurs où que je ne suis pas en train d'échanger des ragots avec des nobles parfumés et bien mis dans les salons dorés de Versailles, j'écris des romances historiques georgiennes primées et des romans à suspense (avec une bonne dose de romance).

Mes livres se déroulent dans l'Angleterre georgienne des années 1700, avec quelques voyages éventuels sur le continent européen. Je m'arrête à la Révolution française durant laquelle je suis morte dans une vie antérieure, guillotinée pour mon mode de vie terriblement hédoniste en tant qu'aristocrate oisive !

lucindabrant@gmail.com | lucindabrant.com

pinterest.com/lucindabrant | twitter.com/lucindabrant

facebook.com/lucindabrantbooks | youtube.com/lucindabrantauthor

MARION GABILLARD

J'AI ADORÉ DÉCOUVRIR, en travaillant sur ces livres,
le monde de l'aristocratie du XVIIIe siècle, ses codes,
ses coutumes et ses personnages hauts en couleur.
J'espère que vous prendrez autant de plaisir que
moi à vous plonger dans cette histoire.

marion.gabillard@gmail.com

La DUCHESSE

SUITE DU NOBLE SATYRE

SAGA DE LA FONDATION DES ROXTON, LIVRE 2

Lucinda Brant

TRADUIT PAR MARION GABILLARD

Un livre des éditions Sprigleaf
Publié par Sprigleaf Pty Ltd

Sa Duchesse, suite de Le Noble satyre.

Traduction : Marion Gabillard.
Édition : Gaelle Ty R So.
Visuel et conception : Sprigleaf.
Référence de l'œuvre originale de la couverture : *Madame Mitoire et ses enfants* par Adélaïde Labille-Guiard ; madame Charles-Mitoire, née Christine-Geneviève Bron, pose avec ses enfants et donne le sein à l'un d'eux.
Le fleuron de la chaise à porteurs à été conçu par Sprigleaf.
Le visuel à trois feuilles de Sprigleaf est une marque déposée appartenant à Sprigleaf Pty Ltd. La silhouette d'un couple georgien est une marque déposée appartenant à Lucinda Brant.

Mis en page avec Adobe Garamond Pro.

Également disponible en livres numériques et autres langues.

ISBN 978-1-922985-59-0

10 9 8 7 6 5 4 3 2 1
Édition à couverture cartonnée et reliure rigide   (i) I

DRAMATIS PERSONAE

La famille Roxton et son personnel

- **Roxton**......*le duc de Roxton, dit monsieur le duc*
- **Antonia**......*la duchesse de Roxton, dite madame la duchesse ou la comtesse de Roucy*
- **Vallentine**......*Lucian, Lord Vallentine, meilleur ami de Roxton et époux de sa sœur*
- **Estée**......*Lady Vallentine, dite madame, épouse de Vallentine et sœur de Roxton*
- **Martin**......*Martin Ellicott, ancien valet de Roxton et parrain de Julian*
- **Julian**......*petit garçon de Roxton et Antonia, dit Juju*
- **Gabrielle**......*femme de chambre d'Antonia, sœur cadette d'Yvette, Rose et Giselle*
- **Céleste et Cécile**......*nourrices morvandelles qui s'occupent de Julian*
- **George Geraghty**......*valet de Roxton*
- **Jean-Luc Levron**......*fils biologique du père de Roxton, le marquis d'Alston, et de sa maîtresse, une marionnettiste*
- **Augusta Fitzstuart**......*la comtesse de Strathsay, grand-mère d'Antonia*

La famille Salvan et son personnel

- **Les vieilles tantes**......*les sœurs de Philippe, ancien comte de Salvan, tantes maternelles de Roxton et tantes paternelles de Salvan*
- **Tante Philippa**......*la marquise de Touraine-Brissac, dite madame Touraine-Brissac, mère d'Alphonse, duc de Touraine, et grand-mère d'Élisabeth-Louise et de Michelle Haudry*
- **Tante Victoire**......*la comtesse de Chavigny*
- **Tante Sophie-Adélaïde**......*une nonne, sœur jumelle de Victoire*
- **Madeleine-Julie Salvan Hesham**......*benjamine des sœurs Salvan, marquise d'Alston, mère de Roxton et Estée, morte en 1734*
- **Salvan**......*Jean-Honoré Gabriel Salvan, comte de Salvan, fils de Philippe, ancien comte de Salvan, cousin germain de Roxton et neveu des vieilles tantes*
- **Chevalier Montbelliard**......*dit cousin Hugh, héritier du comte de Salvan*
- **Michelle Haudry**......*dite madame Haudry, belle-fille d'un fermier général, fille d'Alphonse, duc de Touraine, et petite-fille de Philippa, marquise de Touraine-Brissac*
- **Alphonse**......*duc de Touraine, fils unique de madame Touraine-Brissac, cousin germain et proche ami de Roxton, père de Michelle Haudry et Élisabeth-Louise Salvan Gondi Touraine*
- **Élisabeth-Louise**......*sœur de Michelle Haudry, petite-fille de madame Touraine-Brissac*
- **Thérèse**......*la comtesse Duras-Valfons, ancienne maîtresse de Roxton, épouse du baron Thesiger, sœur du marquis de Chesnay et mère de Robert, un bébé*
- **Gustave**......*marquis de Chesnay, ami de Roxton, frère de Thérèse Duras-Valfons*
- **Richard « Ricky » Thesiger**......*le baron Thesiger, époux de Thérèse Duras-Valfons, dont elle est séparée*
- **Giselle**......*femme de chambre d'Élisabeth-Louise, sœur de Gabrielle*

Personnages historiques présents ou mentionnés

- **Louis**......*Louis xv (1710-1774), roi de France, dit « le Bien-Aimé », roi du 1ᵉʳ septembre 1715 jusqu'à sa mort*
- **Madame de Pompadour**......*Jeanne-Antoinette Poisson (1721-1764), marquise de Pompadour, maîtresse en titre du roi*
- **Comte d'Hozier**......*Louis-Pierre d'Hozier (1685-1767), généalogiste du roi, garde de l'Armorial général de France et juge d'armes de France*
- **Marquis of Dreux-Brézé**......*Joachim de Dreux-Brézé (1710-1781), grand maître des cérémonies de France*
- **Duc de Bouillon**......*Charles-Godefroy de La Tour d'Auvergne (1706-1771), grand chambellan de France*
- **Duc de Richelieu**......*Louis-François-Armand de Vignerot du Plessis de Richelieu (1696-1788), dit Armand, premier gentilhomme de la chambre*
- **Marie Leszczynska**......*reine de France et épouse du roi Louis xv (1703-1768)*
- **Comte de Maurepas**......*Jean-Frédéric Phélypeaux (1701-1781), secrétaire d'État à la Maison du roi, homme politique français*
- **Monsieur de Marville**......*Claude-Henry Feydeau de Marville (1705-1787), lieutenant général de police de Paris*

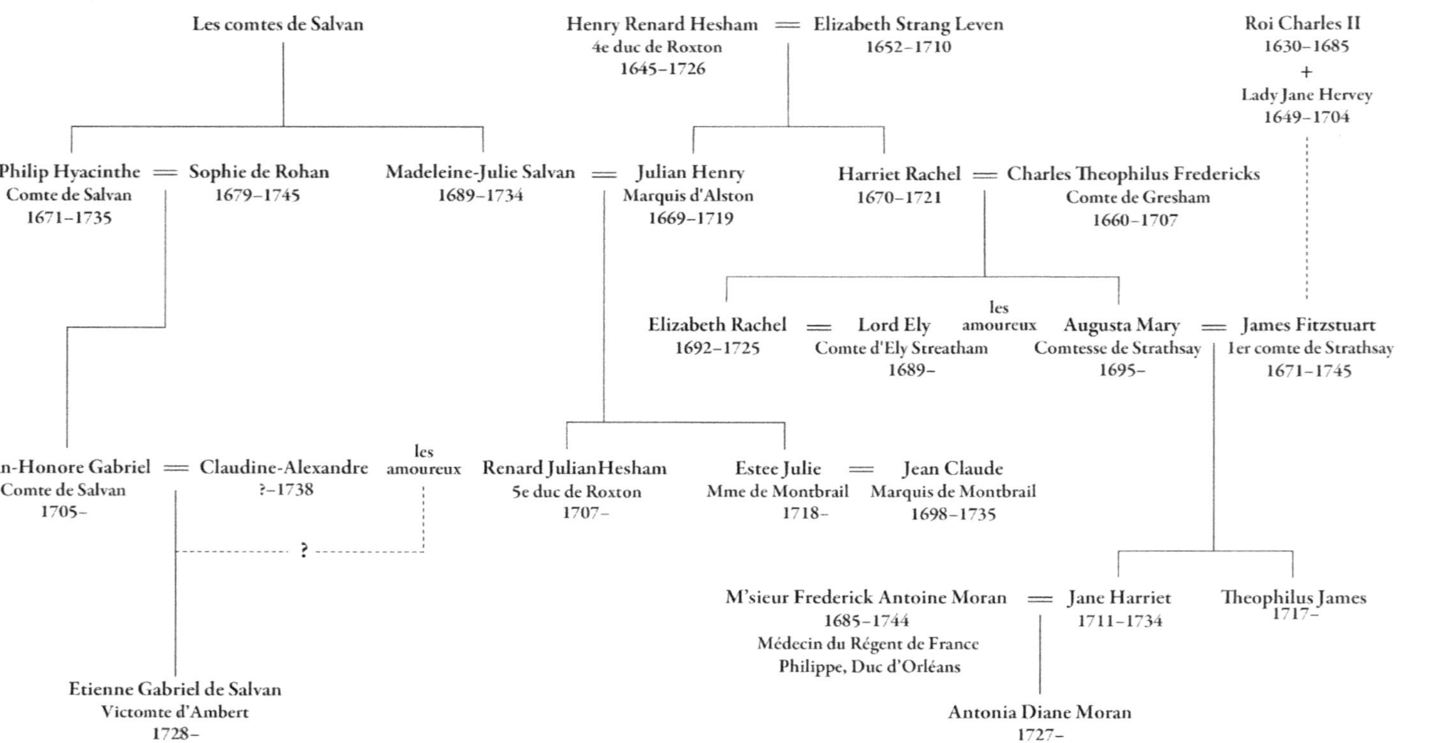

Les comtes de Salvan
Henry Renard Hesham = Elizabeth Strang Leven
4e duc de Roxton
1645–1726
1652–1710
Roi Charles II
1630–1685
+
Lady Jane Hervey
1649–1704
Philip Hyacinthe = Sophie de Rohan
Comte de Salvan
1671–1735
1679–1745
Madeleine-Julie Salvan = Julian Henry
Marquis d'Alston
1689–1734
1669–1719
Harriet Rachel = Charles Theophilus Fredericks
1670–1721
Comte de Gresham
1660–1707
Elizabeth Rachel = Lord Ely
1692–1725
Comte d'Ely Streatham
1689–
les amoureux
Augusta Mary = James Fitzstuart
Comtesse de Strathsay
1695–
1er comte de Strathsay
1671–1745
Jean-Honore Gabriel = Claudine-Alexandre
Comte de Salvan
1705–
?–1738
les amoureux
Renard JulianHesham
5e duc de Roxton
1707–
Estee Julie = Jean Claude
Mme de Montbrail
1718–
Marquis de Montbrail
1698–1735
?
M'sieur Frederick Antoine Moran = Jane Harriet
1685–1744
1711–1734
Médecin du Régent de France
Philippe, Duc d'Orléans
Theophilus James
1717–
Etienne Gabriel de Salvan
Victomte d'Ambert
1728–
Antonia Diane Moran
1727–

UN

VERSAILLES, FRANCE, FIN OCTOBRE 1746

— Nous revoilà à faire ce que nous faisons de mieux. Déguster votre bon brandy près du feu. On aurait presque l'impression d'être revenus au bon vieux temps, non ?

— Mon cher Vallentine, le bon vieux temps est toujours là. Peu de choses ont changé.

— Peu de choses ? répéta Lord Vallentine avec un sursaut, mordant à l'hameçon comme à chaque fois. Comment pouvez-vous dire cela ? Cela fait un an que vous avez fait entrer la gamine dans nos vies, et si quelqu'un avait prédit cette issue, je me serais interrogé sur leur santé mentale !

— Comme je m'interroge souvent sur la vôtre… ?

— Ha ! Ha ! J'enfonce peut-être des portes ouvertes, et vous pourrez me planter une plume dans l'œil si ça vous plaît pas, mais *ceci*, dit-il en tendant un doigt vers la droite du fauteuil de son meilleur ami, agitant la dentelle autour de son poignet, *ceci* n'était pas là l'année dernière, hein ?

Le duc de Roxton sembla ne pas comprendre.

— Nous n'étions pas dans cette maison il y a un an.

— Vous appelez ça une maison ? dit Vallentine en pouffant de rire. Dame ! C'est pas une maison, c'est un clapier !

— Je ne manquerai pas de transmettre vos… hum… *compliments* à madame la duchesse.

— Non ! Non ! Ne faites pas ça ! Je ne finirais pas d'en entendre parler. (Il regarda attentivement le duc.) C'est elle qui a choisi cette demeure, alors ?

— Parmi une demi-douzaine d'autres possibilités.

— Bien, dans ce cas, je réserve mon jugement jusqu'à demain matin. Je suis arrivé au beau milieu de la nuit, après tout. Il faut dire que j'ai seulement vu l'impressionnante porte cochère, le charmant vestibule et l'intérieur de cette-cette… de ce que les autres appelleraient sans problème une bibliothèque, mais qui n'est pas plus grande que le cabinet de vos appartements à l'hôtel. Je n'ai pas beaucoup d'éléments sur lesquels me baser, n'est-ce pas ?

— Je suis sûr qu'à la lumière du jour, vous serez du même avis que madame la duchesse et trouverez la maison charmante, jolie et… hum… *bien située* pour nos besoins.

— Charmante et jolie, vous dites ? Et-et… *bien située* ? Ah. Oui. Bien sûr ! (Vallentine croisa ses longues jambes bottées au niveau de ses chevilles et leva son gobelet de brandy.) J'apprécie votre mise en garde.

Le duc inclina la tête.

— Vous n'avez jamais précisé pourquoi vous avez décampé dans cette villa charmante et… hum… bien située, insista Vallentine. Ce n'est pas comme si vous ne pouviez pas venir à Versailles en voiture depuis votre hôtel quand vous le souhaitez. Et puisqu'une vingtaine de kilomètres seulement séparent les deux, votre carrosse tiré par ses six chevaux peut facilement parcourir cette distance en moitié moins de temps que nous autres.

— Très bonne question. Disons simplement que cette villa pittoresque est très utile. Elle est assez proche du château pour s'y rendre en chaise à porteurs, mais en est assez éloignée pour conserver notre intimité. Par ailleurs, nous pouvons non seulement rejoindre le parc royal par le portail du jardin clos, mais également par la cour des écuries. Nous sommes donc très bien placés pour nos… hum… besoins actuels.

Vallentine réfléchit à cela un instant, puis demanda :

— Votre installation ici aurait-elle un rapport avec la présentation de votre duchesse à la cour ?

— Oui.

— Et elle ne peut pas être présentée à la cour si elle vit chez vous à Paris ?

— Je pensais qu'Estée vous aurait expliqué les particularités de l'étiquette à la cour et... hum... d'une présentation à Leurs Majestés, afin que je n'aie pas à m'en charger.

— Elle m'a tout expliqué, mais je n'ai pas tout compris. Tout ce dont je me souviens, c'est qu'il y a une cérémonie publique avec beaucoup de courbettes et de pleurnichements et autres choses de ce genre, le tout devant un tas de flagorneurs de la cour. Une fois que cela sera fait, votre duchesse pourra officiellement tournoyer dans les appartements privés du palais avec les autres quelques privilégiés tels que vous-même.

— Quelque chose dans le genre, marmonna le duc.

— Mais je reste perplexe. Tout cela n'explique pas pourquoi il a fallu que vous entassiez votre foyer dans cette villa choisie par votre épouse. Vous avez toujours fait des allers-retours entre Versailles et votre demeure parisienne pour passer du temps en compagnie de Louis sans avoir besoin de vivre à un jet de pierre de sa chaise percée. Mais si vous avez fait tout cela pour la présentation à la cour de votre duchesse, alors j'imagine que c'est parce que c'était nécessaire.

— Il n'y a aucun mystère, et vous avez répondu à votre propre question.

— Vraiment ?

Quand le duc n'ajouta rien de plus, Vallentine haussa les épaules, soupira et but une gorgée de son brandy. Après une pause, il ajouta :

— Si c'est ce que veut votre duchesse et que tout cela ne vous dérange pas trop, alors ça me va.

— Maintenant que nous avons votre approbation, je suis sûr de dormir à poings fermés.

Vallentine lui adressa un grand sourire.

— Je parie que vous n'avez pas profité d'une bonne nuit de sommeil depuis des mois !

— Je vous assure, mon cher, que quand je dors, je dors comme j'ai toujours dormi – comme un loir.

Vallentine leva son menton carré et regarda par-dessus l'épaule droite du duc.

— Vous pouvez me dire la vérité, vous savez. Antonia n'a pas besoin de le savoir.

Le duc battit des paupières.

— Je vous ai dit la vérité. Et je n'ai aucun secret pour ma femme, aussi insignifiant soit-il.

— Comme vous voulez ! Mais si vous voulez mon avis, votre présence ici est entièrement liée à ce qui se trouve près de votre fauteuil.

Une fois encore, il pointa un doigt dans la direction de son ami.

Le duc tourna la tête par-dessus son épaule gauche et regarda la bibliothèque qui allait du sol au plafond, puis il reporta son attention sur son meilleur ami.

— Mes livres ?

— Non ! Non ! Dame ! Pas vos livres !

— Les… hum… aménagements intérieurs, peut-être ?

Vallentine, de frustration, fit un grand geste de la main.

— Cessez donc de me tourmenter, Roxton ! Vous savez très bien que je ne parle ni de vos possessions, ni de cette maison, mais du cher occupant de ce truc en osier… de ce *machin*.

— C'est un berceau, Lucian.

— Voilà ! Un berceau ! Je devrais le savoir, maintenant, ils sont partout dans l'hôtel. J'imagine qu'ici aussi, il y en a un dans chaque pièce.

— Puisque nous vivons maintenant dans un… hum… clapier, nous n'avons pas besoin d'en avoir autant. Mais vous avez raison, ajouta le duc à voix basse en baissant les yeux vers le berceau près de son fauteuil, où son minuscule occupant dormait blotti sous de soyeux draps en lin blanc et un couvre-lit rose nacré, matelassé et rembourré avec des plumes d'oie. Nous sommes venus ici pour qu'il puisse rester avec nous.

— Je le savais ! annonça Vallentine avec satisfaction. C'est ce qu'Estée affirmait. Non pas qu'elle comprenne pourquoi il a fallu que vous déménagiez. Elle dit que vous auriez pu choisir de confier votre héritier aux bons soins de ses domestiques pendant que vous et la duchesse êtes à la cour. C'est ce qui se fait habituellement.

— Nous l'avons envisagé. Mais vous devriez savoir, maintenant, qu'en ce qui concerne Antonia, rien n'est jamais habituel.

— C'est bien vrai, ça !

— Il était inenvisageable pour elle d'être séparée de notre fils pendant les longues heures où nous devons être à la cour, continua naturellement le duc, comme si Sa Seigneurie ne l'avait pas interrompu. Vivre ici lui permet de venir le voir dès qu'elle en ressent le besoin. Les enfants, et plus particulièrement les nourrissons, ne sont pas admis à la cour...

— Comment ? Aucun enfant sur un tel terrain de jeu ?

— Les nourrissons des membres de la cour, peu importe leur rang, sont confiés à des nourrices et sont rarement revus tant qu'ils sont encore enfants. Ils reviennent quand ils sont des adultes entièrement formés. C'est un genre de... hum... miracle.

— Assurément, les descendants royaux ne sont pas expédiés chez autrui ?

— Naturellement, une exception est faite pour eux. Mais ils sont élevés bien loin de l'œil du public. Je me rappelle avoir vu les princesses une fois seulement, au retour de la chasse avec Sa Majesté. Il a fait attendre tout notre équipage pour s'arrêter et parler à ses filles. Certaines apprenaient encore à marcher. Maintenant, elles sont éduquées – ou, comme vous l'avez si maladroitement dit, elles ont été expédiées – à l'abbaye de Fontevraud, à bonne distance de la cour et de ses intrigues. (Une ride profonde apparut entre les sourcils noirs du duc.) Si mes souvenirs sont bons, il s'agissait de la première et dernière fois que je voyais des enfants au palais.

— Ce n'est pas surprenant, si ? Ces couloirs dorés ne sont vraiment pas un endroit convenable pour des enfants, peu importe leur âge ! Il vaut mieux qu'ils ne traînent pas dans les pattes des courtisans, qui n'arrêteraient pas de trébucher sur les berceaux et autres trucs nécessaires à l'entretien de cette infanterie.

Le regard du duc retourna brièvement vers son fils endormi. Il poussa un soupir.

— J'admets que je ne me rendais pas vraiment compte de... hum... de l'attirail qu'il faudrait pour s'occuper d'un être aussi petit.

— Moi non plus, mais je commence à en avoir une idée plus claire. Estée ne doit pas accoucher avant plusieurs mois, mais je me prends déjà les pieds dans une vraie montagne de cet *attirail*, comme vous dites. Dame !

Roxton observa son meilleur ami avec un sourire désabusé.

— Tel oncle, tel neveu. Vous êtes arrivé avec assez de bagages pour remplir la maison.

— Je me disais que cela ne vous dérangerait pas que je reste quelques jours de plus après avoir fêté l'anniversaire de la gamine… Oh, très bien ! admit-il quand le duc afficha une légère surprise. Je suis venu passer quelques semaines ici. Estée me dira quand-quand je…

— Quand vous aurez la permission de rentrer ?

— Son médecin m'a dit que les nausées matinales étaient normales les premiers mois, répondit Vallentine, penaud.

— Vous ne pouvez vous en prendre qu'à vous-même, mon cher.

Vallentine s'empourpra.

— Dit comme ça, oui. Mais je ne voulais pas qu'elle souffre de ces nausées, qui me font souffrir par la même occasion !

— Non, bien sûr. Restez aussi longtemps que vous le souhaitez. Mais je ne peux pas vous promettre que la vie ici sera moins… hum… agitée.

— Vous êtes bien aimable. Je préfère sans hésiter l'agitation aux accès de colère ! déclara Vallentine, qui avait retrouvé toute son allégresse.

Mais pour masquer sa bévue, qui en révélait plus qu'il ne l'aurait voulu sur la mésentente conjugale dans son couple, il ajouta rapidement :

— En parlant de nourrissons qu'on ne voit que rarement, y a-t-il une raison particulière pour laquelle vous êtes en présence de votre héritier à cette heure tardive ?

— Mon cher Vallentine, c'est *lui* qui est en *ma* présence.

Son ami secoua la tête avec un grand sourire.

— Et je parie que vous ne le laisserez jamais l'oublier !

Roxton tira sur la large manchette relevée de sa robe de chambre en soie de style chinois. Ses yeux noirs brillaient.

— J'ai de très grandes attentes en ce qui concerne la sagacité de mon fils, je n'aurai jamais à le lui rappeler.

— Il lui sera impossible d'en douter, avec vous comme géniteur.

Vallentine se pencha vers l'avant pour jeter un coup d'œil dans le berceau en osier et baissa la voix comme s'il venait de se rappeler qu'il était en compagnie d'un bébé endormi.

— C'est difficile à dire, avec ce ravissant bonnet, mais j'imagine qu'il a toujours d'épais cheveux noirs ?

— En effet.

— Est-ce qu'il a grandi ?

— Depuis la dernière fois que vous l'avez vu, il y a deux semaines ? Bien sûr. Il grandit tous les jours. C'est ce que les nourrissons font de mieux.

— Grandir et pleurer ! ajouta Vallentine en se tortillant dans son fauteuil avec une grimace. Qu'est-ce qu'ils peuvent pleurer !

La bouche du duc tressaillit.

— Mon fils ne pleure pas, Lucian, il fait simplement part de ses exigences, et c'est son droit.

— Ha ! Et ce bataillon de nurses qui l'entoure habituellement accourt !

— Naturellement. À elles toutes, elles ont plusieurs décennies d'expérience avec les nourrissons. Sa mère et moi n'avons que trois mois d'expérience.

— C'est toujours trois mois de plus que moi, grommela Vallentine avec bonhomie.

— Bientôt, vous me rejoindrez pour faire face au lourd poids des responsabilités qui accompagnent la paternité ; je compte les jours !

— J'imagine, oui ! Dame ! Mais vous pouvez arrêter de compter, on me rebat déjà les oreilles tous les jours avec ce qu'on attend de moi, et je peux vous dire que je ne suis pas certain de pouvoir être à la hauteur de ces attentes.

— Je vous conseille de ne pas vous donner de peine. Vous ne le serez jamais.

— J'en prends bonne note, dit Vallentine avant de pouffer de rire et de lever les yeux au ciel. Ah, les sœurs ! Les épouses !

Le duc tourna son regard noir, toujours aussi insondable, vers son meilleur ami.

— Laissez-moi abréger vos souffrances, Lucian. Je sais bien qu'Estée vous a confié la mission de découvrir, puis de lui transmettre en toute hâte, les dispositions qui ont été prises dans la nursery de mon fils, afin qu'elle puisse écrire à Antonia pour lui prodiguer d'autres conseils intempestifs. Antonia ne tenait pas compte de... hum... de son ingérence à l'hôtel, il y a donc peu de chances pour qu'elle en tienne compte maintenant pour la simple et bonne raison que nous avons changé de lieu de résidence. Et avant que vous ne commenciez à ouvrir la bouche sans rien articuler d'intelligible – car vous ne voulez pas être déloyal envers moi, ni envers votre femme, ni envers Antonia –, laissez-moi dissiper vos craintes. Je ne vous tiens pas pour responsable du comportement de votre épouse. Je connais assez ma sœur, à présent. Reprendrez-vous du brandy ?

Vallentine tendit son gobelet avec un soupir de soulagement, mais il garda les yeux baissés sur le liquide ambré qui coulait de la carafe en cristal. Puis il attendit que le duc ait demandé d'apporter du café à un valet de pied en livrée qui était sorti de l'ombre à son signal pour admettre avec un sourire coupable :

— Pour tout vous dire, je suis soulagé que vous ayez deviné ce que je recherche, car Estée insistera tant que je ne lui aurai pas envoyé de mes nouvelles.

— Vivement la naissance de son propre enfant. Son énergie lui sera alors consacrée, ce qui sera plus appréciable. Bien que je me sente responsable…

Vallentine sursauta.

— Vraiment ?

Le duc étudia l'imposante émeraude carrée sur son annulaire, la tournant dans la lumière d'une bougie et répondant avec une hésitation inhabituelle de sa part :

— La paternité m'a poussé à réfléchir… et à *examiner* mon passé.

— Vous ne pouvez plus y faire grand-chose, à présent, l'interrompit Vallentine en pouffant dans son gobelet de brandy.

Le duc serra la mâchoire.

— Pas cette partie-là de mon passé, siffla-t-il. Mon passé *lointain*. Quand j'étais petit et que mes deux estimés parents étaient encore en vie.

Son regard divagua en direction de la cheminée. Il ne voyait pas les braises rougeoyantes, mais l'un des nombreux salons opulents de son hôtel particulier de la rue Saint-Honoré, tapissé de velours et de soieries dans des tons bleus, avec des meubles blancs et dorés et un tapis à fleurs de la Savonnerie. Ce salon avait été la pièce préférée de sa mère, et c'est dans celle-ci qu'il avait passé le plus de temps avec ses parents.

— Quand j'y réfléchis, dit-il d'un ton pensif, je reconnais maintenant que mon père était un parent exemplaire ; je n'aurais pas pu rêver mieux. Estée a été privée de ce père.

— Ce n'était pas votre faute.

— Sa mort prématurée n'était pas *littéralement* ma faute. Mais ce qu'il s'est passé ensuite… quand j'ai succédé à mon grand-père à la tête du duché… Estée n'était encore qu'une enfant, assez jeune pour avoir besoin des conseils d'un père. Je n'ai pas réussi à lui prodiguer ces conseils.

Sa Seigneurie se redressa en fronçant les sourcils.

— Ne soyez pas si dur envers vous-même, vous ne pouvez rien au destin. Vous aviez, quoi, onze, douze ans quand votre père a rendu son dernier souffle ? Et je me souviens bien de la mort de l'ancien duc, car ce n'est pas tous les jours que votre meilleur ami hérite d'un duché ! Nous avions passé une longue nuit dans la cave à nous servir dans sa considérable collection de vin et plusieurs de ses domestiques les plus austères nous ont réveillés pour nous annoncer la nouvelle. Dame ! Je n'ai jamais connu pire migraine ! Vous aviez dix-huit ou dix-neuf ans…

— Dix-neuf.

— *Dix-neuf ans.* Qui sait comment être parent à cet âge-là ? Et qui aurait envie de le savoir ?

— Je n'aurais pas dit mieux.

Vallentine secoua la tête et pouffa de rire.

— Et pour être honnête, à cet âge-là, vous n'étiez certainement pas apte à être une figure paternelle, que ce soit pour Estée ou qui que ce soit d'autre. Et qui pourrait vous le reprocher ? Vous aviez déjà bien trop de choses à gérer, avec cette couronne ducale qui reposait sur votre jeune tête et votre préoccupation à propos de vos nouvelles responsabilités. Je m'en souviens. Vous disiez que vous aviez envie de la balancer dans la Tamise, et que tous les flagorneurs et lèche-bottes pouvaient aller se faire voir !

Roxton croisa le regard bleu de son ami et laissa retomber sa main sur le berceau près de sa bergère. Il se mit à le balancer délicatement d'avant en arrière, car son fils avait commencé à s'agiter.

— Pensez à ce souvenir et au manque d'expérience de la jeunesse quand vous écrirez à Estée pour lui raconter votre séjour avec nous.

Le regard de Vallentine se posa furtivement sur le berceau en osier avant de revenir sur le duc. Il écarquilla les yeux en pensant soudain à quelque chose.

— Vous ne croyez pas… ? Ce n'est pas d-de votre duchesse que je parlais quand… Dame, Roxton ! Quand je parlais d'être trop jeune et de ne pas du tout savoir comment être parent, je parlais de *vous* à dix-neuf ans. Je n'étais pas en train de m'en prendre à Antonia…

— Et pourtant, comme c'est pertinent. Du moins, c'est ce qu'Estée dirait…

Le sourire de Vallentine disparut et il baissa son menton carré dans les plis de son jabot sans quitter son noble beau-frère du regard.

— Écoutez. Je sais qu'Estée ne laisse passer aucune occasion de donner son opinion sur la maternité et l'allaitement et les choses de ce genre. À vrai dire, je n'écoute qu'un mot sur vingt quand elle parle, car j'en connais si peu sur les nourrissons qu'elle pourrait tout aussi bien me parler égyptien. Et donc, j'ai beau vous embêter parce que vous vous êtes installés dans cette villa, je ne suis pas un crétin fini ! Vous êtes ici car vous voulez qu'Antonia puisse respirer loin de-de… de tous ces *conseils* bien intentionnés que mon épouse et les autres lui balancent.

— Les nausées matinales d'Estée sont arrivées au moment le plus opportun. La Providence est intervenue et a pris les choses en main pour moi.

— Vous marquez un point. Mais en tant qu'époux de votre sœur, j'aime à penser que je la connais assez bien pour ajouter en sa défense que son ingérence dans votre vie – ou plutôt, dans celle d'Antonia – est entièrement liée au grand amour qu'elle ressent pour vous deux et pour votre enfant. Elle agit ainsi parce qu'elle tient énormément à vous. Je vous accorde qu'elle est à fleur de peau, surprotectrice et profondément femme jusqu'au bout des ongles, mais il n'y a rien de malveillant chez elle.

— Je suis de votre avis. Je ne la pense pas malveillante. (Le duc soupira.) Mais la… hum… *préoccupation maternelle* d'Estée s'est manifestée sous la forme d'une intrusion indésirable, non seulement à propos de notre façon d'élever notre fils, mais dans tous les autres aspects de notre vie. J'ai conscience, contrairement à ma sœur, qu'Antonia est devenue mère alors qu'elle était encore une jeune mariée, ce qui lui a laissé très peu de temps pour se faire à l'idée d'être ma duchesse, et encore moins d'en profiter.

Vallentine était sur le point de faire un commentaire léger pour détendre l'atmosphère, quelque chose comme quoi le duc devait se sentir délaissé maintenant qu'il avait un héritier qui réclamait l'attention de tout le monde, à commencer par celle d'Antonia, mais il fut distrait par les reniflements du bébé qui se réveillait.

L'attention du duc fut également détournée. Il n'eut qu'à jeter un coup d'œil de l'autre côté de la cheminée pour que deux domestiques de la nursery, vêtues de l'habituelle robe noire complétée par un tablier blanc empesé et un bonnet de la même couleur, sortent de l'ombre et se positionnent au bord du cercle de lumière orangée. Quand le duc retira sa main du berceau, l'une des femmes s'avança d'un pas rapide pour prendre le petit lord dans ses bras avant que sa détresse ne se fasse plus bruyante et insistante.

— Où est madame la duchesse ? s'enquit Vallentine en observant les deux femmes s'agiter et s'extasier au-dessus du nourrisson qu'elles emmenèrent vers une méridienne de l'autre côté de la pièce. Habituellement, elle ne quitte jamais son fils des yeux.

— C'était vrai à l'hôtel, répondit le duc en se levant, sans pour autant s'éloigner de son fauteuil. Ici, nous essayons un nouveau… hum… *système*.

Sa Seigneurie suivit automatiquement l'exemple du duc. Ce n'était pas tant le fait qu'il s'était levé qui l'avait surpris, mais le fait qu'il ne lui avait pas répondu en anglais, mais en français, la langue qu'il utilisait toujours en présence de la duchesse.

— Quelle que soit la nature de ce nouveau système, continua Vallentine en soufflant, vous n'avez pas l'air convaincu qu'il fonctionne !

— Vous demandiez où se trouvait Antonia. Elle devrait être en train de dormir profondément dans notre lit. Malheureusement, ce n'est pas le cas.

Quand le duc se tourna vers le mur de livres perpendiculaire à la cheminée, Lord Vallentine en fit autant. L'une des bibliothèques fut poussée vers l'intérieur de la pièce. Il ne s'agissait en réalité pas d'une bibliothèque, mais d'une porte qui dissimulait un escalier. Cet escalier reliait la bibliothèque à la chambre principale à l'étage supérieur. Dans l'embrasure de la porte, un chandelier en argent ouvragé à la main, se trouvait la duchesse de Roxton.

DEUX

Antonia sortit de la petite alcôve de l'escalier dans un tourbillon de soie lilas clair et de dentelle blanche. Elle avait enfilé une robe de chambre en soie assortie à sa chemise de nuit sur celle-ci et portait une paire de mules en soie lilas par-dessus ses bas blancs. Un gros ruban en satin noué de façon désordonnée faisait de son mieux, sans succès néanmoins, pour empêcher ses boucles dorées épaisses et décoiffées de retomber sur ses épaules et jusque dans le creux de son dos.

— J'ai bien essayé de me rendormir, monseigneur, avoua-t-elle en posant la chandelle avant de s'avancer droit vers le duc et de prendre la main qu'il lui tendait, mais quand je me suis réveillée et que j'ai vu que vous n'étiez pas là, j'ai oublié que nous n'étions pas à l'hôtel. Puis j'ai remarqué l'absence du berceau de Julian et j'ai… mais tout cela n'a plus aucune importance à présent ! Vallentine, vous êtes là, dit-elle gaiement en adressant un sourire ensommeillé à son beau-frère. Je suis très contente de vous voir, même si c'est le milieu de la nuit. Mais pourquoi n'étiez-vous pas là hier, quand je… ?

— Roxton m'a invité pour votre anniversaire, l'interrompit précipitamment Vallentine.

Pour accompagner cette impolitesse inhabituelle, il lui adressa un regard intense et entendu, puis il lança un coup d'œil méfiant au duc avant d'ajouter, s'adressant à eux deux en essayant d'adopter un ton nonchalant :

— Pour quel genre de beau-frère me prendriez-vous si je n'avais pas accepté l'invitation de Roxton à me joindre aux festivités, hein ? Il faut bien que je vous aide à profiter de cette journée. Ce n'est pas tous les ans qu'on fête son dix-neuvième anniversaire.

Antonia lui rendit son regard intense avant de lever les yeux au ciel.

— Pour quelle autre raison seriez-vous venu ? En effet, ce n'est pas tous les ans. C'est *cette année* seulement. (Elle releva les yeux vers le duc avec un sourire effronté.) Monseigneur, je ne savais pas du tout que Vallentine savait compter, vous le saviez, vous ?

— Je suis aussi surpris que vous, mignonne, répondit le duc en souriant à sa femme.

— Hein ? Comment ? Bien sûr que je sais compter jusqu'à… Oh ! Ha, ha !

Distraite par les pleurnichements de son fils, Antonia s'excusa et disparut dans la pénombre. Vallentine considéra qu'il s'agissait d'un moment opportun pour aller se coucher, car les pleurs du bébé se faisaient de plus en plus insistants. Mais l'instant d'après, les pleurs cessèrent et la duchesse réapparut, tout sourire.

— Il est de nouveau au sec et il tète.

Elle se pencha vers le duc et ajouta sur un ton confidentiel, les sourcils froncés d'un air perplexe :

— Renard, Céleste le nourrit *encore*.

— Ce n'est ni surprenant, ni déraisonnable, lui dit le duc. Près de trois heures se sont écoulées depuis la dernière fois qu'il a réclamé qu'on le nourrisse.

— J'ai dormi *trois heures* ? s'enquit Antonia, stupéfaite. Mais, c'est impossible !

Le duc sourit en la rapprochant de lui.

— C'est tout à fait possible. Vous n'avez pas bien dormi du tout la nuit dernière, car votre fils ne voulait pas se calmer.

— C'est *mon* fils quand il est le plus difficile, se plaignit Antonia sans animosité. Et *votre* fils quand il dort comme un ange !

— Naturellement, répondit le duc en dégageant délicatement une boucle de sa joue empourprée. Ma vie, j'espérais que vous dormiriez jusqu'au matin.

— Mais comment aurais-je pu, alors que vous êtes ici et non au lit avec moi ? Ce système sur lequel nous nous sommes mis d'accord, il nécessite que nous nous y tenions tous les deux, sinon il ne fonctionnera pas, non ?

Le duc joua avec les doigts d'Antonia.

— J'avais bien l'intention de respecter ma part du marché, mais j'ai rencontré un… hum… problème.

— Un problème ? répéta Antonia en prenant une inspiration, ses yeux verts s'écarquillant et son regard se dirigeant directement vers la pénombre. Avec Julian ? Quel problème ?

— J'ai mal choisi mes mots, s'excusa le duc. Je m'apprêtais à retourner me coucher quand on m'a informé que Lucian était sur le pas de la porte avec une montagne de bagages. J'ai donc joué aux hôtes avenants.

Antonia lança un coup d'œil à Vallentine.

— Oui, je comprends que Vallentine soit un sacré problème qui vous empêche de venir vous coucher, mais…

— Hé ! riposta Vallentine avec une grimace.

— … si Julian est avec vous dans la bibliothèque, et non dans la nursery avec Céleste et Cécile, alors nous ne nous en sortons pas mieux ici qu'à l'hôtel, où son berceau était dans notre chambre, n'est-ce pas ?

— Dame ! Elle vous a eu, Roxton ! intervint Vallentine en pouffant de rire, restant ignoré par le couple.

— Je suis d'accord avec vous, mignonne, répondit doucement le duc, mais avez-vous oublié ce qu'on nous a conseillé cet après-midi, à propos du poêle à catelles dans la galerie de la nursery ?

— Je sais que je devrais m'en rappeler, mais j'ai oublié, déclara honnêtement Antonia en tirant sur les doigts du duc, avant de soupirer et d'ajouter d'une voix attristée : J'avais très bonne mémoire avant l'arrivée de Julian, et maintenant plus que jamais, j'aimerais vraiment qu'elle revienne, car il se passe trop de choses en une journée pour que je me souvienne de tout…

— Le poêle a besoin d'être réparé, continua le duc, sans relever sa sévérité envers elle-même. On m'a dit qu'il fallait compter au moins une journée pour qu'il produise assez de chaleur, surtout dans un espace aussi grand que la galerie. Voilà quel était le problème, la solution étant d'installer Julian ici, dans la bibliothèque, où il fait chaud.

Quand Antonia comprit, ses yeux verts s'écarquillèrent.

— Pour qu'il soit à l'étage juste en dessous du nôtre…

— … et seulement séparé de nous par un escalier secret. Oui.

— Il n'est pas vraiment secret, n'est-ce pas, lança malicieusement Vallentine, si nous sommes tous au courant de son existence.

Antonia le regarda en fronçant les sourcils d'un air interrogateur.

— Parfois, je ne vous comprends pas, Vallentine. Ce n'est pas parce qu'on l'appelle « escalier secret » qu'il l'est réellement.

— Là-dessus, vous avez raison, grommela Vallentine, abattu.

— Je suis désolée, ajouta-t-elle rapidement, la couleur envahissant ses joues, en posant une main sur la manche en velours de son beau-frère. Je ne fais pas exprès d'être aussi… aussi grincheuse. Je suis fatiguée. Demain, je serai de nouveau moi-même. Mais avant que je n'oublie, je dois aussi vous présenter des excuses parce qu'il est fort probable que demain, vous soyez réveillé tôt par le bruit que feront les petits. Ce n'est pas comme à l'hôtel, les pièces sont plus rapprochées et les murs sont plus fins. Il n'y a rien à faire, à part le tolérer, car même si c'est un grand honneur pour elles d'être les nourrices de l'héritier de monsieur le duc, je ne séparerais pas Céleste et Cécile de leurs propres bébés pour qu'elles puissent s'occuper de Julian.

— De combien d'enfants est-il question ? s'enquit Vallentine, alarmé.

Antonia haussa les épaules en levant une main au ciel.

— Je ne sais plus. Peu importe.

— Vous ne savez plus ? *Peu importe ?*

Vallentine était horrifié. Il jeta un coup d'œil au duc, car il s'attendait à ce qu'il fasse un commentaire. Il n'en fit rien. Vallentine reprit :

— Si ces femmes sont des nourrices expérimentées de métier, alors j'imagine qu'elles doivent avoir au moins une demi-douzaine de marmots à elles deux. Et puisque leurs mères seront occupées avec votre précieux nourrisson, il y a de fortes chances que les marmots s'échappent de la nursery et courent dans tous les sens dans toute la maison.

— Pourquoi vous préoccupez-vous de telles futilités ? se plaignit Antonia. La seule chose qui importe, c'est le fils de monsieur le duc, et que Julian puisse être allaité par des nourrices du Morvan qui sont satisfaites, heureuses, et qui n'ont pas de quoi s'inquiéter. C'est seulement de cette façon qu'elles peuvent produire du lait qui est également plein de bonheur et de satisfaction, qui rendra Julian heureux et satisfait à son tour. C'est ce qu'on m'a dit, et ce que je crois. Et ces femmes seront loin d'être heureuses si elles n'ont pas leurs propres enfants avec elles. C'est logique et raisonnable. Tout aussi logique et raisonnable que le fait que les petits enfants font du bruit. C'est fini, la tranquillité. Mais nous n'y pouvons rien. Tout ce qui importe, c'est Julian. (Elle embrassa le dos de la main du duc et la lâcha.) Veuillez m'excuser, tous les deux. Je dois aller voir mon fils une dernière fois avant de retourner me coucher.

— Je vous avais prévenu qu'il y aurait de l'agitation, fit remarquer le duc à Sa Seigneurie sans lui présenter d'excuses, pas du tout soucieux, son regard restant rivé sur Antonia quand elle traversa la pièce.

— Pas étonnant que vous ayez choisi une maison avec un jardin qui donne sur le parc, commenta Vallentine dans un murmure feint. Vous pouvez demander au jardinier de laisser le portail grand ouvert, et avec un peu de chance, les marmots morvandeaux s'échapperont et nous ne les reverrons plus jamais.

— Lucian, c'est nous qui allons nous échapper par ce portail. La chasse du roi passe par là, et demain matin j'y participerai. N'hésitez pas à vous joindre à moi… enfin, si vous n'avez pas d'autres… hum… obligations plus pressantes ?

En disant cette dernière phrase, le duc détacha son regard d'Antonia pour se tourner vers son beau-frère en haussant un sourcil dans l'attente d'aveux complets. Ceux-ci arrivèrent en quelques secondes seulement.

Sous le regard inflexible du duc, Vallentine eut soudain chaud sous son jabot. Il déglutit et s'approcha subrepticement de lui. Ils reportèrent tous les deux leur regard sur la duchesse, qui était en pleine conversation avec la nourrice tandis que les domestiques de son fils formaient un demi-cercle rapproché derrière la méridienne.

— Vous êtes au courant, hein ? siffla Vallentine juste à côté du duc.

— De quoi suis-je au courant ? demanda Roxton dans un murmure similaire.

— Que je suis pathétique en matière de subterfuges ! Voilà quoi ! Dame !

— En effet. Mais j'ai du mal à comprendre pourquoi vous me dites quelque chose que je sais déjà depuis des années.

— C'est pour cette même raison que je suis incapable de bien jouer aux cartes.

— Vous êtes un joueur de cartes lamentable. C'est vrai.

— Et vous et Estée lisez en moi comme dans un livre ouvert !

— Une fois de plus, cet aveu n'a rien de nouveau.

— Écoutez. Je sais que vous savez que je ne suis pas venu ici uniquement pour fêter l'anniversaire de la gamine. Il faudrait que j'aie du gruau à la place de la cervelle pour ne pas encore avoir compris qu'en ce qui concerne votre famille, rien n'a trop peu d'importance pour mériter votre attention. Mais la vérité, c'est que je ne vous ai rien dit, car elle m'a fait promettre que je garderais ça pour moi. Je ne peux pas manquer à ma promesse.

— Alors ne le faites pas.

— Comment ?

— Ne manquez pas à votre promesse.

— M-mais… il faut que je vous le dise ! Il faut que vous sachiez ce que je… ce qu'elle… ce que nous…

— Tout ce que j'ai besoin de savoir ce soir, c'est que s'il y avait un éventuel danger…

— *Un danger ?* répéta Vallentine, incrédule.

— … vous la protégeriez.

— Qu'un vaurien essaye de l'approcher à moins de trois mètres !

— C'est bien ce que je pensais. Et je fais entièrement confiance à votre… hum… jeu d'épée.

— Je donnerais ma vie pour la protéger. Sur mon honneur.

Le duc tourna la tête pour regarder son meilleur ami.

— Je le sais, répondit-il d'une voix étranglée par une pointe d'émotion. S'il devait lui arriver le moindre malheur, je-je…

— Ne vous inquiétez pas. Il faudrait être un interné de Bedlam pour affronter le meilleur épéiste de toute la France et de toute l'Angleterre. C'est moi, au fait.

Le cou du duc se détendit et ses yeux noirs pétillèrent.

— Merci de me le rappeler, Lucian.

— Mais entre vous et moi, ce n'est pas le danger qui m'inquiète. Je ne pense pas qu'il y ait le moindre danger, pour être parfaitement honnête. Ce qui m'inquiète, c'est de vous cacher quelque chose. Je n'ai jamais été doué pour vous cacher quoi que ce soit, et je ne veux pas commencer maintenant, car…

— Non, l'interrompit le duc. Vous lui avez donné votre parole. Tenez-la. Maintenant, si vous voulez bien m'excuser, la journée a été très longue.

Antonia l'attendait à l'entrée de l'escalier secret. Mais avant de la rejoindre et dans une rare démonstration publique d'émotions, le duc agrippa brièvement la manche en velours de Lord Vallentine, qu'il tapota ensuite.

— Vous êtes un homme bien, Lucian. Et je suis très doué pour cerner les gens, ajouta-t-il avec un sourire en coin. Bonne nuit, mon cher.

— Hé ! Et votre café, alors ? l'interpella Vallentine quand un valet de pied entra avec un plateau chargé du nécessaire pour le café.

— Dégustez-le, vous, répondit le duc sans se retourner.

Roxton prit la main que la duchesse lui tendait et la suivit dans l'escalier secret, refermant la bibliothèque qui servait de porte.

◆◆◆

Enfin seuls, tout semblant de décorum ducal s'évapora. Il l'attira vers lui et en gloussant, elle passa les bras autour de son cou et s'appuya contre lui. Ils savourèrent un tendre baiser dans l'espace confiné de l'escalier sombre, puis il la souleva sans effort et la porta en haut des quelques marches qui menaient dans leurs appartements opulents de l'étage supérieur. Ils y retrouvèrent chaleur, lumière et tout confort envisageable. Deux valets de pied en livrée, qui s'attardaient, somnolents, tout au bout de l'enfilade, s'éclipsèrent instantanément, disparaissant derrière une porte lambrissée qui donnait sur un couloir réservé aux domestiques. Quand le couple ducal atteignit la chambre à coucher spacieuse et le grand lit à baldaquin aux tentures en soie peinte, leurs vêtements étaient éparpillés sur le parquet et les épais tapis des trois pièces communicantes.

TROIS

L E LENDEMAIN, aux premières lueurs du jour, le carillon discret d'une horloge réveilla le duc d'un profond sommeil. Son valet entra dans la chambre en entendant l'horloge sonner. Ellicott se déplaça à pas feutrés, ouvrant et attachant les lourds rideaux damassés d'une rangée de longues fenêtres qui offraient une vue sur le parc royal. Le paysage automnal ondoyant était enveloppé d'une brume basse, le ciel du petit matin hésitant encore entre nuit et jour, le soleil ne formant qu'une fine ligne lumineuse à l'horizon. Tout semblait bien parti pour la chasse du roi.

Les pièces voisines étaient emplies de l'agitation d'un début de longue journée. On remplit d'eau chaude l'une des deux baignoires en cuivre au fond recouvert de lin placée devant la cheminée. On disposa dans le cabinet d'habillage un ensemble d'équitation composé d'une redingote en velours noire, d'un gilet, d'un haut-de-chausses d'équitation en laine, de bottes de jockey et d'une cravate noire. Par ailleurs, on posa un lourd plateau en argent contenant un petit déjeuner léger sur la coiffeuse en noyer, à côté des bols de rasage et des rasoirs. La chocolatière en argent, avec sa poignée droite en ivoire et son couvercle ouvragé à charnières, était posée sur un support contenant de l'huile chauffée qui permettait de maintenir la boisson à une température optimale. Enfin, des petits pains moelleux et chauds se trouvaient dans un plat en porcelaine de Sèvres surmonté d'une cloche en argent portant les armoiries des ducs de Roxton.

Chaque tâche et action était accomplie avec une précision discrète par les domestiques qui remplissaient leur devoir dans leurs chaussures en cuir de chevreau souple faites sur mesure, qui ne faisaient qu'un bruit étouffé sur le parquet et pas de bruit du tout sur les tapis. Un *R* ducal caractéristique était brodé en fils argentés sur leur livrée, sur la partie droite de leur poitrine, les distinguant du reste du personnel et leur donnant l'autorisation d'aller et venir comme bon leur semblait dans les appartements privés de leur maître. Suite la plus fiable du duc, ces hommes avaient reçu une formation poussée, étaient largement indemnisés pour leur discrétion, tenaient beaucoup à leur statut supérieur et faisaient preuve d'une loyauté infaillible. Pour gagner la confiance du duc et obtenir le droit de porter cette livrée caractéristique, ils avaient pour la plupart fait partie du personnel du duc, à des postes moins importants, pendant au moins cinq ans. Quand ils avaient été élevés au rang de domestique personnel dans les appartements ducaux, ils avaient dû se familiariser rapidement avec les habitudes de leur maître, apprendre à anticiper ses envies et besoins, mais également à rester le plus invisible possible.

Il était rare que le duc s'adresse directement à l'un de ces domestiques – il n'avait nul besoin de le faire. Tout échange se faisait par l'intermédiaire de son valet. Que ce soit dans ses appartements privés à Paris ou à Londres, ou dans son vaste domaine rural de Treat dans le Hampshire, le quotidien restait le même depuis que le duc avait hérité du titre à l'âge de dix-neuf ans. Mais quelque dix mois plus tôt et alors qu'il était dans la fleur de l'âge, le duc s'était marié. Peu de temps après – certains avaient l'impression que c'était arrivé en un clin d'œil –, le couple avait accueilli son fils héritier.

Rien dans le foyer ducal n'avait plus jamais été pareil.

Avant son mariage, le duc commençait souvent ses journées las d'ennui. Il ne se réveillait certainement pas en se réjouissant de ce que chaque nouvelle journée pourrait lui apporter. Il considérait alors qu'un enthousiasme aussi vif pour l'inconnu n'était réservé qu'aux crétins optimistes et aux enfants très jeunes. Lui, routinier, était un disciple taciturne de l'ordre et de l'obéissance. Le monde tournait autour de lui, se conformait à ses attentes, et son existence même était à l'origine d'un modèle et d'un rythme spécifiques. Tout ce qui n'était pas à la hauteur se résumait à un chaos indigne de ce qui était attendu d'un duc, et pas n'importe quel duc, mais le duc de Roxton, petit-fils d'un duc anglais et d'un comte français, sa lignée aristocratique remontant, ininterrompue, sur plusieurs siècles.

Et pourtant, depuis qu'il était devenu un mari et un père, son monde avait été chamboulé. Le modèle de ses journées était continuellement bouleversé, son rythme était, au mieux, frénétique. Au réveil, il ne savait jamais ce que la journée allait lui apporter. Ses seules constantes étaient son personnel, qui fonctionnait de façon toujours aussi bien huilée que les mécanismes complexes de ses nombreuses belles horloges, et l'amour inconditionnel et le dévouement de la femme qui n'avait pas seulement capturé son cœur, mais qui avait mis sa vie sens dessus dessous.

Pour un homme inférieur, pour un esprit plus rigide, un bouleversement aussi monumental aurait été intolérable. Mais son mariage avait sauvé le cinquième duc de Roxton, l'avait sauvé de l'ennui et d'une solitude insoutenable. Il n'avait jamais été aussi heureux de sa vie. Et c'était entièrement grâce au joyeux et beau tourbillon d'amour et de lumière qui partageait à présent sa vie et qui, il avait toujours du mal à y croire, était maintenant sa duchesse.

Tous les jours depuis son mariage, qu'il se réveille tôt ou tard, il la cherchait dès qu'il ouvrait les yeux. La plupart du temps, elle dormait près de lui, ses cheveux dorés couleur miel rassemblés en une tresse ébouriffée ou formant un nuage emmêlé autour de sa jolie silhouette. Ces fois-là, il se blottissait contre sa beauté parfumée et retombait dans un sommeil béat. Mais si elle n'était pas à côté de lui, mais dans son bain, en train d'être habillée ou, plus récemment, de s'occuper de leur enfant, il ne se rendormait pas, mais restait allongé dans l'obscurité ou dans la lumière du début de matinée et récitait une prière silencieuse pour remercier le Seigneur de sa bonne fortune. Et pendant les premiers mois de leur mariage, il avait continué à se demander ce qu'il avait bien pu faire pour mériter Antonia et la vie qu'il menait maintenant avec elle, et à présent avec le fils héritier qu'elle lui avait donné.

Puis, assez récemment – le matin après la naissance de son fils –, la réponse l'avait frappé avec tant de force qu'il avait eu l'impression qu'un éclair avait déchiré un ciel dégagé. Il avait eu une révélation, il ne pouvait pas le décrire autrement. Il ne s'interrogeait plus sur ce qu'il avait fait pour mériter la vie qu'il menait à présent, mais il savait ce qu'il devait faire pour s'assurer de sa pérennité. Il devait vivre une vie digne de sa femme et de la famille qu'ils fonderaient ensemble. Sa vie serait guidée par cette raison d'être, poserait les bases pour les futures générations et serait dédiée au soin de ceux qui étaient importants pour eux.

En tant que duc le plus important d'Angleterre et aristocrate le plus fortuné des deux côtés de la Manche, il avait le pouvoir, les moyens et les ressources disponibles pour poursuivre cette raison d'être. Il avait compris que cela entraînerait d'autres changements dans sa vie, changements qu'il avait entrepris immédiatement et sans une once d'hésitation.

Installer sa famille dans cette villa proche du palais de Louis n'était qu'un début, qu'une petite partie d'un plan d'une plus grande envergure. Le premier changement majeur nécessitait la coopération de son valet. Et il n'y avait pas de meilleur moment que le présent pour mettre ses intentions en œuvre.

Ainsi, quand Ellicott plaça une robe de chambre en soie au bout du lit et se tourna pour repartir, ne quittant jamais le tapis du regard, le duc n'eut à prononcer qu'un mot à voix basse pour le figer sur place, comme prévu. Ils avaient rarement, voire jamais, échangé un mot dans la chambre à coucher.

— Attendez, siffla le duc en se glissant hors du lit, faisant bien attention à ne pas tirer sur les draps pour ne pas réveiller sa duchesse.

Il enfila la robe de chambre sur sa nudité, dégagea ses cheveux de ses yeux et s'approcha de son valet, qui gardait le dos tourné au lit et restait aussi immobile qu'une statue.

— Suivez-moi, chuchota le duc en passant devant, s'avançant pieds nus dans l'enfilade jusqu'à atteindre sa garde-robe.

❧

LE DUC AGITA une main d'un geste alangui vers deux domestiques surpris qui ne s'attendaient pas à voir leur maître avant son bain ; ils déguerpirent de la garde-robe, laissant le duc seul avec son valet.

Roxton s'approcha de la coiffeuse, ouvrit le couvercle de la chocolatière et y plongea un moussoir en bois. Il entreprit ensuite de frotter le manche du moussoir entre les paumes de ses mains afin de remuer le chocolat chaud et lui donner une texture onctueuse et mousseuse. Tout en préparant soigneusement sa boisson matinale, il donna ses instructions à Martin Ellicott, qui resta parfaitement impassible.

— Vous devez retourner à Paris immédiatement. Et revenir demain, avant midi. Prenez le carrosse. Pendant que vous serez à l'hôtel, prenez cinq minutes entre deux tâches, peu importe comment vous... hum... gérez ces choses, pour rendre visite à Lady Estée. Présentez-lui mes hommages et dites-lui que nous pensons tous à elle en cette période difficile, son époux en particulier. Elle l'accusera de tout un tas de crimes infondés et voudra nous faire subir les dix plaies d'Égypte pour l'avoir abandonnée. Je serai surpris si elle ne vous dresse pas une longue liste de tous les terribles maux que nous lui avons causés avec notre apparente... hum... cruauté en l'abandonnant à l'hôtel. Naturellement, vous tolérerez son indignation et son sermon avec votre sagacité et votre tact habituels.

— Oui, Votre Grâce, répondit Ellicott en anglais, car son maître lui avait parlé dans la langue de l'ancien duc, la seule langue que ce vieil aristocrate avait autorisé son héritier à parler sous son toit.

Le choix de l'anglais mit le valet encore plus aux aguets. Le duc ne lui parlait anglais que quand il avait quelque chose d'une importance vitale à lui dire et qu'il voulait que personne d'autre ne soit au courant.

Roxton tapota délicatement le moussoir sur le bord de la chocolatière et le posa sur une soucoupe, lançant un rapide coup d'œil à son valet avant de reprendre ce qu'il faisait. Il versa soigneusement le chocolat dans une tasse en porcelaine à motifs.

— Je suis certain que ma sœur conclura sa comédie en agitant une pile de correspondance sous votre nez, continua le duc en prenant une gorgée de la boisson douce-amère. Des lettres pour Lord Vallentine, pour moi, et plusieurs pour Sa Grâce. Apportez-les-moi toutes. La duchesse peut se passer des sermons malavisés de ma sœur à propos du maternage de ses héritiers ducaux et de la meilleure façon de donner à manger et à boire à ses nobles enfants. Surtout venant d'une femme qui n'a même pas encore d'enfant à elle ! Grands dieux !

Il poussa un soupir frustré et posa sa tasse sur sa soucoupe. Ce faisant, ses longs cheveux noirs retombèrent sur son front, cachant momentanément son visage, et il dit en serrant les dents, la frustration ayant raison de lui :

— Je n'ai pas arraché ma famille à la résidence ancestrale pour les installer dans ce… hum… *clapier* sur un coup de tête.

Une longue pause s'ensuivit et Ellicott supposa qu'elle l'invitait à faire un commentaire. Il se dit que le duc avait différé sa préparation pour la chasse du roi et l'avait emmené ici dans le but précis de lui demander conseil, ou au moins d'avoir une oreille critique à qui confier ses inquiétudes à propos de la duchesse et de leur bébé. Depuis le mariage du duc, Ellicott n'était plus surpris par rien en ce qui concernait son noble employeur. Il donna donc son avis, qui venait du cœur, et sa franchise le surprit lui-même :

— Une sage décision, Votre Grâce. Je suis certain qu'elle sera très bénéfique pour Sa Grâce et le petit lord. Sa Grâce est jeune, et comme il s'agit de son premier, elle doit parfois être submergée par la maternité. Par ailleurs, l'appétit, aux dires de tous, excessivement vorace du petit pour le sein ne doit pas l'aider. Un excellent signe de bonne santé et de bien-être, voilà qui est sûr, mais c'est quelque chose qui, j'ose l'affirmer, s'est rajouté à la charge de la duchesse. Embaucher les nourrices du Morvan et les laisser intégrer la nursery avec leurs propres familles était un éclair de génie. Elles ne vont pas seulement satisfaire les besoins nutritionnels de plus en plus grands du petit lord, mais également offrir une certaine tranquillité d'esprit à Sa Grâce. Et, si j'ose l'ajouter, vous accorder à tous les deux un répit bienvenu face aux besoins constants que seul un enfant peut avoir.

Il était rare que le duc reste pantois, mais ce fut le cas cette fois-ci. Il dégagea ses cheveux de ses yeux et regarda son valet anormalement loquace en fronçant ses sourcils foncés, comme s'il se demandait ce qui lui avait pris. Voulant dissimuler sa stupéfaction muette, il but une autre gorgée de chocolat chaud. Quand sa main se mit soudain à trembler légèrement, il dut reposer sa tasse.

Ellicott remarqua son tremblement, son froncement de sourcils et son air stupéfait, et interpréta ces signes comme ceux d'une colère retentissante, car il avait donné son avis sur un sujet hautement intime, sur lequel il n'avait absolument aucun commentaire à faire. Même Lord Vallentine ne devait pas s'exprimer aussi librement auprès du duc.

Toute couleur disparut de son visage. Il chancela. Ses oreilles se mirent à bourdonner. Qu'est-ce qui lui avait pris ?

Mais il savait qui était responsable de cet emportement et pourquoi, et elle dormait trois pièces plus loin.

Lui et le duc se connaissaient depuis l'enfance et Ellicott était son valet depuis presque deux décennies. Et pourtant, il ne lui avait jamais parlé aussi ouvertement auparavant. Il avait baissé sa garde au point de franchir la frontière invisible qui les séparait du fait de leurs positions sociales opposées, et ce uniquement à cause d'un attachement profond. Non. « Attachement » n'était pas le bon mot. Il aimait le duc, et il était également tombé amoureux de sa duchesse. Il les voyait comme des membres de sa famille. Mais ce qu'il venait de faire en sa qualité de valet manquait de professionnalisme ; c'était inadmissible et impardonnable. Il devait immédiatement présenter sa démission. Mais d'abord, il devait présenter ses excuses. Il devait…

Quand le duc prit la parole, Ellicott eut besoin d'un instant pour reprendre ses esprits. Et quand il comprit que le duc l'avait appelé par son prénom, il poussa un soupir de soulagement audible.

— Ma parole, Martin, dit le duc d'une voix traînante en haussant un sourcil. Nous sommes tous tombés sous le charme d'un être minuscule, n'est-ce pas ? Et vous savez mieux que quiconque que ce n'est pas de mon fils que je parle. Non ! Ne vous excusez pas d'avoir dit ce que vous pensez. Quant au fait que votre commentaire soit… hum… déplacé, c'est quelque chose dont je m'occuperai plus tard. Demain, à vrai dire. À votre retour, venez dans la bibliothèque.

— Bien, Votre Grâce, répondit Ellicott d'une voix mesurée, le cœur battant toujours la chamade, les joues empourprées et les yeux baissés sur le parquet.

La bouche du duc tressaillit.

— Vous pouvez passer la soirée et la matinée de demain à réfléchir à ce que je souhaite évoquer avec vous. Ce que j'attends de vous, maintenant, c'est que vous m'écoutiez, puis que vous y alliez. Et même s'il est inutile de le préciser, je vais le faire quand même : n'en dites rien à personne, que cette personne soit un être minuscule ou non.

UNE HEURE PLUS TARD, Martin Ellicott était le seul passager du magnifique carrosse du duc de Roxton, qui roulait lentement sur la route de Versailles pour rejoindre Paris. Les armoiries ducales sur les portes noires laquées annonçaient la noblesse du propriétaire de ce véhicule, tandis que son intérieur luxueux en velours et en soie, ses suspensions modernes, ses six gris et ses quatre éclaireurs en livrée proclamaient sa richesse.

Il retournait dans l'immense hôtel particulier de la rue Saint-Honoré en tant que représentant de monsieur le duc, et c'était comme si le duc en personne était rentré. Le carrosse avait à peine franchi le portail noir et doré que l'annonce de son arrivée se répandit dans le labyrinthe de passages utilisés par les domestiques et dans les pièces spacieuses réservées à la famille comme un incendie incontrôlable, dispersant les domestiques aux quatre coins des bâtiments. Ce feu brûlait à une intensité plus élevée encore dans les appartements que Lady Estée partageait avec son époux, où elle dépérissait sur une méridienne, une femme de chambre restant à proximité avec une bassine en porcelaine et des sels de pâmoison. Mais en entendant que le carrosse du duc était arrivé, elle se redressa et réclama son miroir à main. Elle avait plus d'une chose ou deux à dire à son frère. Elle avait beau être souffrante, presque mourante, cela ne devait pas l'empêcher d'apparaître sous son meilleur jour devant lui.

Les instructions que le valet avait reçues étaient claires : il devait récupérer un portefeuille en cuir rouge qui se trouvait dans un tiroir fermé à clé du secrétaire du duc. Le duc lui avait indiqué où trouver la clé cachée. Il devait revenir à la villa versaillaise avec le tailleur parisien du duc et ses deux assistants, qui s'équiperaient des outils de leur métier et d'une large quantité de tissu foncé de qualité, dont ils auraient besoin pour la confection d'un ensemble de gentilhomme. L'autre passager qui monterait dans le carrosse pour le trajet retour était celui qui surprenait le plus le valet ; il devait revenir avec son subordonné immédiat, qui lui servait aussi de remplaçant, George Geraghty.

Il n'y avait tout simplement pas assez de place dans la villa pour accueillir tous les domestiques personnels du duc, le valet adjoint était donc resté à l'hôtel, où il était chargé de faire l'inventaire des vêtements que le duc possédait à Paris et de veiller à ce que toutes les pièces qui en avaient besoin soient blanchies, entretenues, réparées ou échangées.

Mais à peine deux semaines plus tard, le duc exigeait les services de son valet adjoint à la villa. Martin Ellicott trouvait cela vraiment déconcertant. Non seulement il n'avait pas été consulté, mais par ailleurs, la présence de Geraghty était inutile. Alors pourquoi avait-il été appelé ?

Cette question ponctua ses pensées pendant toute la journée et revint à l'avant de son esprit quand il dut attendre une demi-heure avant d'être admis en présence de Lady Estée Vallentine. Cette attente lui donna le temps de se demander pourquoi exactement le duc réclamait la présence particulière de George Geraghty. N'ayant toujours pas de réponse satisfaisante, il entra dans le boudoir parfumé de madame et fut assailli par les forces conjointes d'une odeur sucrée entêtante et d'une réprimande caustique qui engourdirent ses sens. Il n'entendit qu'un mot sur dix, mais figea ses traits en une expression naturelle de neutralité. Quand on l'autorisa enfin à se retirer, il reçut un paquet de lettres en pleine poitrine, exactement comme l'avait prédit le duc, accompagné d'instructions strictes quant à leur distribution, qu'il ignora instantanément. Une migraine lui martela la tête pendant le reste de la journée, migraine qu'il mit sur le compte du puissant parfum floral de Lady Estée. Il n'était pas du tout étonné que la sœur du duc souffre de nausées ; selon lui, sa grossesse n'en était pas entièrement responsable.

QUATRE

On aidait le duc à enfiler une paire de cuissardes d'équitation en cuir noir aux énormes revers quand Antonia apparut dans l'embrasure de la porte.

Elle était en déshabillé. Par-dessus sa chemise bordée de dentelle, elle portait un corselet piqué dont les rubans en soie étaient lâchement lacés sur sa poitrine, et sous sa robe de chambre en soie qui avait glissé sur l'une de ses épaules, elle portait un jupon piqué assorti qui réchauffait ses jambes vêtues de bas. Ses cheveux étaient rassemblés en une longue tresse désordonnée attachée par un ruban, comme si elle avait été tressée en toute hâte puis oubliée. Ses joues étaient légèrement colorées, car elle s'était dépêchée de traverser les appartements, se disant que le duc était peut-être déjà parti chasser. Mais en le voyant et en constatant qu'il était encore en train d'être habillé, elle s'empêcha d'aller plus loin dans la pièce et laissa son cœur se calmer.

Par le passé, elle se serait approchée de lui sans penser aux personnes présentes dans la pièce ou à ce qu'il se passait et elle lui aurait dit ce qu'elle pensait. Mais c'était avant les sermons incessants de sa belle-sœur à propos des responsabilités conjointes de duchesse et de mère qui reposaient maintenant sur les épaules d'Antonia.

Estée lui rappelait constamment que maintenant qu'elle était duchesse, et pas n'importe quelle duchesse, mais sa duchesse à lui,

Antonia ne devait jamais oublier son statut. Peu importe ce qu'elle faisait, ce qu'elle disait ou comment elle se comportait, ses faits et gestes seraient toujours observés et rapportés aux autres, en particulier ceux qui cherchaient à nuire au duc. Voulait-elle réduire à néant, en un an seulement, les efforts de son mari, qui cherchait à éviter cela depuis deux décennies ? Estée ne parlait pas de son passé de libertin, mais du genre de scandale que toutes les familles nobles cherchaient à éviter si elles ne voulaient pas être ridiculisées socialement.

La famille, et plus particulièrement Roxton, avait évité de justesse de se retrouver au cœur de l'un des plus gros scandales de l'époque quand il s'était marié en secret avec Antonia au nez et à la barbe de son cousin le comte de Salvan. Ce dernier avait prévu de marier Antonia à son dégénéré de fils, puis d'en faire sa maîtresse, mais cela n'avait aucune importance. Seules les formalités avaient de l'importance aux yeux de la société. Un contrat de mariage avait été signé par le grand-père d'Antonia et le comte, ce qui importait plus que les mœurs douteuses du comte, la folie de son fils ou l'innocence d'Antonia.

En épousant Antonia en secret, le duc avait agi comme un banal brigand, un agitateur. Mais aux yeux de beaucoup, en particulier les dames de la cour, c'était le comportement d'Antonia qui était bien pire, impardonnable. Bien qu'officiellement fiancée à l'héritier du comte de Salvan, elle s'était laissé séduire par un débauché notoire. En se plaçant délibérément dans son orbite, elle avait ensorcelé le duc, le poussant à agir de façon indigne et à aller à l'encontre de ses nobles principes. Était-ce vraiment étonnant qu'il l'ait séduite ?

Il avait fallu que Louis intervienne personnellement, qu'il montre publiquement son soutien à son bon ami Roxton, pour apaiser l'indignation secrète des courtisans, qui demandaient l'exil du duc par lettre de cachet. Il faudrait que Sa Majesté intervienne une nouvelle fois pour qu'Antonia soit acceptée en tant que madame la duchesse de Roxton. La réhabilitation de sa respectabilité commencerait lors de sa présentation officielle à la cour. Et malheur à elle si elle faisait le moindre faux pas, car les charognards lui tournaient autour, attendaient de la dévorer socialement, et monsieur le duc de Roxton par la même occasion.

Et voilà qu'ils vivaient à présent dans cette villa accolée au parc royal, où ils se préparaient à la présenter officiellement à Leurs Majestés à la cour. Il fallait respecter certaines étapes précises pour sa présentation. On devait lui fabriquer sur mesure une robe de cour incroyablement coûteuse et lui apprendre la stricte étiquette et le langage de la cour, car les nobles français modulaient leur voix d'une façon qui leur était propre. Par ailleurs, elle devait être présentée par une marraine à la vertu et à la noblesse impeccables. Quand elle aurait fait sa révérence devant la reine, puis devant le roi sous les yeux de toute la cour, les Roxton seraient de nouveau les bienvenus parmi eux. Plus important encore pour le duc, après cette révérence publique, Antonia pourrait l'accompagner aux nombreux petits soupers privés que Sa Majesté organisait dans les appartements de sa maîtresse officielle, madame de Pompadour.

Antonia était prête à faire tout cela et plus encore, car elle savait à quel point toute cette comédie aristocratique était importante pour le bien-être social du duc. Et maintenant qu'ils avaient un fils, qui était l'héritier du duc par ailleurs, elle devait également penser à son avenir à lui. Il était donc impératif qu'elle soit la meilleure duchesse possible pour eux deux. Toutes ces pensées lui traversaient l'esprit à toute vitesse tandis qu'elle patientait dans l'embrasure de la porte. Elle était tellement perdue dans ses pensées que le duc dut répéter sa question.

ROXTON REMARQUA SA TENUE DÉCONTRACTÉE, son corselet en particulier, et devina pourquoi elle n'était pas encore habillée. Il chassa ses domestiques d'un geste de la main, qu'il tendit ensuite vers elle.

— L'avez-vous nourri ce matin, ma fée ?

— Oui. Dans mon bain, lui dit-elle d'un ton neutre.

Quand il battit des paupières, elle ajouta en fronçant les sourcils d'un air interrogateur :

— Êtes-vous choqué ?

— Non. Je suis surpris.

— Gabrielle et mes dames de compagnie étaient choquées. Sauf Céleste, je dirais, ajouta Antonia d'un air pensif. Peut-être qu'elle a déjà nourri un bébé pendant son bain. Mais je pense surtout qu'en tant que nourrice, elle accepte sans souci que c'est au bébé qui a faim qu'il faut avant tout s'adapter. (Elle leva une main au ciel.) Je vous le demande, monseigneur, qu'étais-je censée faire d'autre ? Julian s'en moque que sa mère soit dans son bain et ait des bulles jusqu'aux seins ! Tout ce qui lui importe, c'est d'avoir un accès immédiat aux seins en question.

Le duc réprima un grand sourire et lui demanda d'un ton détaché :

— Vous ne vous êtes pas dit, puisque vous étiez… hum… indisposée, que ses besoins immédiats pouvaient être satisfaits par l'une des nourrices, afin que vous puissiez profiter de votre bain ?

Antonia le regarda d'un œil désapprobateur.

— J'y ai pensé. Mais cela aurait été égoïste. Julian a mangé *deux fois* pendant la nuit, et Céleste et Cécile doivent également nourrir leurs propres bébés. C'est l'accord que nous avons passé avec elles, n'est-ce pas ? Et puis, ajouta-t-elle avec une moue, je dois encore le faire pendant un petit moment.

— Quoi donc ? Nourrir notre fils dans votre bain ?

— Bêta ! gloussa Antonia, se sentant mieux, avant de s'appuyer contre lui et de pencher sa tête vers l'arrière pour l'embrasser. Merci.

Il l'enveloppa de ses bras.

— Pourquoi me remerciez-vous, ma belle ?

— Car grâce à vous, je me sens un peu moins découragée. Parfois, et je sais que mes propos ne vous choqueront pas du tout, les bébés sont épuisants à l'extrême.

— Oui. Ils le sont. Et d'autant plus pour vous. Mais il y a du progrès, non ? Notre bébé se porte bien. Et pourquoi en serait-il autrement ? Il a deux nourrices expérimentées à sa disposition jour et nuit. Et puis, elles offrent un peu de répit à sa mère. Tout ce qui compte, c'est qu'il soit en bonne santé et que vous ne vous inquiétiez pas. Tout le reste se résoudra tout seul, avec le temps.

— Si le reste dont vous parlez, c'est le sevrage de Julian, je sais que je dois être patiente. Mais je ne le suis pas, Renard. Je suis vraiment impatiente. Le sevrage est aussi contraignant que le début de l'allaitement. (Antonia fronça les sourcils.) Mon fils a une mauvaise mère.

— Vous êtes trop sévère avec vous-même, ma vie. Notre fils a été accroché nuit et jour à votre sein pendant trois mois. Comme je vous le disais, la grande majorité des dames de la cour ne voient jamais leur bébé après leur naissance. Elles les nourrissent encore moins. Ils sont envoyés chez des nourrices dans les villages environnants.

— Je ne pourrais jamais faire une chose pareille ! Je veux que notre fils soit avec nous, toujours. C'est juste que je ne peux plus l'allaiter, car… car…

— Et pourquoi le feriez-vous ? l'interrompit-il.

Pour l'empêcher de continuer à se tancer et pour la distraire d'un problème qui avait été réglé quand ils avaient embauché les nourrices du Morvan, il ajouta avec désinvolture :

— Si je puis me permettre de vous suggérer quelque chose qui aidera à votre confort pendant le sevrage… On m'a dit, ajouta-t-il avec une solennité forcée quand elle lui accorda toute son attention, que l'application d'une feuille de chou froide sur chaque sein fait des merveilles. Cela permettrait de réduire l'inconfort et le… hum… gonflement excessif.

Antonia le dévisagea, les lèvres entrouvertes.

— Des feuilles de chou ?

— Des feuilles de chou *froides*, ma petite.

— Comment savez-vous cela à propos des feuilles de chou froides ? Je vous crois. Mais comment le savez-vous ?

— On me l'a dit, c'est…

Antonia l'embrassa rapidement pour l'empêcher de continuer.

— Non ! Ne me le dites pas ! Je sais que les femmes, dans votre vie passée, étaient nombreuses et variées, mais… (Une étincelle apparut dans ses yeux verts.) je n'aurais jamais imaginé que vous aviez couché avec une femme qui… qui… (Elle gloussa et s'agita dans ses bras.) qui avait de la matière végétale sur les seins !

Il feignit d'être offensé et la serra un peu plus fort contre lui.

— Vous n'avez pas écouté. J'ai dit qu'on me l'avait dit.

Antonia balaya ceci d'un revers de la main.

— Oui. La femme aux feuilles de chou vous l'a dit. Que ce soit dans un lit, sous une couverture ou dans une voiture, peu importe où cet échange a eu lieu. Mais ces feuilles de chou m'intéressent énormément.

— Dans ce cas, je vous suggère d'envoyer quelqu'un en cuisine pour vous en rapporter plusieurs dans un seau de glace. À mon retour, je serai curieux de savoir si elles vous ont bel et bien soulagée.

Il la libéra quand un domestique en livrée apparut sur le seuil, lui annonçant que les palefreniers, chiens et chevaux du duc étaient prêts.

— J'aurais voulu vous regarder partir dans la cour, mais je ne suis pas habillée. Je le ferai donc des fenêtres de la galerie, lui dit Antonia quand il récupéra sa tabatière et une paire de gants d'équitation en cuir noirs sur la coiffeuse.

— Êtes-vous venue ici car vous pensiez que j'étais parti sans vous dire au revoir ? demanda-t-il avec sa capacité remarquable à deviner ce qu'elle pensait et ressentait.

Quand elle hocha la tête, il appuya son front contre le sien, la regarda dans les yeux en souriant et ajouta :

— Je ne pars jamais sans embrasser ma femme. Je vous trouverai toujours pour vous dire au revoir.

— Merci. Mais si c'est parce que votre père est parti chasser sans vous dire au revoir…

— … et s'est brisé la nuque pendant cette chasse ? Il y a peut-être un lien, oui. Mais la vérité, c'est que peu importe le moment, je n'aime pas être séparé de vous, que ce soit pour chasser ou non.

— C'est pareil pour moi. Mais parfois, c'est inévitable, et je l'accepte, dit-elle en caressant sa joue fraîchement rasée. Vous ne vous briserez pas la nuque. Vous êtes un très bon cavalier. Par ailleurs, je ne le permettrais pas. Et puis, ajouta-t-elle, ses yeux verts pétillant de malice, il faut que vous rentriez auprès de moi. Je ne peux pas rester là à rien faire, couverte de feuilles de chou à jamais.

Il éclata de rire et l'embrassa derechef.

— Je vais garder cette précieuse image en tête. Elle me motivera à rentrer encore plus rapidement.

Il pensa soudain à quelque chose et retrouva son sérieux.

— Antonia, vous savez bien que malgré mon… hum… *passé*, aucune autre femme ne vous arrive à la cheville… ? Aucune. Je vous trouve… je vous trouve… *infiniment fascinante*.

— Ah ! Monseigneur, vous n'aviez pas besoin de me le dire, répondit-elle avec un sourire tremblotant et les yeux humides. Mais je ne me lasserai jamais de vous entendre me le dire. Au revoir, mon amour.

— Au revoir, ma vie.

Puis il partit, faisant bruisser ses basques en velours, le domestique en livrée qui tenait le chapeau, l'épée et la flasque du duc prenant rapidement la suite de son maître dans l'enfilade.

À peine le duc avait-il quitté leurs appartements qu'Antonia traversa précipitamment la villa pour rejoindre la galerie.

Toute la maisonnée semblait s'y être rassemblée. Des hommes et des femmes, ainsi que des enfants agrippés à leurs jupons ou tenus sur leur hanche, étaient attroupés contre la rangée de fenêtres qui parcouraient toute la longue pièce. Certains avaient le nez appuyé contre la vitre, et tous étaient captivés par ce qu'il se passait dans la cour des écuries en contrebas. Ils étaient tous silencieux. Personne ne remarqua que madame la duchesse de Roxton se trouvait derrière eux. Puis, l'une des nurses se tourna pour jeter un œil à l'occupant du berceau qu'elle faisait balancer, aperçut sa maîtresse et oublia ses manières au point de laisser échapper :

— Madame la duchesse ! Sa Majesté ! Sa Majesté ! Il est là !

CINQ

Antonia ne s'avança pas immédiatement vers les fenêtres, s'arrêtant d'abord au-dessus du berceau que la nurse faisait balancer d'avant en arrière. Elle sourit à son fils et lui chatouilla le ventre. Quand, en la voyant, il poussa un petit cri de joie involontaire et se mit à agiter ses petits membres nus et potelés, elle le prit prudemment dans ses bras, enveloppé dans sa couverture blanche, et déposa un baiser sur sa joue rose.

— Et si nous allions saluer ton magnifique père sur son cheval ? demanda-t-elle doucement en se tournant vers les fenêtres.

Mais elle se retrouva bloquée derrière un mur de trois rangées de dos. Elle n'était pas satisfaite que les domestiques soient distraits, mais si le roi était réellement en contrebas, elle comprenait leur enthousiasme et leur préoccupation. Ce n'était pas tous les jours, il était même très rare, que ses sujets ordinaires voient leur roi et ses courtisans d'aussi près. Le château avait beau être ouvert au public, qui pouvait se promener dans les jardins et entrer dans certaines salles, le roi était toujours entouré par les nobles de sa cour et protégé par un contingent de gardes suisses. Et personne ne pouvait s'approcher de lui sans d'abord lui avoir été présenté.

— Laissez passer ! Laissez passer ! ordonna Lord Vallentine, sortant Antonia de ses rêveries et passant devant elle pour se frayer un chemin dans la foule. Laissez passer, j'ai dit ! C'est pas parce que vous n'êtes pas à l'hôtel, vous autres, que vous pouvez faire ce que vous voulez ! Dispersez-vous ! Madame la duchesse veut regarder par la fenêtre !

Les valets de pied revinrent rapidement à la réalité, s'inclinèrent et retournèrent à leur poste. Les nurses prirent dans leurs bras les enfants qui s'agrippaient à elles et décampèrent. Les dames de compagnie d'Antonia et sa femme de chambre, Gabrielle, qui faisaient partie des curieux, se baissèrent immédiatement en une révérence marquée sous le regard désapprobateur de Lord Vallentine. Rougissant d'un air coupable, les yeux baissés sur le parquet, elles s'écartèrent à reculons, libérant le passage pour que leur jeune maîtresse puisse s'avancer jusqu'aux fenêtres avec son fils dans les bras.

— Voilà de quoi parlait Estée, se plaignit Vallentine en se décalant pour qu'Antonia puisse s'approcher de la fenêtre. Si vous continuez à leur rendre visite dans l'office, ils continueront à prendre des libertés. Il faut que vous gardiez une distance convenable, maintenant que vous êtes duchesse.

Antonia leva les yeux vers lui en fronçant les sourcils, car elle ne voyait pas du tout de quoi il parlait.

— Je ne comprends pas. Des libertés ? Une distance convenable ? Vous m'expliquerez ceci plus tard. Pour l'instant, Julian doit saluer son père.

Elle sourit à son fils, le tourna dans ses bras pour que son dos soit appuyé contre sa poitrine et qu'il soit face à la fenêtre, et baissa les yeux vers la cour, lui disant d'une voix qu'elle ne prenait que pour lui :

— Vois-tu ton père, mon cher fils ? Le vois-tu ?

— Vu comment ils se comportent, on croirait qu'ils n'ont jamais vu un équipage partir à la chasse, continua Lord Vallentine en soufflant. C'est soit ça, soit le roi de France en personne nous rend visite !

Il dit cette dernière phrase en riant et en secouant la tête d'incrédulité, mais Antonia le dévisagea, perplexe.

— Mais… Vallentine, c'est bien le roi de France qui est en bas dans la cour avec monseigneur.

— Hein ? Comment ?

Antonia se tourna derechef vers la fenêtre.

— Ouvrez les yeux. Ne le voyez-vous pas ? C'est le seul à porter du violet dans cet océan de noir.

— Du violet ? dit Vallentine avec une grimace. Une couleur affreuse sur une femme, mais alors sur un homme, c'est encore pire !

Antonia gloussa.

— Sa Majesté ne porte pas du violet par choix, mais parce que la tradition veut que le roi en porte pendant son deuil. Et puisque Sa Majesté pleure encore la disparition tragique de la dauphine, il porte du violet pour elle. Et la couleur de ses habits n'a aucune importance, car il reste très beau quoi qu'il porte. Il est plus beau en vrai que sur les pièces de monnaie.

— Laissez pas Roxton vous entendre dire ça, dit Vallentine d'un air sombre.

— Vous êtes ridicule. C'est un fait, c'est tout. Et monseigneur serait de mon avis. Juju ! Regarde ! Voilà ton père, murmura-t-elle doucement à l'oreille de son fils, ajoutant d'un ton admiratif : Monsieur le duc est le cavalier qui a la meilleure posture. Et un jour tu seras aussi bon que lui, mon biquet.

— Il a toujours une sacrée allure sur un cheval, hein ? approuva Vallentine. Et même si tout le monde porte du noir comme lui, Roxton parvient quand même à briller plus qu'eux.

— Bien évidemment, répondit Antonia en lui lançant un regard espiègle. C'est le meilleur dans tous les domaines…

— Sauf avec une épée, l'interrompit Vallentine, mordant à l'hameçon. Il ne manie pas la rapière aussi bien que moi.

— En effet. Mais monseigneur est meilleur dans tous les autres domaines, déclara Antonia. Vous ne pouvez pas me contredire sur ce point. Et il est plus beau que vous. Voilà un autre fait.

— Écoutez, la beauté des gens, c'est subjectif, commença à répliquer Vallentine avant d'être interrompu.

— Juju ! Regarde ! Ton père nous voit ! s'exclama Antonia en attrapant les doigts potelés de son bébé pour agiter sa main en direction de la fenêtre.

Son enthousiasme était contagieux et le petit poussa des cris de joie, agitant ses petites jambes nues et ses bras. Antonia rit de ses facéties, mais il se tortillait tellement qu'elle le serra un peu plus fort contre elle pour s'assurer qu'elle le tenait bien.

Vallentine leva les yeux au ciel en se tapant le front du plat de la main. Il se demandait ce que ceux dans la cour, le duc en particulier, pensaient de ce spectacle. Il espérait seulement qu'ils étaient distraits par toute l'agitation autour d'eux.

Mais alors qu'un chaos ordonné y régnait quelques minutes plus tôt, la cour était à présent plongée dans un calme étrange et avait été désertée par les garçons d'écurie, palefreniers et maréchaux-ferrants qui avaient accompli leurs tâches. Une poignée d'éclaireurs en livrée qui faisaient partie de la garde suisse du roi s'étaient également éloignés, étaient repassés sous le porche voûté et s'étaient élancés sur le chemin qui longeait le jardin clos, puis s'enfonçait dans le parc, pour rejoindre l'endroit où le reste de l'équipage se rassemblait. Un groupe d'aristocrates et d'éclaireurs en livrée, certains équipés de trompes de chasse et d'autres de fusils à silex, franchissaient la colline au petit galop. Derrière eux, les batteurs et les suiveurs équipés de bâtons, la meute de chiens et un autre contingent de gardes suisses à cheval fermaient la marche.

Seul le duc restait sur sa monture au centre de la cour, accompagné du roi de France, dans toute sa splendeur violette. Ils avaient immobilisé leur monture face à la villa et tournaient le dos à l'agitation derrière le mur. Ils étaient en pleine conversation décontractée. Le duc dit quelque chose qui fit sourire le roi. Puis Roxton tourna la tête, la leva vers la rangée de fenêtres de la galerie et posa son regard directement sur Antonia. C'était comme s'il savait qu'elle était là depuis le début, comme s'il attendait simplement le moment idéal pour interrompre la conversation et le lui faire savoir.

Leurs regards se croisèrent.

Antonia sentit une étrange petite palpitation dans son cœur et ses joues s'empourprèrent. Et quand son duc la regarda de ses yeux noirs, les coins de sa bouche se relevant très légèrement en ce sourire qui lui était exclusivement réservé, elle lui rendit son sourire avec un soupir, exprimant son admiration sans même s'en rendre compte :

— Personne ne peut briller plus que monsieur le duc, pas même le roi de France.

— En voilà des paroles traîtresses, lança malicieusement Vallentine avant de se pencher sur le côté pour lui dire dans un murmure : Vous feriez mieux d'imiter ses autres sujets dans votre dos et de lui faire une révérence. Même s'il n'est pas le seigneur et maître de Roxton, il reste le roi de ce territoire…

Ce commentaire brisa le charme. Antonia se rendit compte que ses dames s'étaient baissées sur le parquet. Et quand Vallentine présenta également ses hommages en s'inclinant d'un grand geste, son regard passa du duc au roi.

Louis, roi de France, la salua en levant son tricorne violet orné de plumés.

Antonia effectua instantanément une révérence bien basse, faisant du mieux qu'elle pouvait avec son bébé qui se tortillait contre elle. Quand elle se releva avec l'aide de Vallentine qui la tenait par le coude, le roi remit son chapeau, fit tourner sa monture et sortit de la cour. Le duc s'attarda un instant, les yeux toujours levés vers elle. Antonia lui envoya un baiser avec un sourire. Il lui répondit avec un clin d'œil. Puis il fit à son tour pivoter sa monture et suivit le roi dans le parc pour rejoindre le reste de l'équipage.

— Attendez qu'Estée apprenne que Louis s'est découvert pour vous ! déclara Vallentine avec un petit rire. Et que vous lui avez fait une révérence en portant votre bébé. Ha ! Je parie que Louis n'avait jamais vu ça !

— Tout cela n'a aucune importance dans l'immédiat, dit dédaigneusement Antonia avant d'embrasser la joue rebondie de son fils et de tendre le bébé à son oncle. S'il vous plaît, emmenez votre neveu à ses nurses. Je dois finir de m'habiller, puis j'aurai une lettre à vous faire lire.

— Une lettre ? s'enquit Vallentine en récupérant machinalement l'enfant.

Il se rendit compte trop tard qu'il tenait un bébé vêtu d'une chemise courte et qui était nu à partir de la taille, la couverture blanche qui l'enveloppait jusque-là étant tombée par terre. Il agitait librement les jambes dans le vide avec énormément d'allégresse et de gargouillis.

— Hé ! Hé ! Il ne porte pas de haut-de-chausses !

— Un haut-de-chausses ? Les enfants ne commencent à en porter que quand ils deviennent des petits garçons. Vous avez été un petit garçon, vous devriez le savoir.

— Comment ? Comment pourrais-je le savoir ? Je ne me rappelle pas ne *pas* avoir porté de haut-de-chausses, s'écria Vallentine d'un ton plaintif quand Antonia s'éloigna, ses dames de compagnie à sa suite. Hé ! Dame ! Que… que suis-je censé faire de lui ?

SIX

En attendant qu'Antonia s'habille, Lord Vallentine passa une heure agréable à se promener dans la villa, parcourant les nombreux escaliers et enfilades et passant une tête dans plusieurs grandes pièces luxueuses. Certaines contenaient peu de meubles, des canapés et fauteuils dorés et tapissés de soie disposés sur d'épais tapis, tandis que d'autres étaient occupées par des ouvriers de diverses professions qui s'affairaient à retirer l'ancienne peinture, repeindre, sculpter et remeubler chaque pièce avec de larges miroirs surmontés de trumeaux, des meubles et des objets d'art. Il alla jusqu'à regarder derrière plusieurs portes dissimulées dans le lambris. Ces fois-là, il se retrouva souvent nez à nez avec un valet de pied en livrée ou deux, ou bien une bonne, qui étaient occupés à faire la poussière, polir un objet ou un autre, changer les bougies et qui étaient, de manière générale, accaparés par l'entretien quotidien d'un noble foyer.

Il n'était pas l'observateur le plus fin des habitudes et opinions des domestiques, mais il sentait qu'ils étaient plus heureux dans cette villa que dans l'hôtel parisien. Et il en était certain, cela était notamment dû au fait que contrairement à l'hôtel particulier caverneux de son ami, qui était difficile à chauffer, la chaleur était présente dans toutes les pièces de cette villa.

Il y avait ici un poêle à catelles dans le vestibule et deux autres dans la longue galerie. Par ailleurs, un domestique qui entretenait celui du vestibule lui avait dit qu'il y en avait un quatrième dans les appartements privés du duc et de la duchesse. Un système de tuyauterie reliait ces poêles, distribuant la chaleur dans toute la villa.

Mais il se disait que le contentement des domestiques était également lié au fait qu'ils n'étaient plus sous l'œil exigeant de son épouse. Pendant près d'une décennie, Estée avait été la maîtresse de maison à l'hôtel, le personnel avait donc été sous sa responsabilité. Mais maintenant que Roxton était marié et avait une duchesse, la gestion du foyer ducal ne revenait plus à Estée, mais à Antonia – et là était le problème. Il savait qu'Estée avait du mal à renoncer au contrôle qu'elle avait ; plus préoccupant encore, elle avait une étrange propension à critiquer chaque action et décision de la duchesse. Et depuis que ces deux femmes de caractère vivaient sous le même toit, même s'il s'agissait d'un très grand toit, la tension était montée à l'hôtel.

Ayant eu le temps d'y penser en parcourant les pièces de la villa, Vallentine se dit qu'il n'était vraiment pas étonnant que Roxton ait quitté Paris avec sa duchesse et son fils pour les emmener ici ! N'avait-il pas lui-même fui l'hôtel et sa femme ? Il culpabilisait très légèrement de l'avoir quittée alors qu'elle était au plus bas à cause de ses nausées matinales. Mais sa culpabilité était minime et disparaissait rapidement, car elle avait sottement exprimé le souhait qu'il soit le plus loin d'elle possible. Et puisque le duc, et plus important encore, Antonia, avaient besoin de lui à la villa, il avait exaucé le souhait de sa femme, et sans doute bien trop hâtivement à son goût.

Il faudrait qu'il revienne sur sa remarque comme quoi cette maison était un vrai clapier. Il aurait dû se douter que Roxton ne vivrait que dans un endroit spacieux et splendide. Maintenant qu'il avait retrouvé ses repères et qu'il avait exploré toute cette résidence, autant à l'intérieur qu'à l'extérieur, il se rendait compte que cette villa était en fait constituée de deux maisons de ville réunies. La galerie, qu'Antonia avait transformée en vaste nursery pour son fils, ses nurses et leurs enfants, reliait une maison de ville à l'autre à l'étage, tandis qu'au rez-de-chaussée, une orangerie s'étendait entre elles, de chaque côté de la porte cochère.

La façade qui avait vue sur l'avenue donnait toujours l'impression qu'il s'agissait de deux habitations séparées qui partageaient l'énorme porte cochère aux deux battants en bois peints en bleu qui les isolait du reste du monde. L'entrée couverte réservée aux voitures était assez large pour permettre aux plus gros carrosses de voyage de s'arrêter sous un passage qui protégeait les voyageurs des intempéries. En descendant, ils pouvaient immédiatement entrer dans un vaste vestibule au carrelage noir et blanc qui contenait un escalier incurvé en marbre poli. Au premier étage, des pièces s'étendaient en enfilade sur la droite et la gauche. Et comme l'avait découvert Vallentine pendant sa visite autonome, les invités pouvaient aller à droite, mais pas à gauche. En tournant à gauche, on tombait sur deux valets de pied qui avaient tout l'air de sentinelles et qui gardaient l'entrée des appartements privés du duc et de la duchesse.

Ayant fait le tour, il retourna dans la chaleur et la lumière de la galerie, où il découvrit avec surprise qu'Antonia l'attendait. Elle se tenait près des fenêtres, dans les rayons obliques du soleil, les cheveux relevés et maintenus en place grâce à plusieurs épingles et bijoux de cheveux dorés et ornementés. Elle portait une robe à la française en velours bordeaux par-dessus ses jupons piqués et son corselet, était chaussée de bottines et tenait un large manchon en fourrure. L'une de ses domestiques était avec elle, une veste à capuchon doublée de fourrure passée sur le bras, prête à accompagner sa maîtresse dans le jardin.

Le désordre n'était pas aussi grand dans la galerie que quand il l'avait quittée après avoir confié le précieux bébé ducal à ses nurses. Les jeunes enfants, qui étaient une demi-douzaine au total, étaient en train d'être nourris, divertis ou supervisés plus loin, tandis que de l'autre côté de la pièce, derrière plusieurs paravents bien placés, quelques berceaux étaient occupés par des bébés endormis. Des bonnes les surveillaient, installées dans la lumière qui passait par la fenêtre, concentrées sur leur couture et leur conversation à voix basse.

Vallentine s'approcha d'Antonia d'une démarche nonchalante, le sourire aux lèvres, et s'apprêtait à lui présenter ses hommages quand elle se tourna, le parcourut du regard et lui demanda avec un sourire taquin :

— Pourquoi portez-vous votre épée ? Sommes-nous attaqués… ? Par les bébés ?

— Très amusant ! dit-il en posant inconsciemment une main gantée sur la garde de son épée et en avançant son menton creusé d'une fossette. Il est préférable de rester vigilant. On n'est jamais trop prudent.

Antonia fronça les sourcils, déroutée.

— Mais, s'il existait le moindre danger, monsieur le duc ne se serait pas joint à la chasse du roi, si ? Que me cachez-vous ?

— Vous cacher quelque chose ? Comment ? (Il leva ses mains gantées en signe de capitulation.) Mais c'est vous qui m'avez fait appeler, l'avez-vous oublié ?

— C'est vrai, répondit Antonia, satisfaite. Je vous présente mes excuses. Vous avez raison. On n'est jamais trop prudent. Je suis donc reconnaissante d'accepter votre épée et votre protection, car monseigneur serait mécontent si je n'en bénéficiais pas. Vous comprendrez ce que je veux dire quand vous lirez la lettre. (Elle passa son bras sous celui de Sa Seigneurie.) Venez. Allons dans le jardin pendant que le soleil est encore là, et puis, ajouta-t-elle dans un murmure près de son oreille, sur la pointe des pieds, personne ne pourra nous entendre dehors.

À l'extérieur, Antonia, vêtue de sa veste à capuchon et avec ses mains gantées plongées dans un manchon en fourrure, descendit de la terrasse et s'avança sur une allée qui menait à un bassin agrémenté d'une fontaine ouvragée qu'une équipe d'ouvriers réparait. Lord Vallentine était près d'elle, un long manteau passé par-dessus sa redingote, les mains plongées dans ses poches. La bonne d'Antonia les suivait, mais conformément aux ordres qu'elle avait reçus, elle gardait ses distances afin qu'ils puissent parler librement tous les deux sans avoir l'impression que tous leurs propos pouvaient être entendus.

Ils ne s'étaient pas promenés très loin quand Antonia s'arrêta sur le chemin et sortit une lettre au sceau brisé de son manchon. Elle la leva.

— Je l'ai reçue de la part de grand-mère il y a un mois, lui dit-elle. Quand madame a commencé à souffrir de ses nausées matinales. Je sais que si elle n'avait pas été malade, elle m'aurait interrogée à ce propos, et j'aurais été incapable de lui mentir. Mais je n'en ai pas parlé à monsieur le duc depuis tout ce temps, car... car je sais qu'il serait mécontent de grand-mère.

— Je ne sais pas pourquoi je vous dis ceci, répondit Vallentine d'un ton qu'il espérait solennel, car vous le savez mieux que quiconque, mais vous ne pourrez jamais rien cacher à Roxton si c'est de sa famille qu'il est question. D'autant plus si c'est de *vous* qu'il est question. Je parie qu'il est déjà au courant du contenu de cette lettre, et plus encore !

Antonia haussa les épaules.

— Je sais que monsieur le duc ne veut que le meilleur pour moi. Cela ne m'inquiète pas le moins du monde. Mais cette lettre… ? dit-elle avant de secouer la tête avec une moue. Non. Il n'est pas au courant du contenu de cette lettre.

— Comment pouvez-vous en être sûre ?

— Car il y aura des conséquences quand il sera mis au courant, et ces conséquences n'ont pas encore eu lieu. Mais quand il le découvrira, s'il le découvre…

Elle fut parcourue d'un léger frisson, puis elle se tourna vers Vallentine, agrippa son avant-bras et ajouta :

— Vous et moi, ensemble, nous allons tout régler avant que ces conséquences ne deviennent réalité. Mais je vois que vous êtes toujours dans l'obscurité la plus totale, je vais donc tout vous expliquer.

— Si cela ne vous dérange pas. Mais d'abord… Je ne devrais pas vous dire ceci, car c'est de votre grand-mère qu'il s'agit. C'est donc en tant que Lady Strathsay que je vais vous parler d'elle. Cette femme est une vipère, une vipère jalouse et vengeresse. Elle ferait n'importe quoi pour vous contrarier, vous le savez, hein ?

Antonia hocha la tête.

— Oui. Vous dites vrai. Dans nos vies, elle est la seule ombre au tableau, à l'exception de cette lettre. Ces deux ombres se sont rassemblées pour former une seule grosse ombre !

— Parlez-moi de cette grosse ombre, dites-moi ce qu'a écrit cette vipère, ma petite sœur, dit doucement Vallentine. Et je ferai tout ce qui est en mon pouvoir pour vous aider.

— Merci, cher beau-frère. Je sais que monsieur le duc et moi pouvons toujours compter sur vous. Et ce n'est pas tant ce que grand-mère a écrit, mais ce qu'elle a fait, répondit Antonia de façon énigmatique.

Ses épaules s'affaissèrent et elle poussa un petit soupir, ce qui suffit pour que Vallentine grince silencieusement des dents. Et quand elle releva la tête vers lui avec un sourire résolu et un regard plein d'espoir, il se dit qu'il aurait accepté de faire tout et n'importe quoi pour la libérer de ce fardeau d'inquiétude. Il se décrocha la mâchoire en entendant ce qu'elle dit ensuite :

— C'est juste que je ne veux pas que monseigneur tue qui que ce soit.

Il sursauta.

— Tuer ? Hein ? En êtes-vous certaine ?

Antonia hocha la tête.

— Mais bien sûr. Ne pensez-vous pas que je connais monseigneur mieux que personne ?

— Ceci est indiscutable.

Vallentine se pencha vers elle et lui demanda à voix basse :

— Voulez-vous que je tue quelqu'un à sa place ?

À son tour, Antonia eut un sursaut.

— Quoi ? Non ! Non ! Non ! Personne ne va mourir, Vallentine ! Vous et moi, nous devons tout arranger avant que monsieur le duc ne le découvre.

Vallentine secoua la tête.

— Je suis tout à fait d'accord pour faire ça, mais tenons-nous-en aux faits. Il va le découvrir et il fera le nécessaire, et si c'est une question d'honneur…

— Bien sûr que c'est une question d'honneur ! l'interrompit Antonia en redressant les épaules. Vous pensez que monsieur le duc tuerait quelqu'un pour moins que cela ? Et c'est la raison pour laquelle il ne faut pas qu'il le découvre, pour laquelle je ne peux pas lui dire et pour laquelle vous devez m'aider.

— Vous devriez peut-être commencer par le commencement et me dire de quoi il est question, suggéra-t-il.

— C'est pour cela que nous sommes ici, que nous sommes venus dehors dans le froid glacial.

— Je comprends. Vous ne voulez pas que les espions de Roxton nous entendent et, par conséquent, qu'il découvre ce que vous savez et que lui ne sait pas.

— Oui et non. Il est vrai que je ne veux pas que monseigneur le découvre. Mais je ne veux pas non plus que grand-mère découvre dans quel état tout ceci me met. Et elle le découvrira. Elle a l'air de connaître tous mes faits et gestes sans que j'aie besoin de lui parler.

— Il y a un espion dans le personnel de Roxton ? s'enquit Vallentine, atterré. Nom d'une pipe ! Vous avez pas tort quand vous dites qu'il y aura des morts. Du sang va couler quand il découvrira l'identité du traître. Avez-vous la moindre idée de qui ce pourrait être ?

Antonia fronça les sourcils.

— Je ne comprends pas. Pourquoi êtes-vous choqué d'apprendre que ma grand-mère a un espion dans notre personnel, alors que monsieur le duc a des espions partout ?

— C'est différent. Elle, c'est une vipère. Lui, non.

— Et c'est donc acceptable de sa part à lui ? Non ! Non ! Je ne veux pas débattre de philosophie avec vous. Nous n'avons pas le temps. Il faudrait que je dresse une liste…

— Une *liste* ? siffla Vallentine en posant une main sur la garde de son épée et en regardant par-dessus son épaule comme s'il s'attendait à un danger imminent. De combien d'espions est-il question ?

Puis il pensa soudain à quelque chose. Il baissa les yeux vers Antonia en fronçant les sourcils et lui demanda avec une évidente déception :

— Ces espions, ce ne sont pas des femmes, si ?

— Qu'est-ce que cela peut bien faire ? Un espion reste un espion.

— Je ne peux pas transpercer une femme de mon épée.

— Tant mieux, car il doit assurément s'agir d'une femme, puis-qu'elle…

— Dommage. Dame.

— … m'espionne pour grand-mère. Mais elle – cette espionne – n'est pas notre souci le plus pressant. Vous pouvez me laisser me charger d'elle. Je vous en parle uniquement parce qu'elle fait partie de l'ombre au tableau… Et si je me fie à votre tête de poisson, je peux en déduire que vous ne voyez pas du tout de quoi je parle !

Antonia gloussa et attrapa la manche de Vallentine.

— Venez ! lui dit-elle. Je pense qu'il vaut mieux que nous arrêtions de parler pour que je vous montre, vous comprendrez ensuite.

— Cela me paraît sage, marmonna Vallentine en laissant Antonia passer devant lui sur le chemin qui menait au bassin.

Le bassin avait été vidé pour ses réparations hivernales et sa rénova-tion, et une demi-douzaine d'ouvriers démontaient une fontaine qui formait la pièce centrale de cette décoration de jardin. Antonia continua à avancer, préoccupée par la lettre qu'elle tenait. Quant à eux, ils se redressèrent d'un seul homme et se découvrirent quand elle et Vallentine les dépassèrent avant de retourner à leur tâche.

Antonia s'avança sous une tonnelle, où elle s'arrêta et ouvrit la lettre de sa grand-mère, Augusta, comtesse de Strathsay. La note de la comtesse était brève et parlait seulement de la lettre qu'elle avait jointe à la sienne. Antonia ne mentionna pas ce que lui avait dit sa grand-mère, c'était inutile. Tout ce qui importait, c'était cette deuxième lettre, qui l'avait écrite, et pourquoi.

Antonia la donna à son beau-frère.

— Cette lettre était glissée dans celle de grand-mère. Elle m'est adressée, mais c'est à elle qu'elle a été envoyée. Vous comprendrez pourquoi elle ne m'a pas été envoyée directement, pourquoi je me retrouve face à un dilemme et pourquoi je n'en ai pas parlé à monsieur le duc quand vous verrez de qui elle provient. Sans parler de ce qu'il écrit.

Vallentine prit la lettre, les yeux posés sur Antonia, et ne détacha pas son regard d'elle quand il déplia l'unique feuille sur laquelle on avait écrit des deux côtés. Il baissa les yeux vers l'encre seulement quand elle fit un pas en arrière et se tourna vers la maison.

Il ne commença pas immédiatement à lire, retournant d'abord la lettre pour regarder directement la signature en bas à gauche. Elle était accompagnée de fioritures et, à côté, d'un sceau en cire rouge sur lequel avaient été apposées les armoiries d'une ancienne famille noble française.

Lord Vallentine releva soudain la tête, ses yeux bleu clair plissés et sa bouche tordue par une grimace de dégoût. Il eut du mal à prononcer ce nom, et quand il y parvint, ce fut dans un murmure rauque empreint de haine :

— *Salvan.*

SEPT

« Quand vous aurez quitté l'Angleterre, je ne veux plus jamais vous revoir… Si jamais vous vous approchez de la duchesse pour quelque raison que ce soit, je vous tuerai. Si jamais vous lui causez le moindre désarroi, que ce soit par la simple mention de votre nom en lien avec ma famille ou parce qu'une rumeur quelconque lancée par vos soins aurait atteint les oreilles de ma femme, je vous tuerai… »

CES MOTS GLAÇANTS, dit par le duc à son cousin le comte de Salvan à peine dix mois plus tôt, resteraient à jamais gravés dans la mémoire de Vallentine, tout comme l'image de Roxton lançant cette menace avant de tourner le dos à Salvan pour toujours. La terreur du comte quand il avait compris que le duc était on ne peut plus sérieux n'avait été qu'une maigre compensation. Vallentine avait exigé la mort du comte et rien de moins après sa participation dans l'horrible agression de la duchesse et de son fils à naître. Néanmoins, même si elle avait échappé de peu à la mort et failli perdre son enfant, Antonia n'avait pas voulu que ses agresseurs – Salvan et son fou de fils – soient tués. Le duc s'était plié à ses demandes.

Mais Vallentine doutait que son ami serait clément une seconde fois.

Et il tenait maintenant dans sa main la preuve que Salvan avait bafoué la mise en garde du duc ! Avait-il complètement perdu la tête ? Car il suffirait que le duc apprenne la seule existence de cette lettre – il n'aurait même pas besoin qu'on la lui mette sous le nez – pour qu'il se rende sur-le-champ à Limoges et mette ses menaces à exécution. Selon les calculs de Vallentine, Salvan n'avait que quelques semaines à vivre.

Son sang bouillonnait à l'idée que ce Français ait osé écrire à Antonia, mais il était encore plus furieux de savoir que c'était sa grand-mère qui avait été l'intermédiaire par lequel le comte avait pu joindre la duchesse.

— Je retire ce que j'ai dit ; je pourrais transpercer une femme de mon épée, cracha-t-il, chiffonnant la lettre entre ses doigts qui convulsaient de colère. Je ferai une exception pour cette-cette… *diablesse* qui vous sert de grand-mère !

— Vallentine ! Ne la déchirez pas avant de l'avoir lue !

Sa Seigneurie fit la grimace.

— Le faut-il ? Je sais qui vous l'a écrite. Je vois bien qu'elle vous a énormément bouleversée. C'est bien assez, je n'ai pas besoin…

— Non. Ce n'est pas assez. S'il vous plaît, demanda Antonia à voix basse. S'il vous plaît, lisez-la, et vous saurez alors pourquoi je n'ai rien dit à monseigneur.

En entendant la panique dans sa voix, il sentit sa colère se calmer considérablement et n'ajouta rien de plus. Il hocha la tête et baissa les yeux vers la lettre. Mais il ne la lut pas immédiatement. Il eut besoin de prendre quelques profondes inspirations pour se préparer avant de découvrir ce que cet aristocrate honni et tombé en disgrâce avait bien pu écrire à la duchesse de Roxton.

Par ailleurs, Salvan prenait un énorme risque. Après que le duc l'eut menacé de le tuer, Vallentine s'était attendu à ce que Salvan fasse ce qu'il y avait de plus décent à faire et mette fin à ses jours. Le roi Louis l'avait banni de la cour française et exilé dans son domaine du sud de la France, où il devait rester jusqu'à la fin de sa vie sur terre. Vallentine imaginait l'aristocrate tapi dans l'obscurité de son château croulant, surveillant toujours d'un œil par-dessus son épaule de peur d'être assassiné, soit par l'un des mousquetaires du roi, soit par un assassin payé par Roxton. La dernière chose à laquelle Vallentine s'attendait, c'était que ce monstre écrive à la seule personne sur terre qui mettrait très certainement fin à sa vie sans tarder et de façon ignoble.

— Lisez-la, insista Antonia en donnant une chiquenaude dans le parchemin pour ramener Vallentine à l'instant présent. Je vais marcher pendant votre lecture.

Il l'observa s'éloigner sur le chemin et s'enfoncer dans un bosquet de tilleuls taillés dont les feuilles avaient pris les flamboyantes couleurs de l'automne, suivie par sa bonne qui restait à quelques mètres derrière elle. Elle se pencha pour ramasser une feuille, ce qui le sortit de ses pensées. Il baissa les yeux vers l'écriture inclinée et serrée du comte de Salvan, cousin germain de son meilleur ami le duc de Roxton et de son épouse Estée.

Madame la Duchesse,

Je ne vous écris pas pour vous offenser, ni pour vous causer le moindre désarroi, mais pour vous demander une faveur, bien humblement.

C'est très audacieux de ma part et je n'ai aucun droit de vous la demander. Le simple fait de recevoir une lettre écrite de ma main vous a sans doute causé beaucoup de peine. J'espère seulement que votre grand-mère, dans sa sagesse infinie, vous a préparée à recevoir cette lettre de ma part. Ainsi, je demande humblement votre pardon et votre compréhension, et je prie pour que vous me les accordiez, car vous possédez le plus doux des tempéraments.

Mais assez de mes compliments, que vous jugerez sans doute insincères et d'une grande platitude, et qui doivent vous offenser, car ils viennent de quelqu'un que vous devez considérer comme la plus diabolique des créatures vivant dans le royaume de Dieu.

Vous pouvez me croire ou non quand je vous dis que le pauvre Salvan a passé chaque heure de chaque jour de son exil à regretter ses odieux agissements envers vous. Je ne dis pas ceci pour obtenir votre pardon ou pour gagner la clémence de votre noble époux. Je sais que mon cousin n'envisagera jamais que je puisse être pris de remords, qu'il ne me témoignera jamais ne serait-ce qu'une once de pitié. C'est ainsi. Et si vous décidez de lui montrer cette lettre ou de lui faire savoir que je suis entré en communication avec vous, je suis certain de recevoir sa visite ou celle de l'un de ses agents et que ma vie sur terre arrivera à son terme à la pointe d'une épée dans un futur très proche.

Alors pourquoi le pauvre Salvan vous écrit-il, au risque de perdre ce qu'il reste de sa misérable vie ?

Car j'aimerais en sauver un autre du sort que j'ai subi aux mains de votre noble mari.

Vous devez savoir, comme le reste du monde, que le sort et le futur de ma famille sont entièrement entre les mains de monsieur le duc de Roxton. C'est à lui de décider si mon nom perdurera après moi. Si nous, les Salvan, prospérerons ou tomberons en disgrâce. Si nous pourrons un jour revenir à la cour ou refaire de bons mariages. Tout ceci dépend du bon vouloir de mon cousin. C'est lui que Sa Majesté écoute, que les autres regardent pour savoir comment eux-mêmes doivent se comporter avec les membres de la famille Salvan.

Que je sois honni est une punition à la hauteur de mes péchés. Mais le pauvre Salvan vous demande, non, il vous <u>supplie</u> de vous interroger sur un point : les autres membres de sa famille, qui n'avaient aucun lien avec ses manigances ridicules — pas même son triste fils, qui n'était pas sain d'esprit — doivent-ils subir le destin peu glorieux du pauvre Salvan, uniquement à cause de ce lien du sang ? Le nom Salvan est aujourd'hui synonyme de la plus vile perfidie, et c'est entièrement ma faute.

Je ne crois pas un instant que vous vouliez voir souffrir la famille du pauvre Salvan, que vous vouliez les voir devenir des parias à perpétuité. Je me permets cette grande audace, car j'ai toujours su qu'il n'y avait pas une once de malveillance en vous. Et comment puis-je le savoir ? Car c'est du mauvais sang – du sang malin – qui coule dans mes veines et dans celles de ma pathétique progéniture. L'obscurité peut voir la lumière, même si la lumière est incapable de comprendre l'obscurité.

Vous avez une âme pure et un cœur aimant, et vous avez fait don du salut à mon cousin, monsieur le duc de Roxton. J'espère, en dépit de tout, que vous aurez la bonté d'accorder également le salut à ma famille…

VALLENTINE ARRÊTA de lire et releva les yeux de la page, la bouche plus sèche que jamais, comme s'il avait mangé une cuillerée de cendres. Son dégoût pour le comte et son incrédulité face à la sincérité de ses propos étaient tels que si Antonia ne lui avait pas demandé de lire la lettre en entier, il l'aurait écrasée dans sa main et l'aurait balancée par-dessus le haut mur du jardin. Il n'en fit rien et avec un grognement impatient, il tourna la feuille de papier pour lire la deuxième page d'écriture ramassée. Avant de poursuivre, il chercha Antonia du regard et la trouva, arrêtée au milieu du bosquet de tilleuls.

Deux ouvriers ratissaient des feuilles et les ajoutaient à une pile de détritus en train de se consumer lentement, les légères volutes de fumée gris clair s'élevant dans le ciel dégagé. Antonia était en pleine conversation avec l'un de ces deux ouvriers, qui s'était découvert et qui gesticulait, désignant quelque chose qui n'était pas dans le champ de vision de Sa Seigneurie. Assurément, cet homme était en train de lui expliquer quelque chose. Elle était toujours curieuse et enthousiaste à propos de tout. Vallentine arbora un sourire indulgent en voyant cela, mais son sourire s'effaça et son impression d'avoir la bouche pleine de cendres revint quand il continua à lire. Il relut la dernière phrase de la première page avant de poursuivre :

… J'espère, en dépit de tout, que vous aurez la bonté d'accorder également le salut à ma famille.

Car aussi assurément que le soleil se lève tous les matins, je sais qu'il n'y a personne sur cette terre qui peut mieux que vous faire ressortir les meilleurs côtés de monsieur le duc de Roxton. Vous pouvez l'influencer, lui qui ne se laisse influencer par personne. Il vous aime à en perdre la raison, lui qui n'en a jamais aimé une autre. Vous avez le pouvoir, si vous en avez l'envie, de le persuader de faire preuve de clémence envers ma famille. Vous seule pouvez sauver les Salvan de plusieurs siècles d'ignominie et de ruine.

Comment pouvez-vous faire cela ? En ouvrant votre cœur et votre porte à un jeune homme innocent qui n'est qu'au commencement de son parcours de vie. Un petit acte de bonté, c'est tout ce que je vous demande. Non, je vous <u>supplie</u> de persuader monsieur le duc de daigner reconnaître l'existence du jeune homme par de minuscules gestes — un hochement de tête, un mot, un regard approbateur en public. Ainsi, assurément, la société l'accepterait, tout en sachant que même si le pauvre Salvan est rejeté par monsieur le duc de Roxton pour l'éternité, ce n'est pas le cas de ce jeune homme, qui est également un Salvan.

Ainsi, le pauvre Salvan vous confie le petit-fils de son oncle décédé, Hubert Gabriel Louis Hyacinthe Salvan Montbelliard, le chevalier Montbelliard.

Ce garçon a l'immense malchance d'être mon héritier depuis la disparition de mon propre pauvre fils (que son âme torturée puisse maintenant reposer en paix), et il héritera de tous mes biens matériels, ainsi que de l'ancien titre familial et de mes terres, quand ma misérable carcasse rendra enfin son dernier souffle. Il est également voué à hériter de ma honte et de mon malheur.

Si mon cousin ne lui rend pas un petit service en le reconnaissant publiquement, alors Montbelliard sera obligé de vivre toute sa vie en exil, loin de la bonne société, privé de toute possibilité d'emploi au service de Sa Majesté et rejeté en tant que mari convenable par toutes les bonnes familles. C'est le sort qui l'attend quand il deviendra comte de Salvan, si vous n'intervenez pas pour lui auprès de mon cousin.

C'est un bon garçon, un fils très dévoué auprès de sa mère veuve et un frère protecteur pour ses quatre sœurs. Il a très bon caractère et son tempérament est excellent. Il est de la plus haute intégrité et, en vérité, il est à l'opposé de tous les Salvan qui sont passés avant lui, et c'est une grande chance pour lui. Il redorera le blason des Salvan s'il en a l'opportunité. Mais vous n'avez pas à me croire sur parole. Je vous demande, non, je vous implore, de vous faire votre propre avis en lui accordant un entretien, afin que vous puissiez le juger par vous-même.

Son sort et son avenir, l'avenir des Salvan, tout repose entre vos mains, madame la duchesse de Roxton.

Le pauvre Salvan vous supplie, il est à vos pieds, étalé par terre, le visage dans la boue, prêt à faire tout et n'importe quoi pour que vous accordiez ce petit geste de bonté, non pas à Salvan lui-même, mais au chevalier Montbelliard.

Je signerais bien « votre humble serviteur », mais je sais que ces mots, en ce qui me concerne, sont dénués de sens pour vous. Je préfère vous remercier d'avoir accepté de lire cette lettre du pauvre Salvan, vous remercier pour votre temps, votre compassion et votre grande bonté.

Jean-Honoré Gabriel
Comte de Salvan
Château d'Ambert
Limoges

HUIT

L'AISSANT PENDRE LA LETTRE entre ses doigts, Lord Vallentine rejoignit Antonia dans le bosquet de tilleuls. Les ouvriers s'étaient remis à ratisser les feuilles mortes, les ajoutant à la pile qui se consumait.

— L'avez-vous lue en entier ? demanda-t-elle en confiant son manchon en fourrure à sa bonne.

— J'ai lu les deux horribles pages, oui. Il n'a jamais été du genre à en venir directement au fait, hein ? Je sais pas du tout ce que vous pouvez y faire, en revanche, dit-il, l'air désolé, en lui rendant la lettre. Ni comment vous pouvez cacher ça à Roxton. Si c'est ce que vous comptez faire. C'est impossible, vous savez. Vous pourrez pas lui cacher. Hé ! Qu'est-ce que… qu'est-ce que vous faites ?

— Je la jette au feu, répondit-elle calmement après avoir lâché la lettre pliée sur les feuilles en flammes. Je l'ai lue, et à présent vous aussi. Et à part vous et moi – et grand-mère, qui j'en suis sûre, ne me l'a pas envoyée avant de l'avoir lue –, personne d'autre n'a besoin de la lire. Surtout pas monseigneur. Elle ne ferait que le contrarier…

— Ha ! Quel euphémisme ! Il ne serait pas tant contrarié par la prose fleurie et pathétique que par l'audace de ce vil crapaud, qui ose vous écrire et vous contrarier.

— Je ne suis pas contrariée. Je l'étais. Mais ce n'est plus le cas à présent, répondit-elle, les yeux baissés sur le papier qui se réduisait en cendres et se repliait sur lui-même, poussant un petit soupir avant de se tourner vers Vallentine avec un sourire. Je pense au présent et à l'avenir, pas au passé. Ce que j'ai vécu à cause d'Étienne et de Salvan il y a déjà tant de mois était réellement affreux, et sur le moment, j'étais bouleversée et attristée. Mais j'ai mis tout cela derrière moi. Ce qui importe, c'est que je sois mariée à monseigneur, que nous nous aimions de tout notre cœur et que nous ayons un fils que nous aimons tous les deux énormément. Ce sont eux, mon avenir, et ils me rendent heureuse.

— C'est une façon très mature de voir la vie, commenta Vallentine, surpris, d'un air pensif. Vous êtes d'une grande sagesse pour votre âge. Vous me faites passer pour un petit jeune ! J'oublie parfois que vous êtes une gamine…

— Vallentine ! Non ! La maturité n'a rien à voir avec l'âge, déclara Antonia d'un ton impérieux. Et vous oubliez vos manières. Je ne suis pas une gamine. Je suis une épouse et une mère, et je suis madame la duchesse de Roxton.

— Pardonnez-moi, madame la duchesse, dit-il en s'inclinant bien bas d'un geste élégant, des pointes de couleur apparaissant sur ses joues minces. Vous avez raison. Je ne voulais pas vous offen…

— Non ! Non ! Ne vous inclinez pas devant moi. Je suis désolée, s'excusa-t-elle rapidement, se hissant sur la pointe des pieds en agrippant le bras de Vallentine pour garder l'équilibre afin de déposer un bref baiser sur sa joue. Vous ne pensez pas à mal. Le problème vient de moi. Je fais de mon mieux, mais j'ai encore beaucoup de choses à apprendre. Et je sais que madame, bien qu'elle se soit faite à l'idée que je suis maintenant à la tête du foyer de monsieur le duc, me pense incapable de le diriger comme elle le voudrait, de la façon qu'elle pense appropriée pour quelqu'un d'aussi important que son frère.

— Estée est jalouse, c'est tout, admit sincèrement Vallentine. Jusqu'à ce que vous débarquiez dans la vie de Roxton, elle était la seule femme à avoir jamais vécu sous le même toit que lui. Et puis, ajouta-t-il avec un sourire penaud et coupable, les laquais de Roxton servent Estée car c'est sa sœur. Mais vous, aah ! Ils vous servent parce qu'ils en ont envie, peu importe que leur maître soit monsieur le duc de Roxton. Ils feraient tout pour vous, vous le savez, hein ?

Antonia lui rendit son sourire coupable en s'empourprant.

— Ce que vous dites, je m'en doutais déjà, mais vous entendre le dire me fait beaucoup de bien. Merci.

Vallentine tapota légèrement le petit nez d'Antonia du bout d'un doigt ganté avant de tapoter son propre nez.

— Ça reste entre nous.

— Entre nous, répéta-t-elle en hochant la tête, le sourire aux lèvres.

Un craquement bruyant venant de la pile de déchets du jardin détourna momentanément leur attention. Il s'agissait d'une pomme de pin qui avait pris feu, leur assura l'un des jardiniers. Cette distraction ramena Antonia au sujet qui les préoccupait. Elle récupéra son manchon des mains de sa bonne et prit le bras de son beau-frère. Ils s'éloignèrent du feu et avancèrent sur le chemin menant à un portail ornementé dans le haut mur du jardin qui s'ouvrait sur le parc royal.

— Vallentine, il faut que je vous le dise, je ne pense pas que monseigneur ait oublié ce terrible incident, avoua-t-elle en fronçant les sourcils. Il m'a dit un jour… À un certain moment – quand Étienne se tenait au-dessus de moi, un couteau à la main, et que ma robe était couverte de sang –, il a cru qu'il nous avait perdus, moi et notre bébé. Il ne pouvait plus respirer. Il a senti une terrible pression dans sa poitrine, une douleur qu'il a comparée à celle que l'on doit ressentir quand le cœur s'arrête de battre.

Elle leva les yeux vers Vallentine, qui regardait droit devant lui, la bouche pincée d'un air sombre, et ajouta :

— Je pense qu'être si près de nous perdre que son cœur s'est arrêté de battre pendant assez longtemps pour lui faire mal l'a réellement effrayé. Et il n'a jamais peur de rien ni de personne, n'est-ce pas ?

— Non, en effet.

— Mais avec moi et Julian… dit-elle en levant de nouveau les yeux vers lui, s'apercevant qu'il regardait toujours droit devant lui, les coins de sa bouche à présent tirés vers le bas. Nous… nous avons affaibli son cœur, non ? Et il n'aurait jamais pensé avoir une telle faiblesse, n'est-ce pas ?

— Non, en effet.

— Et la mort de Gray… L'horrible façon dont Étienne l'a…

— Vous n'avez pas besoin de le dire. Je m'en souviens, lui dit Vallentine à voix basse. Roxton était – *est* – dévoué à ses chiens. Il l'a toujours été. Ce qui est arrivé à Gray, personne ne risque de l'oublier.

Antonia tira sur son bras pour qu'il baisse la tête vers elle et regarda droit dans ses yeux bleus.

— Vallentine, vous ne devez rien répéter de tout cela, que ce soit à lui ou à qui que ce soit d'autre. Pas même à madame. Je ne cache rien à monseigneur, mais dans le cas présent… Il n'a pas besoin de savoir que nous avons parlé de ceci. Promettez-le-moi.

Il hocha la tête et répondit, sans une once de sa nonchalance habituelle :

— Sur mon honneur. (Le froid lui fit rentrer la tête dans les épaules.) Si vous voulez mon avis…

— Oui.

— Il n'accordera jamais son pardon à Salvan, déclara-t-il d'un ton catégorique. Et il n'approuvera jamais les manigances pathétiques et franchement absurdes de ce monstre pour que ce Hubert machin-chose soit accepté dans la haute société. Vous pouvez essayer de soutenir la cause de ce type si c'est ainsi que vous souhaitez procéder – et vous connaissant, vous et votre capacité à tout pardonner, je suis plutôt certain que c'est ce que vous voulez faire. Et vous pouvez faire céder Roxton comme personne d'autre, mais… mais que je sois pendu s'il change d'avis, même pour vous, la lumière de sa vie. Roxton n'octroiera jamais à Salvan la satisfaction de savoir que l'avenir de sa lignée est assuré grâce à ce chevalier machin-chose, s'il est bien celui que Salvan affirme…

— Mais, Vallentine, Salvan ne ment pas à propos d'Hubert Mont-belliard. Il s'agit bien de son héritier.

— Et son dégénéré de fils, enfermé au château Bicêtre ? Avons-nous tous oublié d'Ambert ?

Antonia s'arrêta et pivota vers Vallentine, tournant le dos au mur du jardin. Elle releva le menton avec un petit sourire crispé et entendu.

— Étienne est mort, Vallentine. Vous le savez. Madame le sait. Monsieur le duc également. La seule personne que vous pensez ne pas être au courant, c'est moi ! Mais je l'ai su juste après que ce soit arrivé, quand monsieur le duc l'a appris. Le pauvre Étienne est mort quand on le ramenait en France, il s'est noyé pendant la traversée de la Manche.

Vallentine n'essaya pas de le nier.

— Comment l'avez-vous appris… ? Non ! Laissez-moi deviner. Votre vieille grand-mère vipère vous l'a dit.

— Oui. Elle m'a aussi dit que ce n'est pas Salvan qui a demandé qu'il soit jeté par-dessus bord. Les mousquetaires qui étaient là sur ordre de monseigneur pour empêcher cette éventualité l'ont confirmé. Grand-mère m'a dit, et c'est Salvan qui lui avait révélé ceci, qu'Étienne avait eu un moment de lucidité pendant la traversée. Qu'il avait soudain pris conscience de la nature sordide de sa vie. De l'horreur de ce qu'il avait fait, entre le meurtre du compagnon à quatre pattes le plus dévoué de monseigneur et sa tentative de me tuer ensuite. Ce fut trop pour lui. Il a sauté par-dessus bord et comme il ne savait pas nager, il s'est noyé.

— Vous avez de la peine pour lui, même après tout ce qu'il a essayé de… ?

— Ce monstre n'était pas Étienne. Bien sûr que j'ai de la peine pour le garçon que j'ai connu. Je ne me réjouis pas qu'il se soit noyé, même si je suis soulagée qu'il soit maintenant en paix. Il n'aurait pas pu trouver la paix s'il était resté vivant, enchaîné dans un asile.

Vallentine rentra le menton.

— Vous rendez-vous bien compte que c'est sur les ordres de Roxton qu'il devait être enchaîné à Bicêtre ?

— Vous pensez que je m'opposais aux ordres de monsieur le duc ? Pas du tout ! s'exclama Antonia, l'air offensé. Renard était bien décidé à faire enfermer un monstre pour que nous soyons en sécurité, moi et notre bébé. Le garçon qui s'est noyé n'était pas ce monstre. Mais avec la mort d'Étienne, le monstre est mort également. Enfin.

— Oui. C'est vrai. Mais même si le fils peut maintenant reposer en paix avec son monstre au fond de la mer, cela ne veut pas dire que Salvan devrait pouvoir bénéficier du moindre répit. C'est Salvan qui a réveillé le mal chez son fils en lui administrant des opiacés. Mais personne n'a eu besoin de réveiller le mal chez Salvan, il était déjà là. Et si vous voulez mon avis, il a de la chance d'être en vie ! L'exil était un châtiment trop clément. Je suis d'accord avec Estée sur ce point. Roxton aurait dû le planter sur-le-champ et en finir avec sa misérable existence !

— Mais, à l'époque, vous disiez que la mort serait trop douce pour lui, dit Antonia, surprise. Vous disiez que l'exil sur son domaine conviendrait mieux, car il serait obligé d'assumer ce qu'il avait fait chaque jour pour le reste de sa vie. Et maintenant, vous pensez que monseigneur aurait dû le tuer sur le moment ?

— Oui.

Antonia réfléchit à cela un instant, puis elle secoua la tête.

— Non. Je ne peux pas être d'accord avec vous et madame. Si Salvan était mort de la pointe de l'épée de monsieur le duc dans nos appartements de Treat, cet événement aurait entaché notre vie là-bas. N'avez-vous pas pensé à cela ? Bien sûr que non, mais je suis certaine que monseigneur, lui, y a pensé.

Vallentine prit une profonde inspiration et hocha la tête.

— Oui, je comprends ce que vous voulez dire.

— Vous pensez que quand nos amis et notre famille viennent nous rendre visite, ils voudraient se rappeler que leur hôte a tué son cousin, un cousin qui a orchestré mon agression ? Vous pensez que nous voulions vivre avec ce souvenir ? Non ! Nous sommes déjà assez tristes de devoir vivre avec le souvenir de l'horrible mort de Gray. Mais nous avons toujours Tan, et quand lui et son nouveau compagnon auront retrouvé leur maître, une partie de la tristesse de monseigneur s'effacera. Non, Vallentine. Treat sera un endroit heureux, un endroit où nous allons élever nos enfants, où nos amis et notre famille viendront séjourner et s'amuser. C'est à cela que ressemblera le Treat du cinquième duc et de sa duchesse. J'y suis déterminée.

Quand Lord Vallentine la dévisagea, incrédule, une main gantée posée sur sa bouche, Antonia fronça les sourcils et se dit qu'il allait lui présenter un contre-argument ou un autre. Elle était prête à en débattre avec lui.

Mais c'était à quelque chose d'entièrement différent que Vallentine pensait. Il se rappelait ce que son meilleur ami lui avait dit la veille, quand ils parlaient de ce qu'ils faisaient quand ils avaient dix-neuf ans et de leur manque d'expérience par comparaison avec le statut et la responsabilité qui pesaient à présent sur les épaules de la délicieuse créature qu'il avait sous les yeux. Il était incapable d'imaginer que Roxton ou lui-même, au même âge, auraient pu être aussi visionnaires. Par ailleurs, la famille avait été à mille lieues de leurs préoccupations.

Quant à Treat – le siège ducal –, l'idée même de transformer un tel édifice de marbre froid, aux proportions si monumentales et construit spécifiquement pour la glorification et la commémoration du duché des Roxton, en quelque chose qui ressemblait à un foyer heureux était tellement attrayante par sa simplicité que Vallentine poussa un petit cri de joie. Incapable de se maîtriser, il leva les bras en l'air et fit une pirouette sur place.

— À tous vos futurs jours heureux dans votre foyer heureux, je dis « hourra », madame la duchesse ! déclara-t-il en attrapant Antonia par les coudes, car ses mains étaient profondément enfouies dans son manchon, pour danser avec elle. Enfin, Treat sera un vrai régal, comme il se doit, et c'est entièrement grâce à vous !

Surprise, Antonia mit un peu de temps à réagir, mais le bonheur de Vallentine était contagieux et rapidement, elle se mit à rire, à glousser et à danser avec lui.

La bonne d'Antonia s'avança plusieurs fois, inquiète face à ce comportement étrange. Elle se demandait si elle devait intervenir et arracher sa maîtresse de l'étreinte de l'excentrique Lord Vallentine. Mais finalement, le tournis eut raison d'eux et ils titubèrent tous les deux jusqu'au banc en pierre le plus proche. Après s'être assuré qu'Antonia était bien assise, Vallentine s'effondra à côté d'elle.

Il s'accorda un instant pour reprendre son souffle, puis dit d'une voix teintée d'une note d'excuses :

— Pardonnez mon exubérance excessive, mais je suis plus que ravi de vous entendre dire que vous allez transformer ce sinistre palais de désespoir en un havre de paix pour Roxton et vous, et pour le reste d'entre nous.

— Un sinistre palais de désespoir ? répéta Antonia avant d'esquisser un sourire en coin. Vous avez osé qualifier l'hôtel de monseigneur de vieux tas de briques, et maintenant vous qualifiez son domaine rural en Angleterre de sinistre palais ? Je me demande comment vous pouvez supporter de nous rendre visite plusieurs mois de suite dans un endroit aussi lugubre !

— Il n'est plus lugubre maintenant que vous y habitez avec lui, déclara Vallentine. Vous avez chassé tous les vieux fantômes qui hantaient les couloirs. Et il n'y avait pas plus morbide comme fantôme que le grand-père de Roxton. Affreux despote ! Pas étonnant que son propre fils ait préféré partir et ne soit jamais revenu en terres anglaises ! Quant à ce que le quatrième duc a fait après avoir mis la main sur

Roxton quand il était petit, grand Dieu ! J'ai des frissons dans le dos rien qu'en y pensant…

Antonia se redressa, se tenant bien droite.

— Comment ? Qu'est-ce qu'il a fait ?

Vallentine secoua la tête et agita un doigt.

— Non. Ce n'est pas à moi de vous le dire. Je ne suis pas au courant de tout, et ce n'est pas à moi de répéter ce que je sais et ce que j'ai vu la seule fois où j'y suis allé en visite. Il faudra que vous demandiez directement à Roxton. Dame ! Moi qui espérais vous changer les idées avec des pensées et des gestes heureux, tout ce que j'ai réussi à faire, c'est créer un vrai tourbillon dans votre esprit. Vous ne vous arrêterez pas tant que vous ne saurez pas tout. Et Roxton ne risque pas de me remercier pour ça, hein ?

— Ne vous inquiétez pas, lui assura Antonia en rendant soudain son manchon à sa bonne hébétée. Je l'interrogerai de sorte que vous ne soyez pas impliqué. Je lui pose constamment des questions et il est très patient avec moi, je trouverai donc le bon moment pour glisser une question à propos de son sinistre grand-père.

Vallentine leva les yeux au ciel.

— Ah ça, j'en doute pas. Mais il saura que c'est moi qui vous en ai parlé. (Il haussa les épaules.) Ainsi soit-il, dit-il en sortant sa montre à gousset pour regarder l'heure. Je pensais aller me promener jusqu'à la Grande Écurie et passer à l'école d'escrime. Je n'ai aucune envie de revenir sur cette lettre que vous avez brûlée, mais vous ne m'avez pas encore donné d'indication claire à propos de ce que vous attendez de moi. Mais si ce dont vous avez besoin, c'est de mon aide pour convaincre Roxton de donner son approbation publique à l'héritier de Salvan, le chevalier machin-chose, je crains qu'il y ait très peu d'espoir qu'il…

— Vallentine ! Je ne comprends pas pourquoi vous avez tant de mal à retenir le patronyme du chevalier. Surtout que vous le connaissez très bien.

Vallentine, de stupéfaction, se releva du banc et fit face à Antonia, laissant sa montre à gousset pendiller au bout de la chaîne en argent qui la reliait à la poche de son gilet en velours.

— Comment ? Je connais ce type ? D'où est-ce que je le connais ?

Antonia écarquilla ses yeux verts et un sourire mystérieux passa sur sa jolie bouche.

— Je ne pense pas que je devrais vous le dire ici, répondit-elle avec une douceur taquine. Vous le reconnaîtrez dès que vous le verrez.

Vallentine regarda rapidement autour de lui, comme s'il s'attendait à ce que le chevalier Montbelliard soit juste derrière lui. Il n'y avait personne. Il se tourna derechef vers Antonia, qui s'était relevée à son tour, et plissa les yeux.

— Que se passe-t-il ?

Sereine malgré la méfiance de Vallentine, Antonia prit son bras et le fit tourner vers la villa. Elle tendit de nouveau la main pour récupérer son manchon.

— Vous avez raison. Le temps passe, nous allons faire attendre votre invité.

— Hein ? Qu'avez-vous fait, madame la duchesse ? se plaignit Vallentine sans conviction.

Il n'attendait pas de réponse. Il savait reconnaître quand on lui avait damé le pion. Il retourna silencieusement vers la villa, Antonia à son bras. Cette dernière était pratiquement en train de sautiller près de lui.

NEUF

À peine Antonia avait-elle posé une bottine de marche sur le carrelage noir et blanc de l'orangerie qu'un valet de pied en livrée remonta le long passage en toute hâte, contournant les grands bacs dans lesquels des poiriers, pommiers et citronniers étaient plantés pour l'hiver. Il s'inclina et lui tendit un plateau en argent sur lequel était posée la carte de visite d'un certain Hubert Gabriel Louis Hyacinthe Salvan Montbelliard, le chevalier Montbelliard. Le domestique lui indiqua qu'on avait installé le chevalier dans le petit salon. Par ailleurs, comme l'avait plus tôt demandé madame la duchesse, le chevalier avait été accueilli avec du café et un assortiment de gâteaux.

C'est alors qu'à la grande surprise de Vallentine, Antonia prit congé. Vallentine accueillerait le chevalier Montbelliard sans elle. Elle devait aller voir son fils et changer de chaussures.

— Mais ! Mais ! Dame ! Que vais-je bien pouvoir dire à ce type ? gémit Lord Vallentine, retirant difficilement son pardessus après l'avoir suivie à l'intérieur.

Un valet de pied vint l'aider et récupéra également ses gants. Mais quand Sa Seigneurie hésita à déboucler son épée, le valet de pied s'éloigna. Vallentine resta planté là, indécis. Il était tiraillé ; devait-il faire ce qu'on lui avait dit de faire, ce que Roxton attendrait de lui, ou risquer d'être accusé de manque de loyauté, d'avoir trahi son ami en buvant le café et en mangeant des gâteaux avec l'héritier de l'ennemi juré de Roxton ? Puis la duchesse le prit par surprise et alimenta autant sa curiosité que son embarras, lui faisant complètement oublier son dilemme.

Sur le palier du premier étage, Antonia passa la tête par-dessus la balustrade et regarda Vallentine qui était encore dans le vestibule, en pleine indécision.

— Je sais ce que vous allez dire, je n'ai pas besoin d'être là pour l'entendre. Vous allez dire ce que vous dites toujours. Plus tard, vous pourrez me donner raison ou tort.

Elle disparut avant que Vallentine ne puisse faire le moindre commentaire, mais quelques secondes plus tard, après avoir monté quelques marches, sa tête réapparut par-dessus la balustrade et elle lui lança :

— Vallentine ! Ne touchez pas au nougat de Montélimar. Selon madame, cette sucrerie vous donne des vents. À bientôt !

— Pour l'amour du Ciel, marmonna Vallentine en passant une main sur son visage empourpré et en tournant les talons.

Il leva les yeux et surprit le valet de pied qui portait son pardessus et ses gants ainsi que l'un de ses collègues près de la double porte en train de faire de leur mieux pour s'empêcher d'éclater de rire, ce qui ne servait qu'à rendre leur visage tout rouge et à faire trembloter leurs épaules. Vallentine fit un pas vers eux, la main posée sur la garde de son épée, et poussa un grognement. Instantanément, les domestiques battirent en retraite, les yeux écarquillés et le visage tout blanc. Vallentine, de meilleure humeur, s'éloigna d'un pas nonchalant.

Ce fut seulement quand un valet de pied le fit entrer dans le petit salon qu'il se souvint de son dilemme initial, de son tiraillement entre le plan d'Antonia et un éventuel manque de loyauté envers son meilleur ami s'il saluait l'héritier du comte de Salvan. Mais c'était trop tard. Il était déjà dans la pièce et à présent, il devait aller au bout des présentations.

— Monsieur Vallentine ! Quelle joie de vous revoir aussi rapidement !

Vallentine se tourna vers cette voix familière et son visage se détendit. Un beau jeune homme plutôt petit, aux boucles noires serrées, aux yeux foncés expressifs et au sourire avenant s'avança sur le tapis pour venir le saluer.

— Cousin Hugh ? Quelle bonne surprise ! répondit Vallentine, serrant la main du jeune homme après que ce dernier se fut respectueusement incliné devant lui. Que faites-vous dans ce hameau ? Lors de notre dernière discussion, vous disiez à madame que vous retourniez en province, où vous seriez précepteur... Laissez-moi deviner ! Les trois garçons de monsieur de Chesnay. Des cours d'escrime et de maintien. Ai-je visé juste ?

Le jeune homme arbora un grand sourire, affichant de parfaites dents blanches.

— Oui, monsieur. Vous avez raison. Ils s'appellent Barnabé, Benoît et Blaise.

Vallentine leva les yeux au ciel et souffla.

— Pauvres petits. J'espère qu'ils sont doués en maniement de l'épée, ils vont en avoir besoin !

— Je fais tout mon possible pour leur apprendre ces compétences, monsieur, répondit le jeune homme en suivant Vallentine, qui traversa la pièce pour rejoindre un canapé et des fauteuils confortables disposés devant une cheminée.

Un valet de pied avait avancé un chariot à thé sur lequel se trouvaient la cafetière en argent, des tasses et assiettes en porcelaine, ainsi qu'un généreux assortiment de mets délicats qui étaient aussi alléchants qu'ils étaient beaux.

Vallentine se rendit soudain compte qu'il avait faim. Mais en apercevant le nougat aux amandes de Montélimar, il fronça les sourcils et hésita à remplir son assiette. Il préféra se servir une tasse de café et invita son invité à se servir et à s'installer confortablement dans une bergère.

— Le plus jeune garçon, Blaise, est le plus prometteur, continua le jeune homme en posant sa tasse de café et une assiette contenant deux petits gâteaux à la crème et un morceau de nougat sur une table près de la bergère avant de relever les basques de sa redingote en laine bleue, aux larges revers et aux boutons en argent, afin de se percher au bord d'un coussin confortable, une jambe bottée avancée vers l'avant, le pied tourné vers l'extérieur, ancré dans le sol.

— Bien. Il faut qu'il soit prometteur, répondit Vallentine, impressionné par l'aisance et l'élégance du jeune homme, un œil envieux posé sur le nougat dans son assiette, avant de boire une gorgée de café. En temps normal, j'aurais attendu notre hôtesse avant de plonger dans le chariot à thé, mais j'ai appris que quand il est question d'un bébé, il est impossible de prévoir quand on peut se libérer.

— Je crains que ce soit vrai, monsieur. Deux de mes quatre sœurs ont des enfants, cette imprévisibilité ne m'est donc pas inconnue.

— Je suis sûr que vos sœurs sont des mères dévouées. Et elles ne subissent pas la pression qui accompagne l'éducation d'un précieux bébé ducal, j'imagine !

Le jeune homme secoua la tête avec sérieux.

— Elles ont épousé des gentilshommes de province. Mais je suis persuadé que tous les bébés, qu'ils soient provinciaux ou ducaux, sont précieux aux yeux de leurs parents.

— Oui ! Oui ! Bien sûr, fulmina Vallentine, soudain mal à l'aise après s'être exprimé aussi franchement auprès d'un jeune homme qu'il n'avait rencontré que deux fois auparavant, une première fois dans le salon de son épouse, puis une deuxième fois dans une école d'escrime renommée de la ville, où il l'avait aidé à maîtriser plusieurs points techniques du maniement de l'épée.

— J'espère tout de même que madame la duchesse pourra trouver le temps de venir me rencontrer, déclara le jeune homme d'un ton neutre, rompant le long silence. Les quelques fois où j'ai rendu visite à madame Vallentine, madame la duchesse de Roxton était absente… Peut-être que ce sera différent aujourd'hui… ?

Quand Vallentine resta silencieux, le jeune homme dirigea son attention vers l'assortiment de gâteaux dans son assiette et but son café.

— Êtes-vous venu ici seul ? lâcha soudain Sa Seigneurie, un pli prononcé entre les sourcils.

— Je vous demande pardon, monsieur ?

— A-t-on conduit quelqu'un d'autre dans cette pièce, quelqu'un qui serait parti avant mon arrivée ?

— Non, monsieur.

Les sourcils de Vallentine se froncèrent un peu plus encore.

— Que faites-vous ici, cousin Hugh ?

— Je suis venu rencontrer madame la duchesse, et parce que vous m'avez invité, monsieur.

— Je vous ai… Comment ? répondit Vallentine en se redressant et en reposant sa tasse de café vide. Je vous ai invité ? Quand, et qui vous l'a dit ? Pardonnez-moi si je vous surprends, mais je suis moi-même plutôt surpris !

Le jeune homme reposa également sa tasse ainsi que son assiette, dans laquelle restait un morceau de nougat aux amandes qu'il n'avait pas touché.

— Ma cousine… madame votre épouse… elle a envoyé chez moi une note avec votre invitation.

— Vraiment ? Que disait cette invitation ?

— Elle m'invitait à vous rencontrer ici, en ce jour, et à cette heure fixée à l'avance…

— Et pour quelle raison ?

— Vous proposiez de m'accompagner à la Grande Écurie.

— Pourquoi ferais-je une chose pareille ?

Le jeune homme était confus.

— Je vous demande pardon, monsieur, mais lors de notre dernière conversation, je vous ai parlé de mon désir de travailler à l'école d'escrime au sein de la Grande Écurie. Puis, une autre fois, alors que je rendais visite à madame et que vous étiez absent, je lui ai dit que j'avais adressé ma candidature, avec mes qualifications et plusieurs lettres de recommandation, dont une du marquis de Chesnay, aux autorités compétentes de la Grande Écurie…

— Et ma femme a proposé que je vous recommande ?

Quand le jeune homme hocha la tête, plein d'espoir, Vallentine fit claquer sa langue et hocha la tête à son tour avec un sourire pincé. Il savait reconnaître quand il avait été devancé, et il était inutile de lutter contre son épouse et sa belle-sœur, qui ensemble représentaient une vraie force de la nature. Par ailleurs, il en savait plus que quand il était entré dans la pièce. Ses souvenirs lui revenaient et les pièces du puzzle s'emboîtaient parfaitement.

— Très bien, dans ce cas, ajouta-t-il en se relevant de la bergère, je ferais mieux de tenir sa parole.

En se levant, il se pencha, subtilisa le morceau de nougat qui restait dans l'assiette abandonnée du jeune homme et le glissa dans sa bouche avec une immense satisfaction. Au même moment, un valet de pied ouvrit la porte pour faire entrer l'une des domestiques de la duchesse. Elle s'avança droit vers lui et se baissa en une révérence.

— Laissez-moi deviner, dit mollement Vallentine, un doigt dans la bouche afin de déloger la boule de nougat aux amandes collée sur l'une de ses molaires. Madame la duchesse a un empêchement inévitable et ne se joindra pas à nous ?

— En effet, milord. Le petit ne veut pas se calmer. Madame la duchesse vous envoie ses excuses.

— C'est probablement mieux ainsi, déclara Vallentine, stoïque, avant d'adresser un petit sourire au jeune homme puis de regarder la domestique d'Antonia droit dans les yeux. Elle aura moins d'explications à fournir à monsieur le duc. Quant à moi… eh bien ! Ça reste à voir. Dites à la duchesse que notre invité et moi sommes partis à la Grande Écurie comme prévu. J'espère rentrer à temps pour dîner. Enfin, si et seulement si on m'autorise à entrer dans la maison une fois que le duc aura eu vent de tout ce… ce… de toute cette histoire ! Allez-y !

Il s'avança vers le chariot à thé, prit un autre morceau de nougat qu'il glissa dans la poche de son gilet, puis il indiqua au jeune homme de le suivre avant de quitter la pièce. Dans le vaste foyer, il demanda qu'on lui apporte son pardessus et ses gants.

— Vous avez confié votre épée au portier, n'est-ce pas ?

— Oui, monsieur. Je suis venu avec trois lames différentes, dit le jeune homme. Je me disais que je pourrais en avoir besoin à la Grande Écurie, au cas où on me demanderait de faire une démonstration de mes capacités.

— Bien vu. Et si votre coup de poignet et votre jeu de jambes sont aussi bons que le jour où nous avons croisé le fer, alors l'école d'escrime de la Grande Écurie serait insensée de refuser votre candidature.

Le jeune homme fut soudain timide.

— Sans vouloir vous manquer de respect, monsieur, même vous, en tant qu'aristocrate anglais, vous savez que mon admission ne reposera pas uniquement sur mon maniement de l'épée. On vous considère comme le meilleur épéiste des deux côtés de la Manche, et pourtant vous ne faites pas partie de la Grande Écurie de Sa Majesté.

— Je ne suis pas français.

— Monsieur le duc de Roxton non plus, et pourtant il en est

membre, et monsieur de Chesnay dit que monsieur le duc fait également partie du Secret du Roi…

En l'entendant parler du service secret hautement sélectif du roi, qui n'avait rien de secret pour ceux qui étaient dans la confidence, mais dont on ne parlait certainement pas en public, Vallentine interrompit le jeune homme d'un ton furibond :

— Arrêtez-vous là, le coupa-t-il en serrant les dents.

Ayant enfilé son pardessus et ses gants, il s'approcha de son invité et lui dit à voix basse, afin que lui seul puisse l'entendre :

— Ne vous a-t-on jamais dit qu'il n'était pas sage de parler à voix haute de certains sujets qui ne sont évoqués que derrière des portes fermées ? Par ailleurs, vous vous montrez irrespectueux envers Roxton, et sous son propre toit par-dessus le marché. (Il plongea le regard dans les yeux soudain stupéfaits et méfiants du jeune homme.) Je suis plutôt avenant la plupart du temps, mais si vous allez au-delà des bonnes manières, mon amabilité fiche le camp. Compris ?

— Oui, monsieur. Je vous présente mes excuses, monsieur. Je voulais simplement…

— Je me moque de ce que vous vouliez. Monsieur le duc de Roxton s'en moquerait aussi. Et je suis sûr que vous êtes au courant de sa réputation et de ce dont il est capable. C'est donc inutile, mais je vais vous le dire quand même : En ce qui concerne son honneur et sa famille, il n'a aucune limite. Vous voyez où je veux en venir ?

Quand le jeune homme hocha la tête, Vallentine lui sourit d'un air sombre et reprit :

— Nous nous sommes compris. Et vous pourrez rapporter cela à Chesnay : quelle que soit la situation, qu'il arrête de faire circuler ce genre de choses à propos du nom de monsieur le duc. Sinon, il entendra parler de moi. Compris ?

— Oui, monsieur. Parfaitement.

— Et il y a autre chose que vous avez tout intérêt à comprendre avant que nous n'y allions, quelque chose qui vous évitera les faux espoirs : quoi que vous espériez obtenir en rendant visite à ma femme ou en vous associant à moi, cela n'aura aucune portée sur votre tentative d'obtenir les faveurs de madame la duchesse de Roxton, et à travers elle, celles de monsieur le duc de Roxton. Tant que vous acceptez ceci, je suis parfaitement disposé à être votre mentor. Je ne suis peut-être pas membre de la Grande Écurie, mais je serais prêt à parier mon premier-né qu'ils me tiennent en très haute estime, et ma parole également.

— Oui, monsieur. Ils vous tiennent en haute estime, et moi aussi. C'est le cas de tout le monde ! Je ne dirai pas un mot de plus à propos de monsieur le duc. Vous avez ma parole !

— Dans ce cas, nous passerons un après-midi agréable, n'est-ce pas ?

— Oui, monsieur. C'est ce que j'espère, monsieur. Croiser le fer avec vous et apprendre de votre jeu d'escrime a été l'une des grandes joies de ma courte vie !

— Je préfère ça ! Restez sympathique, contentez-vous de parler d'escrime, et nous nous entendrons à merveille, déclara Vallentine en donnant une tape un peu trop forte sur l'épaule du jeune homme, qui se baissa légèrement sous la pression.

Quand ils sortirent de la maison et arrivèrent sur l'avenue, sous le soleil hivernal, toute la froideur inhabituelle dans l'attitude de Vallentine s'évapora. Il put dire au jeune homme sans aucune amertume :

— Je ne sais pas qui a eu l'idée de vous faire appeler « cousin Hugh » – mon épouse ou cet insecte pleurnicheur, votre cousin dont je ne prononcerai pas le nom –, mais je vous félicite pour l'honnêteté dont vous avez fait preuve en venant ici et en présentant votre carte de visite. Mais si cela ne change rien pour vous, je préfère arrêter de vous appeler « cousin Hugh » pour vous appeler plutôt Montbelliard, un nom qui vous va mieux. Allons-y !

Quand Vallentine revint à la villa, l'heure du dîner était largement passée, il supposa donc que ses hôtes s'étaient retirés pour la soirée. Cela lui convenait. Il avait fini par passer la journée entière à la Grande Écurie, où il avait reçu un accueil en grande pompe. Par ailleurs, dès que les professeurs avaient appris qui au juste était parmi eux, les cours habituels avaient été suspendus et les étudiants, enthousiastes, s'étaient réunis dans le théâtre ouvert pour observer le maître de l'escrime et en tirer quelque leçon.

Il n'y avait pas meilleur que Lord Vallentine pour manier l'épée. Sa posture, son jeu de jambes, ses méthodes d'attaque et de parade étaient inégalés. L'exécution de sa riposte après sa parade avait été accueillie par des exclamations de surprise de la part de certains et par des applaudissements de la part de toute l'assemblée. Certains élèves assidus s'étaient portés volontaires pour affronter Sa Seigneurie dans ses démonstrations. Certains qui se considéraient comme des experts et qui, comme ils étaient bien plus jeunes, se pensaient capables de vaincre Sa Seigneurie grâce à leur forme physique sinon grâce à leur habileté, furent rapidement dominés. Soit Vallentine se montrait plus malin qu'eux dans le placement stratégique de son estoc, soit il les envoyait dans les quatre coins du terrain de jeu avec ses parades et coups incessants, les épuisant jusqu'à soumission.

À la fin des démonstrations publiques, Vallentine avait accepté de mettre à l'épreuve les plus prometteurs des jeunes épéistes de la Grande Écurie. Fidèle à sa parole, il avait inclus le chevalier Montbelliard dans toutes ses discussions et dans ses démonstrations, mettant le jeune homme en avant quand cela lui semblait approprié, afin qu'il attire l'attention des professeurs de l'école et des élèves les plus influents. Le chevalier avait fait la fierté de son mentor, se révélant être un excellent épéiste. Il rattrapait largement le manque de hauteur et de longueur de ses coups grâce à la vivacité de son jeu d'épée et au placement stratégique de son estoc. Les professeurs étaient tellement impressionnés que quand l'heure du repas du soir était arrivée, Vallentine avait non seulement été invité, mais son protégé également, une invitation qu'ils avaient acceptée avec gratitude.

Somme toute, Vallentine avait passé une très bonne journée. Il avait réussi à profiter de quelques heures d'exercice parmi ses pairs et à tenir sa promesse auprès du chevalier Montbelliard en attirant l'attention des professeurs d'escrime de la Grande Écurie sur lui. Il ne pouvait rien faire de plus pour le jeune homme, et tout ce qu'il avait fait devrait satisfaire son épouse et, il l'espérait, n'attirerait pas la désapprobation de son meilleur ami.

Il s'apprêtait à se glisser sous les draps quand il remarqua le plateau en argent sur le couvre-lit, près de son oreiller. Il avait à l'évidence été posé là afin qu'il lui soit impossible de ne pas le voir. Une petite carte rectangulaire était posée sur le plateau, sur laquelle étaient inscrits quelques mots d'une écriture qu'il connaissait bien : *Huit heures. Cour des écuries. Venez avec votre épée.*

Il n'y avait rien d'étrange là-dedans. Lui et Roxton s'entraînaient régulièrement à l'escrime tôt le matin. Ce fut seulement quand il retourna la carte qu'il sentit sa gorge se serrer immédiatement et son estomac se nouer. Roxton avait écrit au dos de la carte de visite du chevalier. Vallentine en était persuadé, il l'avait fait délibérément ; le duc savait que le jeune homme était venu chez lui, et s'il savait cela, il savait le reste.

Heureusement, la journée avait épuisé Vallentine, sans quoi il se serait tourné et retourné toute la nuit. En fin de compte, il sombra dans un sommeil profond ponctué de rêves qui n'avaient aucun sens, mais qui le laissèrent avec un mauvais pressentiment.

DIX

Vallentine avait eu tort de penser que ses hôtes s'étaient retirés pour la soirée uniquement parce qu'il était revenu à la nuit tombée et avait été accueilli par le portier de nuit dans le vestibule peu éclairé. C'était loin d'être le cas. Un étrange silence était tombé sur le reste de la villa et on avait éteint les bougies dans les pièces qui n'étaient pas utilisées, mais la lumière et les rires derrière les portes des appartements du duc et de la duchesse racontaient une autre histoire.

Après une longue journée de chasse avec le roi, le duc était allé directement des écuries à sa garde-robe, où il avait plongé dans son bain. C'était un cavalier passionné qui appréciait le frisson de la poursuite et qui était connu pour son endurance en selle, mais quand la promenade ou la chasse touchaient à leur fin, il ne ressentait aucune envie de s'attarder une seconde de plus que nécessaire dans sa tenue d'équitation. Il était toujours impatient de retrouver son habituelle splendeur vestimentaire. Le besoin de faire disparaître au savon les efforts de la journée, d'être impeccable de la tête aux pieds et d'enfiler des sous-vêtements propres et une tenue plus adaptée à son statut prenait une importance capitale.

C'était son grand-père, le quatrième duc, qui lui avait inculqué cette exigence en matière de propreté – l'enveloppe charnelle d'un aristocrate devait être nettoyée au savon et enveloppée dans des sous-vêtements propres à tout moment pour mériter de porter les somptueux habits qui convenaient à son auguste statut. La propreté corporelle et vestimentaire était la manifestation extérieure de la lignée d'un noble et le pilier de son caractère. Il fallait être impeccable, sinon rien d'autre ne l'était. La propreté séparait le noble du paysan. Et la seule façon de faire la différence entre saleté et propreté était de faire l'expérience de la première pour mieux apprécier la seconde.

Pour prouver sa théorie, le quatrième duc avait forcé son petit-fils à vivre dans sa propre saleté pendant les quelques premiers mois où il avait été sous son autorité. Le garçon avait eu un accès limité à de l'eau propre, s'était vu refuser une installation sanitaire convenable et avait été obligé de porter les mêmes sous-vêtements et la même tenue qu'à son arrivée de France. Il avait fallu six mois, mais l'ancien duc avait atteint son objectif. Depuis, son petit-fils était obsédé par la propreté.

Le duc ne passait jamais une seule journée sans se laver au savon, changer ses sous-vêtements et porter des vêtements impeccables. On disait qu'il employait les blanchisseuses les plus assidues et les mieux payées de toute l'Europe.

Après la chasse, il envoyait toujours un éclaireur prévenir ses domestiques qu'ils devaient préparer son retour. Sa suite dévouée passait à l'action : ils s'assuraient qu'il y avait assez d'eau chaude pour son bain, que ses outils de rasage étaient affûtés et qu'on lui avait préparé des sous-vêtements propres et plusieurs habits parmi lesquels il pouvait choisir. S'il avait besoin de se nourrir, on transmettait cette information aux cuisines, et si des lettres étaient arrivées pendant son absence, on les plaçait sur sa coiffeuse, où il pouvait leur accorder toute son attention après avoir pris son bain et s'être habillé.

C'était habituellement son valet qui, pendant le rasage, l'informait de toute autre nouvelle qu'il jugeait pertinente. Mais puisque Martin Ellicott avait à faire à Paris, c'était à l'un des valets adjoints que revenait cette tâche. Tandis que le duc était assis devant sa coiffeuse, le domestique le mit au courant de certains détails à propos de son foyer.

Deux choses valaient la peine d'être soulignées : la carte de visite sur le dessus de la pile de correspondance, qui identifiait le visiteur matinal de Lord Vallentine, et la conflagration verbale qui avait éclaté dans la cuisine, impliquant le chef pâtissier. Jean-Camille déclarait à qui voulait bien l'écouter – et ceux qui ne l'écoutaient pas l'entendaient malgré tout – que son travail consistait à servir les desserts et macarons les plus alléchants et délicieux de toute la France à monsieur le duc. Il n'était pas là pour nourrir la populace au palais sous-développé que représentait le personnel. Ce qu'il voulait dire, expliqua le valet adjoint nerveux quand le duc haussa les sourcils, c'était que Jean-Camille était entré dans une colère noire quand il avait appris que ses macarons avaient été distribués aux domestiques, principalement aux blanchisseuses et aux nurses.

Le duc ne fit aucun commentaire à propos de son chef pâtissier caractériel et ne montra que peu d'intérêt pour la carte de visite. Il entreprit d'ouvrir et de lire les quelques lettres qui l'attendaient sur un plateau. Mais il revint à la carte de visite, l'examinant à travers son lorgnon avant de la faire habilement passer entre les longs doigts fuselés de l'une de ses mains – comme on pouvait le faire avec une carte à jouer pendant un tour de magie servant à amuser les vieilles tantes et les enfants aux yeux écarquillés – tandis que le domestique lui racontait comment la carte du chevalier Montbelliard s'était retrouvée dans la villa.

Insondable comme à son habitude, le duc demanda une plume et de l'encre, écrivit au dos de la carte, puis indiqua au valet adjoint à qui il devait la transmettre et de quelle manière.

Satisfait de son apparence, il glissa ses longs pieds dans une paire de mules en maroquin rouges et enfila une robe de chambre en exquise soie peinte par-dessus une chemise blanche propre, un gilet brodé de fils argentés et un haut-de-chausses en velours noir. Il glissa son lorgnon et ses lettres dans l'une de ses poches et partit à la recherche de sa duchesse.

⁜

ANTONIA ÉTAIT EN train de lire, lovée sur le coussiège de leur salon. Les derniers rayons de soleil hivernal passaient par la fenêtre par-dessus son épaule, mais les bougies qui brûlaient dans leurs chandeliers au-dessus de sa tête et dans toute la pièce fournissaient bien assez de lumière. Elle avait relevé les genoux, sur lesquels elle tenait en équilibre un lourd volume, et entortillait distraitement une longue mèche de ses cheveux blonds autour d'un doigt ; elle était entièrement concentrée sur la page qu'elle lisait. Une pile de livres était posée près de ses pieds vêtus de bas et plusieurs autres ouvrages étaient ouverts sur le tapis, des rubans servant de marque-pages, ce qui signifiait qu'elle avait possiblement réussi à profiter de plusieurs heures de son passe-temps préféré dans le calme et la solitude. C'était en tout cas ce qu'espérait le duc.

Il ne voulait pas l'interrompre, il appuya donc une épaule contre le cadre de la porte et attendit, en profitant pour admirer les contours de son joli profil dans le soleil couchant. Il sentit sa gorge s'assécher face à sa beauté. Pendant ces courts instants de calme, quand il pensait au destin, au fait que cette douce créature était bel et bien sa femme, il sentait son cœur battre un peu plus vite. Il ne manquait jamais de s'émerveiller de sa bonne fortune quand, à chaque fois qu'ils se retrouvaient, même s'ils n'avaient été séparés que quelques heures, elle exprimait une immense joie spontanée.

Il connaissait bien le livre qu'elle lisait : *Histoire romaine* de Tite-Live, traduit du latin vers l'anglais par le savant Philemon Holland. Il avait récemment fait refaire la reliure en cuir de cet ouvrage, qu'il avait conseillé à Antonia quand elle lui avait fait part d'une envie d'en savoir plus sur les guerres puniques. Ce livre faisait partie de ceux qu'elle avait apportés avec elle de l'hôtel ; il y en avait une dizaine, mais c'était à celui-ci qu'elle avait accordé le plus de temps, car elle était déterminée à déchiffrer l'anglais élisabéthain.

Au milieu des livres éparpillés sur le tapis, il remarqua une paire de mules dont elle s'était débarrassée, les restes du thé de l'après-midi, ainsi que la couverture en laine blanche et l'unique chaussette d'un bébé. Il aurait été surpris de ne trouver aucune trace de la présence de leur fils. L'absence de son berceau signifiait qu'au moins, elle respectait leur nouveau système. Puis il remarqua qu'elle utilisait la deuxième chaussette de leur fils comme marque-page. C'était bien son genre d'utiliser ainsi un tel vêtement ! Ses épaules tressautèrent et il rit doucement.

Antonia releva instantanément la tête, toute concentration quittant son visage, remplacée par un sourire éblouissant. Elle ferma le livre d'un coup sec et le reposa.

— Monseigneur ! Renard ! Pourquoi n'avez-vous pas annoncé votre présence ? le réprimanda Antonia d'un ton joueur, se précipitant dans ses bras en écarquillant ses yeux verts. Savez-vous qu'aujourd'hui, c'était la première fois depuis notre mariage que nous étions séparés aussi longtemps ? Je sais que ce n'était que pour une journée, et même pas une journée entière, mais elle m'a vraiment semblé durer toute une semaine !

Il lui adressa un grand sourire, puis prit un air pensif.

— Toute une semaine ? Je ne devrais peut-être pas retourner chasser avec le roi.

— Comment ? s'exclama Antonia, surprise, avant de glousser et de se blottir un peu plus contre lui. Vous me taquinez ! Bien sûr que vous devez retourner chasser avec le roi. Vous appréciez la compagnie l'un de l'autre. Par ailleurs, vous êtes un bon chasseur et seul le roi peut égaler vos talents de cavalier.

— Sa Majesté voit peut-être les choses différemment. Il considère peut-être que c'est *moi* qui égale *ses* talents de cavalier et de chasseur. Il vaut mieux s'empêcher, si cela est possible, de surpasser un roi, quel que soit le domaine. Ce n'est pas… hum… politique.

— Mais, Renard, répondit Antonia, perplexe, il doit être très difficile pour vous de vous empêcher de faire de votre mieux tout en donnant l'impression que vous êtes au meilleur de vos capacités, non ? D'autant plus avec un roi.

— Des mots plus justes n'avaient jamais été prononcés, admit-il.

Antonia dans les bras, il s'avança vers le coussiège bas et la posa debout sur les coussins. Ainsi, ils étaient presque à la même hauteur, et quand elle posa les mains sur les épaules du duc pour se stabiliser, il ajouta :

— Comment faites-vous pour comprendre immédiatement ce que j'ai essayé d'expliquer à Vallentine des dizaines de fois ?

— Oh, c'est simple, dit-elle en haussant les épaules, les yeux brillants de malice. Vallentine vous connaît, mais pas comme moi je vous connais. Il est très ouvert sur tout, ce qui est louable. C'est l'une des raisons pour lesquelles vous l'appréciez, non ? Mais vous, continua-t-elle avec un sourire mélancolique, vous n'aimez pas vous ouvrir sur n'importe quel sujet et avec n'importe qui… sauf avec moi.

— Vous êtes la seule exception… à tout point de vue.

— Cela me plaît beaucoup. Ce sera toujours ainsi entre nous.

— Toujours, dit-il en la regardant dans les yeux. Puis-je vous embrasser ?

Elle sourit.

— Je vous en prie. Je n'attends que cela.

Ils échangèrent un long baiser, prenant leur temps, et quand ils poursuivirent leur conversation, ils étaient confortablement assis sur les coussins.

— Étiez-vous aussi surprise que moi que Sa Majesté décide de venir me chercher à la villa ? demanda le duc.

— Oui, très. C'est un grand honneur, n'est-ce pas, que le roi fasse ce genre de chose ?

— Oui. Mais le plus important, c'est que grâce à ce geste, la cour vous acceptera plus facilement, mignonne.

Antonia réfléchit un instant.

— Pendant toute la période où j'ai vécu au palais avec grand-père, je n'ai jamais été aussi proche de Sa Majesté que ce matin, aux fenêtres de la galerie. Il est toujours entouré par une foule de courtisans et par sa garde suisse, et seul un enfant sur les épaules de son père a une chance de bien l'apercevoir. Il doit trouver cela pénible d'être constamment observé et entouré, ne pensez-vous pas ?

— Il s'agit de l'une des conséquences les plus fatigantes quand on devient roi. C'est la raison pour laquelle il garde jalousement sa vie privée et ses amitiés. En privé, il peut être lui-même.

— Il n'est pas très différent de vous sur ce point.

Il embrassa le dos de sa main et sourit.

— Vous le verrez de vos propres yeux quand je vous emmènerai avec moi à l'un de ses soupers privés.

Antonia lui lança un regard en coin, un sourire espiègle survolant sa jolie bouche.

— Lors de ce souper, je pourrai déterminer si le roi est aussi beau qu'il le semblait vu de notre fenêtre.

Le duc ne tomba pas dans le piège, mais il joua le jeu. Il haussa un sourcil et demanda :

— Devrais-je m'inquiéter ?

— À propos de Louis ? répondit Antonia avec un haussement d'épaules qu'elle voulait nonchalant. Les courtisans et les dames de la cour ne mentent pas. Ce n'est pas pour le flatter qu'ils disent que c'est le plus bel homme de tout le pays. Et pourtant…

— Oui ?

— … c'est vous qui avez la beauté la plus saisissante.

— Je suis ravi d'entendre mon épouse le dire.

— Et…

— Il y a une condition ? s'enquit le duc, feignant la surprise.

— … je ne ressens pas de désir pour lui. J'en ai seulement pour vous.

Il serra ses doigts.

— La réponse parfaite d'une bonne épouse pour rendre sa dignité à son mari.

— Mais moi, je suis loin d'être digne, Renard, avoua Antonia. Mes pensées sont totalement indignes quand vous êtes en déshabillé comme maintenant.

— Vraiment, ma chérie ? répondit le duc, dérouté. Cette robe de chambre vous plaît-elle ?

— Oh, elle me plaît énormément !

Antonia ne put rester solennelle plus longtemps ; elle rentra la tête dans les épaules et se pencha pour l'embrasser avant de reprendre :

— J'avoue que quand vous êtes habillé ainsi, je n'ai qu'une seule envie, faire glisser mes mains sur tout votre corps et vous arracher ces vêtements !

Cet aveu était tellement naturel qu'à sa grande surprise, le duc sentit son visage s'échauffer. Antonia le remarqua également et interpréta sa réaction de travers.

— Je vous ai mis mal à l'aise.

— Pas du tout. C'est juste que… je ne me souviens pas avoir déjà rougi par le passé. Et pourtant, vous m'avez poussé à le faire en un seul coup de votre honnêteté charnelle.

Elle regarda dans ses yeux noirs.

— Mais c'est la vérité. Ce que vous faites de votre corps – ce que vous me faites et ce que vous faites avec moi –, ce que vous me faites ressentir, c'est… c'est au-delà du bonheur. Est-ce pareil pour vous ?

— Ma fée, inutile de me poser cette question, répondit-il doucement en l'embrassant sur le front.

Antonia se redressa et passa les bras autour de son cou. Elle le regarda entre ses cils, la tête penchée sur le côté, et lui demanda avec une douceur trompeuse :

— Monseigneur, serait-ce vraiment terrible si nous faisions l'amour sur ce coussiège ?

— Non. Ce serait… (Le duc l'attira vers lui avec un grand sourire.) *terriblement merveilleux.*

ONZE

ON SERVIT LEUR SOUPER au duc et à la duchesse sur la petite table devant la cheminée. Ils étaient tous les deux en déshabillé, vêtus de robes de chambre en soie, leurs boucles humides et emmêlées retenues en arrière par des rubans en soie, assurant un semblant de convenance. Néanmoins, quand il se regardèrent par-dessus l'argenterie, Antonia sourit dans sa serviette et le duc dans son verre de vin. Ils se disaient tous les deux la même chose – qu'ils n'avaient pas agi de façon très convenable plus tôt, succombant à leur désir en faisant l'amour sur le coussiège, avant de prendre leur bain ensemble. Au milieu des bulles de savon, devant une cheminée, ils avaient discuté du livre qu'Antonia avait lu plus tôt ce même jour, débattant des attitudes disparates des Romains et des Carthaginois envers l'empire, et ce jusqu'à ce que l'eau de leur bain tiédisse.

À présent, ils faisaient de leur mieux pour restaurer leur dignité ducale autour d'un repas formel, les domestiques faisant des allers-retours discrets avec les délices culinaires créés par le chef parisien renommé du duc, André. Leur conversation tournait principalement autour des lettres que le duc avait reçues d'Angleterre et qui étaient ouvertes près de son assiette. Il avait notamment reçu une nouvelle qui, il en était certain, ferait autant plaisir à Antonia qu'à lui. Elle était de la part du maître du chenil de Treat et concernait ses whippets bien-aimés.

Il ne put s'empêcher de sourire quand il lui dit :

— Samuels m'apprend que Tan est le fier géniteur de cinq chiots en bonne santé, deux chiens et trois chiennes. Tout le monde se porte très bien.

Antonia tapa dans ses mains.

— Cette nouvelle me rend très heureuse ! Oh ! Renard ! Quelle merveilleuse nouvelle ! Est-ce que cela signifie que nous retrouverons bientôt Tan et Raf ?

— Bientôt, oui. Raf doit encore être dressé pendant quelques mois auprès de Tan. Leur dresseur… John ? Oui, John, va les accompagner à Paris. Ils seront peut-être là à temps pour Noël.

— Je l'espère. Je suis excessivement impatiente qu'ils soient avec nous. (Elle lança un coup d'œil aux lettres près de l'assiette du duc.) Raf, le nouveau compagnon de Tan, doit assurément l'aider à se remettre de la perte de Gray, non ?

— J'imagine que oui.

— Et vous, mon cher ? demanda-t-elle gentiment. Est-ce que cela vous aide ?

Le duc s'immobilisa un instant, son verre de vin à mi-chemin entre la table et sa bouche, puis il en but une gorgée et en reposant son verre, il regarda Antonia et soutint son regard.

— On ne se remet jamais complètement de la perte d'un fidèle compagnon, surtout quand ce compagnon nous est arraché de façon aussi cruelle. Mais vous le savez. Vous devez aussi savoir, mignonne, que je n'oublierai jamais et ne pourrai jamais pardonner le fait que je suis passé à un cheveu de vous perdre également, vous et Julian. Cette plaie reste béante et elle ne pourra jamais guérir, pas tant que cette ombre malveillante qui obscurcit nos vies n'aura pas rendu son dernier souffle.

Antonia hocha la tête, compréhensive. Elle savait que cette ombre malveillante était le comte de Salvan et ne dit rien de plus. Elle était parfaitement préparée à ce qu'il l'interroge sur la visite de l'héritier du comte, le chevalier Montbelliard, car elle était persuadée qu'il était au courant. Mais il ne lui posa aucune question et elle se sentit soulagée.

Puis cet instant prit fin quand un valet de pied leur demanda où ils préféraient prendre leur café.

Le duc s'en remit à Antonia, qui choisit leur salon et la table basse où le plateau de backgammon était prêt pour une partie. Mais quand le valet de pied s'attarda, le duc et la duchesse échangèrent un regard, puis le duc donna la parole au domestique d'un geste de la main.

— Jean-Camille est au regret d'informer monsieur le duc, avec ses excuses, qu'il n'y aura pas de macarons avec le café ce soir.

— Aucun macaron ? s'enquit le duc en reposant sa serviette pour se lever. Pas un seul… ?

— Peu importe, l'interrompit Antonia d'un ton léger. Le café suffira.

Le duc se tourna vers sa femme, surpris. Cependant, sa réponse rapide réveilla le souvenir de son valet adjoint lui parlant plus tôt d'une conflagration verbale dans la cuisine qui avait impliqué son chef pâtissier. Il décida de mettre une hypothèse à l'épreuve :

— N'êtes-vous pas déçue par l'absence de macarons dans cette maison, ma vie ?

Elle prit sa main et l'éloigna de la table, le guidant vers l'enfilade.

— Je vous assure que je suis dévastée, monseigneur, mais nous serons heureux de retrouver nos macarons demain soir.

Roxton la laissa volontiers le mener à travers la pièce puis le long de l'enfilade et jusqu'au salon. Mentalement, il arborait un large sourire quand il la taquina en faisant semblant de ne pas savoir pourquoi aucune sucrerie n'accompagnerait leur café.

— Mais, ma chérie… Jean-Camille nous préparera une nouvelle fournée de macarons et autres mets délicats pour notre café de demain, je n'en doute pas, mais ce qui est arrivé à la fournée d'aujourd'hui reste un mystère. Je devrais peut-être faire appeler madame Ballon…

— Non. C'est inutile.

— Oh ? Vous pensez que notre intendante ignore ce que… ?

En arrivant dans le salon, Antonia lâcha sa main et se tourna vers lui avec une moue.

— Vous me taquinez ! Et je le sais car vous ne pouvez pas me cacher l'hilarité dans votre voix. J'entends la modulation à la fin des mots quand vous essayez de cacher votre envie de rire. Mais ce n'est pas quelque chose que vous pouvez me cacher. Voilà, ajouta-t-elle en grommelant. Je vous ai révélé mon secret, je sais reconnaître quand vous me taquinez – bien que Vallentine et madame, eux, ne semblent pas le remarquer, ce qui me fascine –, et j'ai maintenant perdu l'avantage. Maintenant que vous le savez, vous ne le ferez peut-être plus…

Il l'attira dans ses bras.

— Je continuerai à le faire. Pour vous. J'étais bien en train de vous taquiner, oui. Quant à Vallentine et ma sœur, ils ne voient rien parce qu'ils ne sont pas vous. Mais quelque chose – ou quelqu'un – d'autre vous cause du souci… ?

— Je suis désolée d'être de mauvaise humeur. Et vous avez raison. Ce n'est pas vraiment à cause de quelque chose que Vallentine m'a dit, mais plutôt quelque chose qu'il a dit à propos de moi. C'est ridicule et ce n'est pas la faute de Vallentine, il ne faut donc pas que vous le réprimandiez. Jouons au backgammon, cela me mettra certainement de meilleure humeur.

Elle sortit de son étreinte et retira ses mules en soie afin de se blottir au milieu des coussins. Le duc positionna le plateau de backgammon entre eux. Leur première partie était bien avancée quand Antonia brisa le silence plaisant en laissant échapper un aveu :

— J'ai envoyé tous les macarons à la buanderie.

Le duc s'immobilisa juste avant de lancer ses dés. Il ne releva pas les yeux de la partie.

— La… hum… buanderie, ma vie ?

— Oui, pour les blanchisseuses qui ont les mains dans la mousse toute la journée.

Le duc captura l'un des pions d'Antonia, qu'il enleva du plateau. Il releva les yeux.

— Vous estimez que la compensation – le gîte et le couvert, sans parler de la rémunération monétaire – que nous fournissons aux blanchisseuses n'est pas satisfaisante et que nous devrions également les nourrir de nos macarons ?

Antonia lança ses dés et fit une combinaison lui permettant de faire revenir ses pions capturés sur son jan intérieur. Le duc fit un double six et la partie se poursuivit.

— Je ne saurais juger de cela, dit Antonia. Mais vous avez un régisseur et une intendante dans chaque maison qui peuvent sûrement vous le dire, non ?

— Chacune de nos demeures a une intendante, mais je n'emploie que deux régisseurs, expliqua le duc. L'un est à Paris et l'autre s'occupe de la maison familiale à Treat. Leur rôle consiste à faire tout le nécessaire pour assurer notre confort. Et je suis heureux de pouvoir affirmer qu'ils excellent dans leur rôle, sans quoi ils ne travailleraient pas pour moi. Je les laisse s'occuper des… hum… détails insignifiants au sujet desquels je n'ai nul besoin de me soucier.

— Et les macarons font partie de ces détails insignifiants, monseigneur ?

— Leur confection, oui. Quant à leur distribution… ? Je suis certain que mes intendantes et régisseurs sont du même avis que moi.

— C'est-à-dire ?

L'expression d'Antonia était tellement sérieuse que le duc dut faire appel à tout son sang-froid pour rester impassible.

— Je conseillerais d'éviter de donner des macarons aux blanchisseuses de façon régulière. Elles accomplissent une mission vitale et les sucreries ne peuvent à elles seules subvenir à leurs besoins.

Antonia gloussa et répondit sans amertume en déplaçant ses pions là où ils ne pouvaient plus être capturés :

— Que vous êtes amusant ! Je ne leur ai pas envoyé des macarons pour subvenir à leurs besoins, mais sur un coup de tête. Les assiettes étaient encore pleines après le café de Vallentine avec… Et c'est la raison pour laquelle j'ai envoyé les macarons là où j'ai pensé qu'ils seraient le plus appréciés, continua-t-elle naturellement, poussant un soupir de soulagement intérieur après avoir encore évité de mentionner le chevalier Montbelliard. C'était un petit geste pour rappeler aux blanchisseuses que nous n'oublions pas tout ce qu'elles font pour nous.

— Votre prévenance est une vraie leçon d'humilité.

Antonia ramassa ses dés et regarda le duc.

— Mais pensez-y, Renard, dit-elle sérieusement. Elles ont tellement plus de linge à laver, frotter et repasser depuis l'arrivée de Julian.

— Je préférerais ne pas y penser.

— Pour être honnête, je n'en ai pas envie non plus, avoua Antonia. Mais il le faut, car bien que je sois votre duchesse, je suis aussi la mère de Julian. Et en tant que telle, je suis réellement reconnaissante de ne pas avoir à faire tout ce que les blanchisseuses et nurses font pour le bien de notre fils. Ne vous demandez-vous jamais si elles sont heureuses de le faire ? Parfois, je me pose la question, et je sais que moi, cela ne me rendrait pas heureuse du tout. Et vous non plus.

Le duc fit une grimace de dégoût qui fit rire Antonia.

— Non. Certainement pas ! Il m'est impossible d'imaginer que qui que ce soit puisse être... hum... *heureux* de nettoyer les saletés d'un bébé, et encore moins en s'occupant des montagnes de linge sale qu'un être aussi petit produit chaque jour. Merci d'avoir attiré mon attention sur ce point, ma chérie.

— Mais de rien, mon amour, répondit tendrement Antonia.

Elle observa le duc sortir ses derniers pions, gagnant ainsi la première partie, puis elle remit le plateau en position initiale avec enthousiasme, prête à tenter sa chance pour égaliser le score.

— Ce n'est pas ce qu'implique réellement le nettoyage du linge de Julian qui m'a poussée à m'interroger sur les blanchisseuses, expliqua-t-elle. Je m'interroge également sur tous ceux qui sont nécessaires à notre confort. Je ne veux pas de domestiques malheureux chez nous. Et je ne parle pas seulement de ceux qui sont personnellement à notre service, Renard, mais aussi de ceux que je... que nous ne voyons pas du tout.

— Vouloir le bonheur de tout le monde est louable, mignonne. Mais c'est peut-être quelque chose d'inatteignable. Je ne peux parler que de ma propre expérience, de notre milieu, mais je suis sûr que vous vous rendez compte qu'il y a des gens dans ce monde qui, peu importe leur situation, restent mécontents de tout et de tout le monde...

— Grand-mère fait partie de ces gens-là. Je n'ai jamais connu quelqu'un d'aussi malheureux et méchant qu'elle, et sans aucune raison par ailleurs. Cela m'a rendue très triste quand je vivais avec elle.

Le duc, qui était en train de mettre ses pions en place, leva la tête. Il prit la parole, une note de colère dans sa voix, une colère dirigée contre lui-même :

— Ce n'était pas entièrement sa faute. J'assume une partie de la responsabilité de ce que vous avez subi sous son toit.

— Vous éprouvez du regret. Elle, elle ne s'autorise pas à ressentir le moindre regret, à propos de quoi que ce soit ! Monseigneur, pouvez-vous imaginer ce que doivent vivre les membres de son personnel ? s'exclama Antonia en écarquillant les yeux.

— Ce n'est pas le genre de... hum... d'endroit où j'aime laisser vagabonder mon esprit... Et vous, ma lutine, vous ne pouvez pas porter le poids des péchés de tous les maîtres de maison sur vos jolies épaules.

— Vous me pensez naïve.

— Non. Ce que je pense, c'est que votre capacité infinie à vous mettre à la place des autres peut parfois vous… hum… détourner du droit chemin.

Antonia pencha la tête sur le côté et fronça les sourcils d'un air pensif.

— Vallentine m'a dit que maintenant que je suis duchesse, je dois établir une distance respectable entre les domestiques et moi. Je sais que madame ne voit pas d'un bon œil mes visites en bas. Mais les domestiques sont toujours accueillants. Mais maintenant que je suis votre duchesse, je ne peux plus aller les voir ? Si je ne vais plus leur rendre visite, si je ne le vois pas de mes propres yeux, comment suis-je censée savoir ce qu'il se passe en bas et si nos domestiques sont heureux chez nous ?

— Je comprends que vous êtes dans une situation délicate, ma belle, et je peux vous aider à la comprendre en vous la présentant différemment.

— Je vous en prie, car tout cela me déboussole.

Le duc réprima son envie de sourire et resta parfaitement impassible, car il admirait sa préoccupation très sérieuse et ne voulait pas qu'elle ne le pense pas sincère.

— Quand vous vous rendiez dans les cuisines en tant que mademoiselle Moran, vos visites n'étaient pas vues comme une… hum… intrusion, mais comme une distraction bienvenue dans la routine de mes domestiques, qui étaient certainement très heureux que vous vous intéressiez à leur travail, et à eux. Je me permets également d'ajouter, qui n'accueillerait pas une visite de votre part, vous qui apportez le soleil partout où vous passez ?

— Ah ! Vous me faites les plus jolis des compliments, monseigneur ! répondit Antonia, rayonnante, en attrapant les doigts du duc pour embrasser le dos de sa main. Merci.

— Ne me remerciez pas, ma vie. Je ne faisais qu'énoncer des faits. Mais pour vous expliquer les… hum… inquiétudes de ma sœur… À propos, dit-il en tirant sur l'une de ses longues boucles qui s'était détachée de sa coiffure et retombait sur l'une de ses épaules, je pense que

Vallentine, sans influence extérieure, n'aurait pas accordé la moindre importance à cette histoire…

— Mais c'est un mari loyal. Madame est contrariée par mes visites dans les cuisines, et Vallentine n'aime pas que sa femme soit contrariée.

— Exactement. Et il doit être loué pour cela. Mais dans certains cas, comme celui-ci par exemple, il vaudrait mieux qu'il garde son avis pour lui. Ce n'est pas à lui de commenter ce que vous faites, comment, où et quand vous le faites. Vous êtes ma duchesse, et cette histoire – et toutes les autres – ne regarde que moi.

— Et vous, vous préféreriez que je ne me rende pas dans les cuisines, que je n'envoie pas de macarons aux blanchisseuses et que je ne parle pas aux domestiques ?

— Il n'est pas question de ce que je veux, répondit doucement le duc en sentant à sa voix qu'elle était blessée.

— Mais… monseigneur ! J'ai du mal à y croire. Assurément, depuis que vous avez hérité du titre de votre grand-père, votre vie a toujours tourné autour de ce que vous voulez, non ?

Le duc battit des paupières, puis il laissa échapper un éclat de rire involontaire face à la simple véracité de cette déclaration.

— C'est tout à fait vrai, ma fée. Après tout, ajouta-t-il d'une voix traînante et taquine, les ducs sont, du fait de la nature même de leur naissance et de leur titre, les bénéficiaires d'un certain respect, d'une certaine… hum… adoration. Certains, comme moi, plus que d'autres. Ainsi, nous faisons et obtenons ce que nous voulons, quand nous le voulons.

Antonia ne releva pas son badinage et ne vit rien de surprenant dans ce qu'il avait dit, car en ce qui le concernait, elle y croyait. Mais ce n'était pas ce qu'elle croyait à propos du grand-père de son mari.

— Mais le quatrième duc ne méritait pas ce respect, si ? Il était impitoyable et cruel. Il vous a arraché à votre mère quand vous n'étiez encore qu'un petit garçon. Vous aviez perdu l'un de vos parents et soudain, vous vous êtes retrouvé sans aucun parent, et…

— Eh bien ! s'exclama Roxton de sa voix traînante, ses joues s'empourprant soudain. Je me demande bien d'où vous sortez ces histoires.

— Mais ce ne sont pas des histoires, si ? insista Antonia, têtue. C'est la vérité. Je suis désolée, Renard, mais ce qu'il vous est arrivé quand vous étiez petit me bouleverse, peut-être plus encore que ce genre d'histoire me bouleverserait habituellement, car… car maintenant, nous avons un enfant. M'enlever Julian reviendrait à m'empêcher de respirer !

— Approchez, ma vie, lui dit-il d'un ton encourageant en déplaçant le plateau de backgammon qui les séparait.

Quand elle se blottit contre lui, il la serra dans une étreinte réconfortante.

— C'est une éventualité à propos de laquelle vous n'aurez jamais besoin de vous inquiéter, lui assura-t-il. Quant à ma… hum… lamentable enfance… je vous ferai le vrai récit de ces tristes événements un jour…

— Promis ?

— Je vous le promets, mais ne gâchons pas cette belle soirée passée tous les deux en parlant du quatrième duc. Et si cela fait de moi un duc égoïste, ainsi soit-il.

Antonia poussa un soupir de satisfaction.

— Nous allons bien ensemble. Je suis une duchesse égoïste. J'aime beaucoup vous avoir pour moi toute seule.

Il l'embrassa sur le haut de la tête et ils restèrent ainsi sur la méridienne, immobiles et silencieux, profitant de l'instant présent, souhaitant qu'il dure à jamais. Il ne dura pas plus de cinq minutes.

Sans prévenir et en l'absence des habituels bruits de pas feutrés d'un valet de pied annonçant d'un ton suave l'interruption de leur solitude, l'une des nourrices morvandelles, suivie par deux nurses, fit irruption dans le salon sans avoir été annoncée. Aucune explication n'était nécessaire. Les pleurs puissants et bruyants d'un bébé affamé indiquèrent tout ce qu'il avait besoin de savoir au couple ducal.

Sans un mot ni un regard, le duc quitta la méridienne et la pièce. Il savait quand il devait battre en retraite. Mais il n'abandonna pas Antonia très longtemps. Il revint un peu plus tard, quand la tranquillité fut restaurée dans le salon, un valet de pied le suivant avec un plateau contenant le nécessaire pour un café frais. Il replaça le plateau de backgammon sur la méridienne et regarda sa femme avec un sourire.

— Où en étions-nous ?

DOUZE

ANTONIA ACCEPTA LA tasse de café que le duc lui avait préparée et baissa les yeux vers son enfant, qui tétait joyeusement, ses doigts potelés agrippant les plis de sa robe de chambre en soie.

— Je suis constamment fascinée par la différence que peuvent faire quelques minutes seulement chez lui, avoua Antonia. Il y a une minute, il était tout rouge et pleurait toutes les larmes de son corps, et regardez-le maintenant ! C'est le bébé le plus heureux du monde.

Le duc but une gorgée de café.

— Cela vous surprend ? s'enquit-il d'une voix traînante en haussant un sourcil. Il est dans l'endroit le plus heureux du monde.

Antonia gloussa. Il sourit et lui adressa un clin d'œil. Puis ils burent leur café dans un silence agréable, les yeux sur leur bébé. Quand le duc récupéra la tasse vide d'Antonia, elle lui dit avec un petit soupir :

— Monseigneur, je l'aime plus que les mots ne sauraient l'exprimer. Il n'y a pas de bébé plus parfait au monde…

— Bien sûr, puisque c'est le nôtre.

— … mais seriez-vous choqué si je vous avouais que quand il tète, je brûle d'impatience de faire autre chose, n'importe quoi, plutôt que de rester assise ainsi ? Puis je culpabilise d'être aussi impatiente.

— Ces deux sentiments sont compréhensibles. Je suis sûr que toutes les mères culpabilisent constamment à propos de quelque chose en rapport avec leur progéniture. Et quand il se nourrit, vous êtes sa… hum… prisonnière, n'est-ce pas ?

Antonia réfléchit à cela un instant, puis elle hocha la tête.

— C'est tout à fait vrai… Vous savez, certaines mères peuvent poursuivre leur journée sans culpabiliser, car elles n'ont pas le choix, elles ne vivent pas dans le même luxe que moi. Je n'ai vraiment pas de quoi me plaindre, n'est-ce pas ?

— Êtes-vous en train de vous plaindre ? Je pensais que vous étiez inutilement en train de vous fustiger. Ce qui est injustifié, par ailleurs.

— Merci de me le dire, dit Antonia en regardant son fils avec un tendre sourire et en caressant légèrement ses épais cheveux foncés. Peut-être que s'il me voit lire, il aimera également la lecture ?

— Comment pourrait-il en être autrement ?

Antonia releva les yeux vers le duc.

— Je n'étais pas au courant de cela, mais peut-être que vous le savez : Céleste m'a dit que certaines femmes travaillent dans les champs tout en nourrissant leur bébé.

— Vous me fascinez.

— C'est la vérité…

— Je vous crois, ma vie. Je suis fasciné.

— Oh ! Je vois… Ce que font ces femmes des champs, c'est qu'elles portent une écharpe autour d'elles, dans laquelle elles mettent leur enfant, au niveau de leur sein. Le bébé reste satisfait et sa mère peut poursuivre ce qu'elle a à faire dans le champ.

— Quel bébé ne serait pas satisfait d'être au chaud contre sa mère et de pouvoir accéder à tout instant à ce qu'il veut le plus ? Me dites-vous cela car vous aimeriez faire la même chose ? s'enquit le duc en restant parfaitement impassible. Ma seule question est la suivante : quel… hum… travail des champs aimeriez-vous entreprendre ?

— Renard, si j'avais un coussin sous la main, je vous le lancerais au visage !

— Devrais-je vous en donner un, ma lutine ? demanda le duc avec un large sourire.

Antonia fit la moue et feignit de broyer du noir et d'être agacée. Quand le duc l'imita, elle ne put poursuivre ce simulacre et gloussa. Il se pencha vers l'avant et l'embrassa sur le front.

— En parlant des *lavoratori dei campi*, et plus précisément des *lavo-*

ratori in cucina, dit-il sur le ton de la conversation, un bras posé sur le dossier de la méridienne, vous m'avez demandé plus tôt ce qui, dans vos visites en bas maintenant que vous êtes *mia duchessa*, était différent de quand vous vous y rendiez en tant que *Signorina* Moran, et pourquoi *mia sorella* avait pris l'initiative de vous communiquer sa désapprobation.

Antonia écarquilla les yeux et quand elle se tourna pour regarder par-dessus son épaule, le duc comprit qu'elle savait précisément pourquoi il préférait soudain lui parler en italien – une langue qu'ils maîtrisaient tous les deux – plutôt que dans le français natal de son épouse. La nourrice et les nurses restaient dans l'ombre, où elles attendaient que le petit lord ait fini de manger pour s'occuper de lui avant de le coucher.

Le duc ne voulait pas que les domestiques comprennent la suite de leur conversation, ce qui fit prendre conscience à Antonia qu'elle devait bel et bien avoir transgressé des règles tacites du foyer. Il n'était donc pas étonnant que sa sœur et Vallentine lui fassent des reproches. Mais elle restait philosophe ; personne ne lui avait parlé de ces règles, comment pouvait-elle savoir qu'elle ne devait pas les enfreindre ?

Quand il reprit la parole, le duc donna l'impression d'avoir lu dans ses pensées :

— Je m'en veux de ne pas vous avoir expliqué cela plus tôt. Mais nous étions préoccupés par votre accouchement imminent, n'est-ce pas ? Ce qui dérange Estée n'a aucune importance par rapport à nos grands projets de vie et pouvait attendre l'arrivée de notre fils.

— Et maintenant, cela ne peut plus attendre, car madame reste mécontente de mes visites dans les cuisines et elles vous dérangent aussi, c'est cela ? J'étais prête à écouter ses conseils. Il aurait été grossier de ma part, n'est-ce pas, *monsignore*, de ne pas les écouter, car elle a une vaste expérience des préoccupations domestiques et je n'en ai aucune.

— Vous êtes trop dure avec vous-même, *vita mia*. Par ailleurs, ajouta-t-il d'un ton catégorique en s'appuyant contre le dossier, je me moque complètement de savoir si les sentiments d'Estée sont froissés ou non. Ce n'est pas à elle de critiquer la façon dont vous vous comportez en tant que duchesse. À vrai dire, c'est son ingérence intolérable qui a attisé la rancune dans les cuisines. Elle a provoqué de l'agitation chez les domestiques, ce qui m'a fait perdre du temps inutilement.

— Je comprends votre agacement, mais je ne sais toujours pas ce qui a offensé madame… et vous.

— Moi ? Rien de ce que vous pouvez dire ou faire ne saurait m'offenser, Antonia, répondit-il d'un ton catégorique avant d'ajouter avec un tendre sourire : Sauf le fait que vous pensez que je pourrais être offensé.

— Le mot que j'ai choisi est peut-être trop fort. Mais je vous connais, et je sais que cela vous déplaît que j'aille rendre visite à vos cuisiniers en bas et que je demande à goûter aux biscuits et aux sauces. Vous dites vous-même que ma capacité à me mettre à la place des autres peut parfois me détourner du droit chemin…

— Votre capacité *infinie*, ma belle.

— Mais je vous demande, Renard, comment puis-je apprendre à être une bonne duchesse si je ne sais pas comment sont gérées nos demeures, ni ce que font les domestiques à la place qui est la leur dans leur vie quotidienne ? Par ailleurs, il n'est pas question d'un seul foyer, mais de *trois* foyers. Quatre, si vous souhaitez compter cette villa.

— Nous compterons cette villa à partir de maintenant. Quatre foyers, donc.

— Connaissez-vous un autre aristocrate, quel que soit le côté de la Manche, qui garde *quatre* maisons en fonctionnement perpétuel, avec assez de domestiques intérieurs et extérieurs pour lui permettre d'arriver à n'importe quel moment comme s'il n'était jamais parti ? Vous seul fonctionnez ainsi.

Le duc leva une main au ciel.

— Mais, *gioia mia*, la façon dont nous menons notre vie ne regarde que nous, non ?

— C'est vrai, mais la gestion de ces maisons vous regarde entièrement, et me regarde aussi à présent, n'est-ce pas ?

— En effet, répondit-il en inclinant la tête. Mais tout cela peut attendre que notre nouveau système avec Julian soit bien mis en place et que vous ayez été présentée à la cour…

— Non, *monsignore*, déclara Antonia d'un ton ferme. Le fait que nous ayons un enfant ne doit pas me servir d'excuse pour négliger mes responsabilités. Et je ne manque pas de profondeur au point d'être seulement capable de me concentrer sur mon fils et ma présentation devant le roi. (Elle sourit.) Je vous aime vraiment de trouver ces excuses pour moi, mais cela suffit.

Il s'accorda quelques instants avant de répondre, le menton appuyé sur son poing, content de pouvoir l'observer et s'émerveiller devant elle, devant eux deux. Il était surtout émerveillé par sa femme, qui tout en nourrissant son bébé de quatorze semaines, s'inquiétait de ses devoirs de duchesse. Cela lui rappela la conversation qu'il avait eue avec Vallentine ; quand il avait l'âge d'Antonia, ses responsabilités, ducales ou non, étaient le dernier de ses soucis.

Elle avait posé une petite couverture sur son épaule, contre laquelle elle plaça Julian, faisant de lents mouvements circulaires dans son petit dos afin d'apaiser son estomac. Alors qu'il se calmait, il se blottit dans son cou et s'endormit doucement. Antonia le sentit et regarda par-dessus son épaule pour indiquer à la nourrice et aux nurses qu'elles pouvaient s'avancer et récupérer son fils pour la nuit. Avant de le leur confier, elle l'embrassa sur la joue, puis l'embrassa de nouveau, lui disant à quel point sa mère et son père l'aimaient, mais qu'il était temps qu'il aille dormir dans son propre lit. Il partit donc dans les bras de sa nurse et Antonia l'observa quitter le salon d'un air mélancolique.

Le duc savait que même si elle respectait leur nouveau système pour faire manger leur fils la nuit, système qui consistait également à le faire dormir dans un berceau dans la galerie aménagée en nursery, avec ses nurses de nuit, afin qu'elle puisse dormir jusqu'au matin sans interruption, Antonia continuait à se tracasser. C'était tout naturel, mais il fit de son mieux pour la distraire.

— Je ne me suis jamais rendu dans les cuisines, avoua-t-il en repassant au français. Je ne suis d'ailleurs jamais descendu dans les quartiers des domestiques non plus. Si je devais m'y aventurer, je suis certain que je me perdrais.

— Êtes-vous en train de plaisanter, monseigneur ? s'enquit Antonia en se tournant vers lui, instantanément attentive. Vous voulez dire que vous n'êtes jamais descendu dans les cuisines de cette villa ? demanda-t-elle, toujours incrédule, quand il secoua la tête.

— Dans aucune de mes maisons, pas en tant que duc. Et si je suis bien descendu dans les cuisines de l'hôtel quand j'étais petit, c'était quand je portais encore une robe, je n'en garde donc aucun souvenir.

— Je ne comprends pas. Vous pouvez vous aventurer là où vous le souhaitez.

— Oui, mais je choisis de ne pas le faire.

— Mais, comment pouvez-vous savoir ce qu'il s'y passe et comment les domestiques sont traités si… ? Non ! C'est naïf de ma part. Bien sûr que vous le savez. D'autres personnes vous tiennent informé.

— Naturellement, j'ai le droit d'aller où je veux. Mais je ne le fais pas. Chacun doit rester à sa place, même mon estimée personne. Je m'interdis l'accès aux étages inférieurs. De cette façon, ceux qui y travaillent peuvent poursuivre leur journée et leur vie sans craindre une visite ou une intrusion de ma part.

— Et madame, ne s'y aventure-t-elle pas non plus ?

— Non.

Antonia réfléchit à cela un instant.

— Je comprends qu'une visite de votre part puisse déconcerter les domestiques. Ils seraient nombreux à regarder constamment par-dessus leur épaule, à se dire que vous pourriez apparaître à tout instant…

— … tel un spectre ? s'enquit Roxton avec un sourire, car cette idée lui plaisait. Je devrais peut-être revoir ma propre maxime…

— Mais madame a vécu à l'hôtel toute sa vie, continua Antonia, ignorant sa remarque légère et caustique. Elle connaît donc votre maxime, elle sait qu'elle doit éviter d'aller rendre visite aux domestiques. Mais je ne suis pas votre sœur, et je ne suis pas vous…

— Mignonne, ne comprenez-vous pas qu'en devenant ma duchesse, vous êtes devenue un prolongement de moi ? Peu importe où vous allez et ce que vous faites, nous sommes liés à jamais, nous ne sommes qu'un.

Antonia sourit, heureuse.

— Cela me plaît beaucoup et m'apporte du réconfort.

— Et moi beaucoup de joie. Mais pour certains, pour ceux qui travaillent pour nous, quand vous décidez d'aller dans les cuisines, c'est comme si c'était moi qui descendais parmi eux.

Antonia, en apprenant cela, écarquilla ses yeux verts.

— Oh ! Je n'avais pas vu les choses ainsi.

— Et si envoyer les macarons de Jean-Camille aux blanchisseuses était un geste très attentionné et généreux, lui ne l'a pas interprété ainsi.

Lui, André, nos cuisiniers et nos chefs en Angleterre sont très fiers de servir leur maître ducal. Me servir leur permet de fanfaronner, de se plaindre et de passer une bonne partie de leur journée à réprimander leurs subalternes, car ils se sont rattachés à ma conséquence. Mais si leurs créations culinaires finissent dans la bouche des blanchisseuses…

— … ils ne peuvent plus se vanter de trouver grâce à vos yeux ?

— Et aux vôtres, ma vie.

Les épaules d'Antonia s'affaissèrent.

— Alors ma petite attention envers les blanchisseuses a causé énormément d'embarras à Jean-Camille ?

— Pas nécessairement. Une bonne partie du personnel verra ce geste pour ce qu'il est. Quant à ceux pour qui ce n'est pas le cas et qui essayeront de tourmenter Jean-Camille, le mettant face à son apparente déchéance, ils se verront vite rabroués par Duvalier. Et puisque c'est la première…

— … et dernière.

Le duc inclina la tête.

— … et dernière fois que Jean-Camille doit subir une telle humiliation, l'affront fait à ses petites sucreries sera bientôt oublié.

Antonia sourit.

— Je m'assurerai de complimenter ses macarons demain soir, et d'en manger deux.

— Il sera aux anges.

Quand le sourire d'Antonia s'effaça et que le pli réapparut entre ses sourcils, il lui demanda :

— Qu'y a-t-il, ma fée ? Vous anticipez un problème dans ce plan visant à rendre sa fierté à Jean-Camille ?

Elle secoua la tête.

— Non. Vous avez raison. Simplement, si je ne dois pas m'aventurer en bas, comment puis-je savoir… savoir… quoi que ce soit à propos du foyer et de sa gestion ?

Le duc prit sa main.

— Vous m'avez donné la réponse à cette question tout à l'heure. D'autres personnes me tiennent informé. Et ces autres personnes sont également vos yeux et vos oreilles. Nos intendantes, nos majordomes et nos domestiques de haut statut, qui ont tous atteint de tels postes grâce à leur expertise et leur loyauté, sont là pour vous faire part de leur opinion et de leurs conseils. Ils ne seront que trop heureux que vous ne les négligiez pas.

— Est-ce ainsi qu'ils voient mes visites dans les cuisines ? Ils pensent que je les néglige ?

— Pourraient-ils le voir autrement ?

Antonia jouait avec le cordon en soie de sa robe de chambre, en pleine réflexion, puis elle avoua en levant les yeux vers le duc :

— J'admets que je suis un peu intimidée par nos domestiques personnels. Ils sont qualifiés dans leur domaine et ont de nombreuses années d'expérience, alors comment pourraient-ils recevoir des instructions de quelqu'un comme moi, qui suis jeune et ne sais rien ?

— Je ne pense pas que ce soit le cas, mais admettons, dans l'intérêt de la conversation, que ce soit vrai... Vous n'en saviez pas plus quand vous étiez mademoiselle Moran ; qu'est-ce qui a changé en quelques mois ?

— Mais maintenant que je suis duchesse, il est inacceptable que je sois ignare, non ? (Elle esquissa un sourire hésitant, une étincelle dans le regard.) Quand j'étais mademoiselle Moran, je ne savais pas encore que je ne savais pas ce que je ne sais toujours pas. Vous comprenez, mon cher mari ?

Le duc hocha la tête et prit délicatement le visage de sa femme entre ses mains.

— Antonia, tout ce qui importe à mes yeux, c'est que vous soyez heureuse en étant ma duchesse. Tout le reste peut être appris ou surmonté. Et vous pouvez tout à fait laisser votre propre empreinte sur cette position. Il n'y a pas eu de duchesse de Roxton depuis ma grand-mère, qui est morte il y a quelque trente-six ans. Si vous souhaitez récompenser le petit personnel pour leur service, faites-le. Mais il vous faudra trouver un moyen de le faire sans mettre les domestiques de haut statut dans l'embarras. Je vous fais entièrement confiance pour trouver une solution. Mais je ne nie pas que parfois, vous trouverez votre position pénible, sentirez que trop d'attentes pèsent sur vos épaules, autant auprès de votre famille que de vos domestiques. Malheureusement, vous devrez faire de votre mieux pour le supporter pour le restant de *mes* jours.

— Rien de tout cela ne me pèse tant que vous êtes avec moi, répondit-elle avec véhémence, tournant son visage entre les mains du duc pour appuyer ses lèvres dans la paume de sa main, avant de se redresser avec un sourire. Et vous vous trompez, Renard, vous vous trompez totalement. Je resterai votre duchesse pour le restant de *nos jours*, dans cette vie et dans la suivante. Le croyez-vous aussi ?

— Oui, répondit-il sans hésitation. De tout mon cœur. Je n'aurais pas cru cela possible avant que vous n'entriez dans ma vie en virevoltant, mais je le crois à présent.

Antonia se jeta à son cou, ce qui fit glisser sur ses genoux la couverture posée sur son épaule. Cela provoqua un déclic en elle, lui faisant revivre un net souvenir de cette même journée, quand plus tôt, elle avait fait une révérence devant le roi depuis la fenêtre de la galerie. Elle se recula et fixa le duc, les yeux écarquillés, mortifiée.

— Renard ! Je viens de penser à quelque chose d'affreux. Ce matin, quand j'ai fait ma révérence devant Louis et que je tenais Julian dans mes bras… Était-il… ? (Elle leva la couverture.) Il portait une courte chemise et était enveloppé dans une couverture, car on ne l'avait pas encore mis dans son lange. Je l'ai tourné vers la fenêtre pour que vous puissiez vous voir, il donnait des coups de pied et poussait des petits cris de joie. C'était comme s'il exprimait à voix haute l'excitation que la présence de Sa Majesté dans la cour faisait ressentir à toute la maisonnée. Ce bruit était tellement merveilleux que j'ai complètement oublié sa couverture… Je crois qu'il l'avait fait tomber par terre.

— Ceci expliquerait cela.

— Comment ? Qu'est-ce que cela expliquerait ? Qu'alors que je soulevais Julian pour que vous puissiez le voir, Sa Majesté a cru que je lui montrais la preuve que je suis la fière génitrice d'un fils ?

Le duc ne put réprimer son sourire.

— C'est exactement ce qu'il a pensé, ma vie.

Antonia prit une inspiration, surprise.

— Qu'a-t-il dit ?

— Sa Majesté m'a fait remarquer qu'il était ravi de constater de ses propres yeux que les rumeurs à propos de votre immense beauté sont vraies.

Antonia osa imiter le roi de France :

— Roxton, votre duchesse est très belle. Quelle chance, mon ami, je peine à en croire mes yeux royaux…

— Mais, Votre Majesté, répondit le duc d'une voix traînante, comme s'il parlait au roi, ses épaules secouées par l'hilarité, je vous assure que la chance n'a rien à voir…

Antonia l'arrêta d'un baiser et sortit de son rôle pour dire d'une voix indignée :

— Peu importe qu'il me pense très belle ou non, s'il me prend aussi pour une imbécile après avoir soulevé Julian pour qu'il l'inspecte !

— Ma vie, je vous assure que Sa Majesté n'a eu aucune raison de douter de votre intelligence. Loin de là. Il a même pensé le contraire. Il a été impressionné par votre sagacité.

Antonia s'adossa contre la méridienne avec un air renfrogné.

— Je ne comprends pas qu'il ait pu ne pas voir que mes agissements étaient simplement ceux d'une mère fière mais très sotte, et rien de plus.

— Vous avez visé juste. Sa Majesté a supposé que vous souleviez notre enfant pour lui montrer, et pour montrer au monde entier, la preuve que vous m'avez bel et bien donné un héritier. Il est resté très solennel et a accordé à la situation le sérieux qu'elle méritait. En se découvrant devant vous, et ce sous les yeux de ses courtisans, il a reconnu cette preuve et vous a donné son approbation royale.

— Pourquoi se donnerait-il autant de mal pour faire une chose pareille ?

— Parce que nous sommes amis, lui et moi.

— Assurément, ce n'est pas quelque chose qui est remis en question, si ? Et si c'était le cas, Sa Majesté vous a fait le grand honneur de venir vous saluer dans la cour. Et comme vous le dites vous-même, alors que les princes et les aristocrates le regardaient du parc. (Elle regarda intensément le duc.) Il y a autre chose… quelque chose que vous ne me dites pas.

Roxton lissa un pli imaginaire sur la soie de son genou. Il répondit d'un ton monotone :

— En effet. Vous savez que je me suis… hum… attiré quelques ennemis ces dernières années. Par conséquent, certaines rumeurs circulent à propos de mon estimée personne, et si certaines sont vraies, les autres sont sordides et complètement infondées. Habituellement, elles ne m'inquiètent pas, et vous n'avez pas besoin d'en entendre parler. Mais l'une d'elles commence à devenir persistante, et je ne la laisserai pas se répandre. Je vous en parle uniquement parce que cela explique la réaction du roi à votre geste tout à fait innocent ce matin. Nous nous sommes mariés en février et Julian est né en juillet. Il y a une… hum… incohérence dans la chronologie de sa gestation et de sa naissance, ce qui a provoqué une vague de questionnements calomnieux à la cour. Certains vont jusqu'à se demander s'il est bien mon fils, et non…

— Non ! C'est tellement ridicule que les mots me manquent, l'interrompit Antonia, indignée et dédaigneuse, se levant de la méridienne d'un bond, le duc suivant son exemple. Il suffit d'avoir deux yeux pour voir que vous êtes le géniteur de Julian.

Le visage du duc s'éclaircit et il lui sourit.

— Mais la plupart de… hum… ces yeux n'ont pas vu notre fils, mignonne. D'où la rumeur. Elle a été répandue par certains nobles qui étaient justement présents quand Louis a soulevé son tricorne pour vous.

— Et maintenant, ils ont également vu Julian de leurs propres yeux, répondit Antonia avec un joli sourire suffisant. Je suis contente que vous ne m'en ayez pas parlé avant. Et je suis heureuse que Sa Majesté m'ait saluée, mais ce n'est pas ce qui m'inquiète le plus.

— Qu'est-ce qui vous inquiète le plus ? lui demanda-t-il, satisfait de sa réponse inflexible.

— Que penserait Julian de sa mère s'il apprenait… ?

— … qu'il a été conçu avant notre mariage ?

— Non, dit Antonia en rentrant la tête dans les épaules et en posant un doigt contre ses lèvres. Cela restera notre petit secret, d'accord ?

— Toujours, répondit le duc en la prenant dans ses bras pour la porter jusqu'à leur chambre. Si ce n'est pas cela, alors qu'est-ce qui vous inquiète ?

— Que sa mère se soit comportée telle une prétentieuse matriarche spartiate en le soulevant ainsi alors qu'il était nu, afin que le roi de France et sa cour l'inspectent et lui donnent leur approbation !

— Mais vous avez entièrement le droit d'être prétentieuse, ma vie. Nous avons un superbe fils, qui est en bonne santé.

— C'est vrai. Et cela me rend très heureuse. Mais assurément, lui ne sera pas du tout heureux quand il entendra parler de sa première apparition publique devant les membres de la royauté.

— Puisqu'il est trop jeune pour s'en souvenir, cet épisode entrera bientôt dans le folklore. Ce sera alors à vous de décider de la validité ou non de cette histoire. Moi, en revanche, je ne suis pas près d'oublier ma première apparition devant un roi.

— Oh ? Je vous en prie, racontez-moi !

Le duc sortit de la pièce en la portant.

— Demain matin, peut-être, la taquina-t-il. Vous êtes fatiguée.

— Je ne pourrai pas m'endormir si je m'interroge là-dessus !

Il baissa les yeux vers elle sous ses paupières lourdes et lui dit avec désinvolture :

— Vous dormirez mieux si j'attends…

— Non. Et vous le savez très bien. Racontez-moi l'histoire.

— Même si elle peut vous empêcher de dormir pendant toute la nuit ?

— Mais pourquoi est-ce qu'elle m'empêcherait de dormir ? Vous vous moquez de moi !

— N'oubliez pas que je vous avais prévenue.

— Très bien, déclara-t-elle en s'installant confortablement dans ses bras, la tête posée sur son épaule, tandis qu'il la portait jusqu'à leur chambre. Maintenant, je vous en prie, commencez votre histoire du soir.

— Une histoire du soir ? Très bien… J'avais cinq ans quand on m'a présenté au Roi-Soleil, lui dit-il en parcourant l'enfilade du regard jusqu'à l'endroit où deux valets de pied en livrée étaient au garde-à-vous près d'une double porte damasquinée, tout en visualisant dans son esprit cette journée qui avait eu lieu tant d'années plus tôt. Les quelques jours précédant ma… hum… présentation, ma mère s'est donné du mal pour me faire comprendre qu'on me faisait un grand honneur et qu'il fallait que je fasse ma plus belle révérence devant le roi.

— Je suis sûre que vous vous êtes entraîné encore et encore à faire cette révérence.

— Oui. Je me souviens que j'étais plutôt content de moi-même. Quel dommage que cette histoire ne se finisse pas bien.

— Ah non ? s'enquit Antonia, intriguée.

Il la reposa délicatement sur l'épais tapis à l'entrée de leur chambre. Un feu crépitait dans la cheminée et les feuilles d'or sur la tapisserie et les meubles scintillaient. La pièce était entièrement baignée dans la douce lumière des bougies. Il poursuivit le récit de ses souvenirs :

— Mes parents ont vécu à l'époque où Louis éblouissait tous ceux qui se trouvaient devant lui. Ils s'attendaient à ce que je sois ébloui à mon tour. Après tout, il s'agissait du Roi-Soleil, le maître de tous, Sa Majesté choisie par Dieu… Mais je n'ai pas été… hum… *ébloui*. Pourquoi donc, à votre avis ?

La réponse d'Antonia fut sans équivoque :

— Vous n'aviez que cinq ans. Vous étiez à peine plus âgé qu'un bébé.

Elle prit sa main et le guida jusqu'à l'imposant lit à baldaquin agrémenté de tentures en soie.

— Je suis surprise que vos parents n'aient pas anticipé l'issue de cette rencontre opportune entre leur fils de cinq ans et le Roi-Soleil !

Il la prit dans ses bras pour l'asseoir sur le couvre-lit en soie et plaça ses mains de chaque côté de ses cuisses.

— À votre avis, que s'est-il passé ? Faites-moi plaisir.

Elle le regarda entre ses cils avec un petit sourire diabolique.

— Toujours.

Il lui adressa un large sourire et se pencha pour l'embrasser sur la bouche.

— Diablesse… Faisons-nous plaisir l'un à l'autre… Mais d'abord, dites-moi comment se termine cette histoire du soir.

— Très bien.

Elle remonta sur le couvre-lit en soie pour aller appuyer ses épaules contre l'ensemble d'oreillers disposés le long de la tête de lit capitonnée. Il la suivit sur le lit et s'étendit devant elle sur le matelas, appuyé sur un coude, ne détachant jamais les yeux de son visage. Dans son esprit, Antonia imaginait la rencontre entre de fiers parents et leur fils héritier et Louis xiv. Elle visualisa le couple, vêtu de ses plus belles soieries, dans le cadre majestueux d'or et de marbre du château de Versailles, s'incliner et faire la révérence devant le monarque le plus illustre et glorifié du monde entier.

— Vous étiez un petit garçon, votre tête était remplie d'attentes avant votre rencontre avec un être extraordinaire. Mais si vos parents et toute la cour considéraient que le Roi-Soleil était bel et bien un être extraordinaire, ce que vous avez vu était entièrement différent, non ?

Le duc agita délicatement l'un des orteils d'Antonia dans son bas.

— Et qu'ai-je vu, du haut de mes cinq ans, ma chérie ?

— Le Roi-Soleil, quel âge avait-il à l'époque… ?

— Soixante-quatorze ans.

— Alors ce n'est pas un Roi-Soleil que vous avez vu, mais un vieillard qui portait une tenue absurde en velours et en soie, une immense perruque aux boucles féminines et de hauts talons rouges. Et quand Sa Majesté a ouvert la bouche… ? Ça alors ! s'exclama-t-elle en écarquillant les yeux. Il ne devait plus avoir une seule dent dans la bouche, si ? (Elle fit une grimace.) Une telle vision n'est pas l'idée qu'un petit garçon se fait de la splendeur majestueuse, si ? À vos yeux, le roi était un Oneiroi ! ajouta-t-elle d'un air impressionné qu'elle exagéra pour son seul spectateur. Un cauchemar devenu réalité ! Morphée ayant pris forme humaine. Mais puisque vous n'aviez pas encore étudié les mythes grecs, Sa Majesté vous a donné l'impression d'être, disons, un artiste de cirque macabre qui tenait à peine debout, et ce malgré ses jambes qui, dans leurs talons rouges, étaient peut-être la seule partie de lui à rester en forme jusqu'à la fin de ses jours – tout le reste de son corps était en train de pourrir !

Quand le duc retomba en arrière sur le matelas, hilare, Antonia s'approcha pour s'agenouiller près de lui.

— Vous vous moquez de moi parce que j'ai décrit les jambes galbées et le sourire édenté du Roi-Soleil, le réprimanda-t-elle tendrement, ses longs cheveux encadrant son visage. Mais quelle importance avaient ses jambes pour vous, un petit garçon terrifié, alors que le reste de sa personne était en décomposition ?

— Je ne me moque pas de vous, ma vie, c'est votre description de Sa Majesté qui me fait rire. Et oui, de ses… hum… jambes ! Vous avez raison. Le petit garçon de cinq ans que j'étais se moquait pas mal des muscles de ses mollets. Je l'ai vu exactement comme vous l'avez décrit – comme un artiste de cirque édenté qui avait trop de cheveux !

Les yeux d'Antonia s'illuminèrent d'anticipation.

— Avez-vous crié ?

— Oui. Et j'ai donné un coup de pied dans son royal tibia de sous ma robe.

Elle prit une inspiration.

— Parbleu, non ! Vos parents devaient assurément être mortifiés.

— Plus que de raison. Nous ne sommes jamais revenus…

— … au palais ?

— Dans cette villa.

Les yeux d'Antonia devinrent très ronds et elle s'assit sur ses talons, stupéfaite.

— Cette villa appartenait à vos parents ?

Le duc s'appuya derechef sur un coude.

— Vous êtes plus choquée d'apprendre cela qu'en entendant qu'à cinq ans, j'ai donné un coup de pied dans la jambe galbée du Roi-Soleil ?

— Bien évidemment ! Vous m'avez laissé choisir où habiter et j'ai choisi la maison de vos parents ? Comment est-ce possible ?

Il joua avec une longue mèche des cheveux bouclés et couleur miel d'Antonia, l'enroulant autour d'un doigt, et lui dit d'un ton pensif :

— Pour être exact, cette aile-ci était autrefois la villa de mes parents. J'ai acheté la villa voisine il y a de nombreuses années et j'ai réuni les deux pour former cette maison...

— Avec le projet d'y installer votre famille ?

— Pour être parfaitement honnête, je pense qu'à l'époque, je n'avais pas particulièrement de... hum... projet, mignonne. Je voulais seulement préserver cette maison qui renferme les nombreux souvenirs des bons moments que mes parents ont passés ici, et moi aussi, j'imagine, alors que je portais encore une robe.

— Et si... commença-t-elle timidement. Et si j'avais choisi l'une des autres maisons que vous m'avez montrées et non celle-ci ?

— Dans ce cas, nous aurions installé notre famille dans cette autre maison.

— Merci de m'avoir laissé choisir.

— Merci d'avoir choisi cette villa. Mais si vous aviez choisi un autre endroit, cela n'aurait pas eu d'importance, ajouta-t-il doucement, car c'est votre présence qui fait que je me sens chez moi, ma vie.

Submergée par l'émotion, Antonia sentit sa gorge se serrer et ses yeux se remplir de larmes. Elle put seulement hocher la tête. Elle s'allongea à côté de lui et se blottit contre son corps. Ils restèrent immobiles et silencieux, heureux dans les bras l'un de l'autre, et elle dit avec un soupir de satisfaction :

— Monseigneur, c'est encore un coup du destin.

— Ah oui ?

— Oui. J'y crois. Vous devez y croire, vous aussi.

Il posa délicatement le menton sur le dessus de sa tête.

— Je vais commencer à croire que vous êtes de mèche avec les Moires.

Antonia gloussa.

— Oh, je l'espère bien ! Mais je leur ai demandé de ne pas s'approcher de notre chambre. Les attentions particulières de monsieur le duc me sont réservées, et les miennes lui sont réservées. Nous sommes unis pour toujours et à jamais.

Après cette déclaration, il roula avec elle sur le lit jusqu'à ce qu'elle se retrouve sous lui. Il se souleva sur ses avant-bras pour ne pas l'écraser. Il baissa le regard vers elle et aperçut la lueur espiègle dans ses yeux verts et le sourire effronté qui allait avec. Il arbora un large sourire et murmura, avant de l'embrasser passionnément :

— Monsieur le duc ne voudrait pas qu'il en soit autrement…

TREIZE

LORD VALLENTINE passa une heure agréable à s'entraîner à l'escrime avec le duc, sans penser un seul instant aux événements de la veille. Le ciel hivernal était entièrement dégagé, le soleil éclatant, l'air frais et revigorant. La cour déserte avait été balayée et de la sciure avait été parsemée par terre afin d'éviter tout risque de glissade. Et malgré la fatigue que les deux nobles ressentaient – le duc après avoir passé la journée de la veille à chasser avec le roi, Vallentine après sa démonstration d'escrime à la Grande Écurie –, leur esprit de compétition et leur détermination à surpasser l'autre, en habileté et en stratégie sinon en endurance physique, ne furent en rien atténués.

Enfin, ils reconnurent tous les deux que ce combat était plutôt égal et reposèrent leurs épées pour prendre un rafraîchissement. Leurs chemises blanches et bouffantes étaient humides, leurs cheveux naturels ébouriffés, et une légère couche de poussière occultait l'éclat de leurs bottes de jockey noires en cuir poli. Des valets de pied leur proposèrent des gobelets de bière blonde, qui furent rapidement vidés. Lord Vallentine se lécha les lèvres avec satisfaction et tendit son gobelet vide pour qu'on le resserve.

Ils étaient appuyés contre un muret qui séparait la cour d'un jardin potager, fatigués mais détendus, tellement détendus d'ailleurs que Vallentine se laissa un instant gagner par l'orgueil. Comme toujours quand ils étaient seuls, les deux meilleurs amis discutèrent en anglais, ce qui signifiait que les domestiques qui les servaient ne comprenaient pas un mot de leur conversation.

— Je ne suis peut-être plus aussi agile qu'avant, mais tout fonctionne encore parfaitement là-dedans ! déclara-t-il en se tapotant la tempe. J'ai eu la vivacité d'esprit de m'en sortir grâce à une attaque au fer ! Ces gamins présomptueux pensaient pouvoir me pousser à l'esquive à coup de balestras et de battements, je leur ai montré de quel bois je me chauffais ! Ha !

— Aujourd'hui encore, vous restez à la hauteur de votre surnom de meilleur épéiste de France et d'Angleterre. Je vous félicite, Lucian. Je suis certain que les élèves de la Grande Écurie vous ont félicité également.

— Tous sans exception. Ils ont dû admettre que je ne me laisse pas marcher sur les pieds… pas encore !

— Bravo. Vous ne vous laissez pas marcher sur les pieds dans votre jeu d'épée, mais dans vos… hum… bons offices, c'est peut-être le cas ?

Lord Vallentine était perplexe.

— J'ai bien prodigué quelques conseils à un groupe de jeunes hommes tout à fait prometteurs qui avaient tous très envie d'apprendre, et ils ont tous apprécié mes conseils à leur juste valeur… (Il fronça les sourcils en regardant dans les yeux noirs de son ami.) Que voulez-vous dire exactement ?

— Vous avez trouvé ma carte de visite – ou plutôt, celle de Montbelliard – sur votre oreiller hier soir, sinon vous ne seriez pas arrivé à huit heures pile ce matin.

En l'entendant mentionner le chevalier Montbelliard, Vallentine partit d'un petit rire coupable. Il essaya de faire peu de cas de la visite du jeune homme.

— Oh, *ça*. De toute ma vie, j'ai jamais été plus surpris que quand ce type est arrivé à votre porte. Dame ! Quelle audace ! Quand je pense qu'il a présenté sa carte en partant du principe qu'il serait accueilli à bras ouverts *comme un membre de la famille* !

— L'a-t-il été ?

— A-t-il été quoi ?

— Accueilli.

— Pas par moi ! lâcha Vallentine, ajoutant rapidement quand le duc haussa un sourcil interrogateur : Non pas que je me sois montré impoli. Mais je ne l'ai pas non plus accueilli à bras ouverts. Et avant que vous ne me posiez la question, je suis la seule personne de votre foyer à avoir fait sa connaissance.

— Autour d'un café et de macarons. Vous êtes un hôte très agréable et... hum... vif d'esprit.

— Hein ?

— La visite de Montbelliard vous a surpris. Vous ne l'avez pas accueilli. Mais à peine ce visiteur inattendu avait-il mis un pied dans mon vestibule qu'il s'est vu proposer du café et des macarons. Une collation à laquelle vous avez participé tous les deux.

— Il n'est pas resté plus de dix minutes, déclara Vallentine, ignorant les incohérences dans son récit. Puis je l'ai fait partir *subito* ! Enfin, dès qu'il avait fini sa tasse de café, certes. Je me suis dit que la meilleure façon de le faire partir, c'était d'accepter de l'accompagner à la Grande Écurie. J'y allais de toute façon, cela ne me dérangeait pas qu'il m'accompagne. (Il fronça les sourcils.) Mais je ne lui ai rien promis !

— Si des promesses ont été faites, c'était bien avant que vous ne vous installiez avec lui pour boire le café et manger des gâteaux.

— Hein ?

Le duc prit une profonde inspiration. Il voyait bien que son ami était réellement dérouté, il fit donc l'effort de lui demander :

— Comment se fait-il que Montbelliard ait cru à tort qu'il pouvait venir se présenter *chez moi*, l'ennemi juré de son plus proche parent ?

Lord Vallentine haussa les épaules et répondit honnêtement :

— Je vais me risquer à supposer que sa visite avait quelque chose à voir avec sa présence, parmi quelques-uns de vos parents Salvan, lors d'une soirée organisée dans le salon de ma chère épouse, votre très chère sœur. Si mes souvenirs sont bons, il est venu dans le carrosse de l'une de vos vieilles tantes... Laquelle était-ce ? Ah, oui ! Madame de Chavigny – tante Victoire. Elle est venue avec le jeune homme et il est également reparti avec elle. On me l'a présenté en tant que « cousin Hugh », sans qu'aucun nom de famille soit mentionné...

— Elles sont malignes, ces vieilles tantes. Mais elles ont leur utilité.

Le duc pensait à la présentation imminente d'Antonia à la cour. Il avait insisté pour que sa tante Victoire interrompe sa retraite et revienne à la cour dans le seul but de parrainer son épouse. Néanmoins, il ne put s'empêcher de pousser un soupir agacé.

— Le nom de famille du garçon, Montbelliard, ne vous aurait de toute façon rien dit, je ne vois donc pas pourquoi mes tantes Salvan se sont senties obligées de dissimuler son lien avec ma famille. Mais je vous ai interrompu. Vous disiez… ?

Lord Vallentine haussa les épaules.

— Il n'y a pas grand-chose d'autre à dire. Mais vous avez raison. Je ne savais pas du tout qui était ce garçon et je ne connaissais pas non plus son lien avec les Salvan, à l'exception du fait qu'il fait partie de cette famille. Mais vous avez tant de parents en France, à mes yeux ce n'en était qu'un parmi tant d'autres. Mais cela ne m'a pas empêché de remarquer qu'il ne ressemble pas vraiment à un Salvan…

— Peut-être parce que sa mère venait de Guadeloupe, que c'était la petite-fille d'un planteur et d'une esclave affranchie ?

— Je n'étais pas au courant, mais oui, c'est une explication possible. Quand j'ai appris qu'il s'agissait du petit-neveu de Salvan, et maintenant de son héritier, j'ai eu l'impression de recevoir un coup de poisson en pleine tête ! Mais je ne suis pas surpris que vous soyez au courant, même si vous ne l'avez jamais rencontré.

Le duc ne fit aucun commentaire immédiat, Lord Vallentine combla donc le silence en réclamant sa redingote. Il avait soudain froid, l'effort physique ne le réchauffant plus. Les valets de pieds apportèrent les deux redingotes et aidèrent les aristocrates à les remettre. Le duc tira sur les manchettes de sa chemise blanche et dit avec une certitude teintée d'amertume :

— Ma famille française se fourvoie si elle pense un seul instant que je pourrai oublier ou pardonner ce qu'il s'est passé à Treat plus tôt cette année.

— Vous ne devriez pas ! Moi, je n'en ferais rien !

— Et pourtant, ajouta le duc d'un ton doucereux, c'est apparemment ce qu'ils ont tous fait en accueillant le chevalier Montbelliard en leur sein.

Lord Vallentine ne faisait pas le fier.

— Certains affirmeraient que ce n'est pas parce que ce type est le prétendant du titre maudit de Salvan qu'il lui ressemble. Et d'après mes observations après l'avoir rencontré, il semble être complètement à l'opposé de cette diabolique fouine, autant dans son tempérament que dans ses opinions.

— Vous avez pu étudier sa… hum… personnalité et ses intentions à trois occasions : dans le salon d'Estée, hier dans ma villa, autour d'un café et de macarons, ah ! et lors de votre visite à la Grande Écurie. J'applaudis votre perspicacité, mon cher Lucian.

Le malaise de Lord Vallentine s'amplifia.

— Dit comme ça, ça paraît pas suffisant, hein ? Vous pensez qu'il cache bien son jeu ?

Le duc sortit sa tabatière en or émaillée et en tapota le couvercle du bout d'un long doigt en lançant un regard en coin à son meilleur ami.

— Il n'a peut-être rien à cacher. Je n'ai pas encore découvert tout ce qu'il y a à découvrir sur Hubert Gabriel Louis Hyacinthe Salvan Montbelliard. Mais cela arrivera. Et quand je saurai tout, je déterminerai dans quelle mesure il peut intégrer le giron familial, ou s'il doit en être écarté. Pour l'instant, je ne peux pas ignorer le fait qu'il peut être une marionnette, dont les ficelles sont peut-être tirées par mon affreux cousin. Ou, d'ailleurs, par n'importe laquelle de ces personnes qui voudraient se venger de moi pour une raison… ou une autre.

— Ha ! Surtout pour une autre ! dit Lord Vallentine en riant. Il y a possiblement trop de *personnes*, entre les cœurs brisés et les maris offensés, qui pourraient vouloir se venger de vous et utiliser tous les moyens à leur disposition pour y parvenir !

— Utiliser Montbelliard à leurs fins, par exemple ? Qu'il soit de mèche ou non. Oui, dit le duc d'une voix traînante, loin d'être perturbé par les affirmations de Sa Seigneurie. Vous avez peut-être raison. Soyez sûr que je ne me contenterai pas de m'intéresser aux membres de ma famille côté Salvan, ni à l'homme en personne, pour m'assurer que j'ai correctement jugé *cousin Hugh*.

Il ouvrit le couvercle de sa tabatière d'un petit geste, proposa une pincée de poudre à Vallentine et en prit lui-même.

— A-t-il essayé de se présenter à la duchesse ? s'enquit-il.

— Oui. Il a essayé. Mais elle a fait preuve de politesse et a envoyé ses excuses.

Les traits du duc s'adoucirent et il sourit.

— Cela ne m'étonne pas. Elle est pleine de sagesse.

— Elle ne ferait jamais rien qui irait à l'encontre de vos souhaits ou de votre bien-être. Mais vous le savez déjà.

— Oui.

— Si vous voulez mon avis…

— Toujours.

— Ce ne sont pas seulement vos parents côté Salvan et les cœurs brisés qui méritent votre surveillance. À votre place, je jetterais aussi un coup d'œil de l'autre côté de la Manche, à l'autre branche de votre arbre généalogique. Le coupable se trouve peut-être parmi vos cousins anglais, qui vous voudraient plus de mal que de bien, et qui pourraient tirer les ficelles ! Quelqu'un qui serait rongé par la jalousie.

Le duc esquissa un sourire en coin.

— Vous parlez de la grand-mère d'Antonia, Augusta.

— Oui. Et je ne serais pas en train de répandre de simples rumeurs de salle de jeu si je vous disais que cette vipère a un espion chez vous.

— Je m'en doutais… rumina le duc avant de regarder Vallentine droit dans les yeux. C'est Antonia qui vous l'a dit ?

— Oui. Elle ne sait pas encore de qui il s'agit, mais elle est convaincue que c'est une femme.

Roxton fronça les sourcils et partagea ses pensées à voix haute :

— Je me demande pourquoi elle ne m'a pas parlé…

— Elle ne veut pas vous accabler. Elle dit que vous avez déjà assez de soucis… (Ce fut au tour de Vallentine de froncer les sourcils.) Ce que je viens de vous dire est un secret et je préférerais que vous le gardiez pour vous, car elle serait mécontente que je vous en aie parlé. (Il soupira.) Mais vous auriez pu le découvrir vous-même d'un tas de manières différentes, je n'ai donc pas l'impression d'avoir trahi sa confiance.

Quand le duc resta silencieux, il ajouta d'un ton léger :

— Alors, que voulez-vous que je fasse de Montbelliard ?

— Ce que je veux que vous fassiez ? Rien, mon cher Lucian – pour l'instant. Vous pouvez lui donner autant de leçons que vous le souhaitez en jeu de jambes et en placement de lame dans l'espace public de la Grande Écurie. Je vous encourage en ce sens…

— Afin que je puisse vous faire des rapports sur le jeune homme ?

— Vous pourrez me donner votre avis honnête, oui. Et avec le temps, il pourrait se confier à vous, alors qu'il y a peu de chances pour qu'il se confie à ses vieilles tantes ou à Estée. Je veux savoir pourquoi il tient tant à faire la rencontre d'Antonia. Et tant que je ne saurai pas si oui ou non Salvan ou qui que ce soit d'autre a une influence sur les intentions de Montbelliard, il ne sera le bienvenu ni ici ni à l'hôtel. Et je ne le laisserai s'approcher d'Antonia sous aucun prétexte. J'ai besoin d'être sûr que ma femme et mon fils sont en sécurité à chaque instant. (Il sourit légèrement.) Estée devra se priver du plaisir de recevoir ce cousin-là dans son salon, ou dans toute autre pièce de l'hôtel. Je vous laisse lui transmettre ce décret…

— C'est comme si c'était fait !

Le duc inclina la tête.

— J'apprécie que vous me soulagiez d'un entretien avec ma sœur qui aurait été… hum… pénible. Oh, et sachez que si elle continue à correspondre avec Montbelliard, je continuerai à intercepter et à lire ces lettres.

Vallentine ne fut pas perturbé par cette violation non dissimulée de la vie privée de sa femme. À vrai dire, il était entièrement favorable aux méthodes sournoises du duc, ce qu'il démontra en lui offrant un autre conseil :

— Si vous voulez savoir ce que Salvan manigance, vous devriez intercepter les courriers que Lady Strathsay envoie à la duchesse. Cette femme a un don pour perturber la gamine avec son baratin empoisonné qu'elle cache sous une sincérité doucereuse !

— Comme c'est poétique, lança malicieusement le duc en indiquant aux valets de pied qu'ils pouvaient se retirer. Je suis d'accord avec vous. Mais je ne vous demanderai pas comment vous savez cela… (Il soutint le regard de Sa Seigneurie, inflexible.) En revanche, je veux que vous sachiez que je n'ai jamais intercepté et lu votre correspondance. Vos secrets sont bien gardés. Il ne faudrait pas que je sois accusé de n'avoir aucun principe ! dit-il avec un petit sourire.

Lord Vallentine secoua la tête en souriant.

— Vous n'aviez pas besoin de le préciser, mais merci. Non pas qu'il y ait quoi que ce soit dans mes lettres qui pourrait avoir le moindre intérêt pour vous. Et je n'ai certainement aucun secret ! Ha ! Si j'en avais, je les partagerais avec vous. Mais ça aussi, vous le savez, non ?

— Je le sais.

À son tour, le duc poussa un petit soupir, puis il poursuivit ses confidences :

— Je n'intercepte et ne lis pas non plus la correspondance de ma femme. Elle me le dirait, elle aussi, s'il s'y trouvait quelque chose qui méritait qu'elle m'en parle…

— Bien sûr ! Elle n'a que vos intérêts à cœur, comme je vous le disais plus tôt.

En entendant cela, le duc ricana. Son rire n'avait rien de plaisant.

— Le cœur ! C'est là que se trouve la fissure dans mon armure ! C'est mon… hum… talon d'Achille, si vous voulez. Je n'aurais jamais pensé en avoir un. Les Moires ont conspiré pour m'attribuer une issue différente de celle que je prévoyais. Ainsi soit-il.

Il se racla la gorge et reprit d'un ton mesuré :

— En tant que mari, je ne m'autoriserais jamais à lire les lettres de ma femme sans sa permission. Un mariage doit être fort de confiance autant que d'amour pour prospérer. Néanmoins, en tant que duc, je peux affirmer en toute certitude qu'elle me cache certains détails de sa correspondance, non parce qu'elle a des secrets à garder, mais parce qu'elle croit sincèrement n'avoir, comme vous le disiez, « que mes inté-rêts à cœur ».

— Ce n'est pas intentionnellement qu'elle…

— Je le sais ! l'interrompit Roxton en réprimant ses émotions. Je sais aussi qu'avec le temps, elle finira par devenir entièrement honnête avec moi, qu'elle se rendra compte que parfois, me laisser dans l'igno-rance parce qu'elle souhaite me protéger de quelque désagrément peut faire plus de mal que de bien. Il faut que je sois patient. Et je vous confie ceci uniquement car je sais qu'elle va vous rallier à sa cause pour me… hum… protéger, si ce n'est pas déjà fait. Ce qui vous met dans une position peu enviable, car vous voulez à la fois tenir votre parole auprès d'elle, tout en ne manquant pas de loyauté envers moi. Mais puisque vous êtes déjà adepte de cette pratique avec votre femme, ce n'est pas quelque chose qui devrait poser problème, si ?

Lord Vallentine déglutit et secoua lentement la tête. Mais même ce geste lui donna l'impression d'être un traître ; il pensa à la promesse qu'il avait faite à Antonia de ne rien dire au duc à propos de la lettre de Salvan, une lettre qui, il en était sûr, contenait un message sous-jacent fondamental qui serait indispensable au bonheur et à la tranquillité d'esprit de son meilleur ami. Quel dommage qu'Antonia l'ait brûlée. Et pourtant, il était soulagé qu'elle l'ait fait. Il n'était pas dans une position peu enviable. Il était dans une position impossible !

Son visage devait illustrer son tourment intérieur, car le duc lui donna une tape dans le dos pour le sortir de sa transe et dit d'une voix entièrement différente en se dirigeant vers l'orangerie, Vallentine prenant sa suite sans réfléchir :

— Le petit déjeuner nous attend. Vous devez être affamé. Même moi, j'ai de l'appétit ce matin…

Sur la terrasse, Lord Vallentine empêcha le duc d'entrer en posant une main sur sa manche. Il venait d'avoir une idée qui pourrait résoudre son dilemme immédiat.

— Pensez-vous que la grand-mère de la gamine garde des copies de toutes ses lettres ? Admettons qu'elle ait reçu une lettre importante qu'on lui aurait demandé de transmettre à un autre correspondant. L'aurait-elle fait copier pour en garder elle aussi une copie ?

— Je sais avec certitude qu'elle faisait soigneusement retirer et replacer les cachets en cire des lettres qu'Antonia m'écrivait pendant qu'elle était à Londres, quand j'étais resté à Paris. Augusta avait fait méticuleusement copier chacune de ces lettres. (Le duc arbora un sourire plein d'amertume.) Et ce même si elle conservait les originales, que je n'ai jamais reçues ! Mais je les ai récupérées à présent, ainsi que leurs copies.

— Je n'en doute pas ! Rien ne vous échappe ! Et je suis content de l'apprendre, dit Lord Vallentine en laissant retomber sa main, gardant néanmoins ses yeux bleus posés sur le visage de son ami. Puis-je vous suggérer de réutiliser le stratagème grâce auquel vous avez découvert la méthode que cette vipère utilisait pour mettre le grappin sur la correspondance d'Antonia afin de découvrir quelles autres lettres concernant la duchesse elle a copiées ?

Il battit des paupières et ajouta en soufflant d'un air agacé :

— Mais cette fois-ci, comme je vous le disais, elle ne cache pas cette correspondance dans le tiroir de son bonheur-du-jour… si vous voyez ce que je veux dire…

— Augusta sert d'intermédiaire pour transmettre des lettres à la duchesse ?

— Ce n'est pas ce que j'ai dit. C'est vous qui le dites.

Le duc haussa lentement ses sourcils foncés.

— C'est ce que vous avez dit. Merci.

Sa Seigneurie poussa un grognement en suivant son meilleur ami dans la chaleur de la villa et jusque dans la pièce où était servi le petit déjeuner.

— Inutile de me remercier ! Je me montre égoïste. Je veux poser ma tête sur mon oreiller le soir et faire comme toutes les nuits : m'endormir avec la certitude que j'ai agi correctement envers vous, et envers elle. Et il se trouve que je dors comme un bébé… Qu'est-ce que… ?

Lord Vallentine fit volte-face et leva son menton à fossette vers le plafond moulé en entendant des bruits de pas produisant un grondement soudain et inexplicable suivi par une vraie cacophonie de hurlements.

— Nom d'une pipe ! Que… que se passe-t-il là-haut ?

Le duc, qui n'était ni surpris ni perturbé, s'approcha du buffet et se servit calmement une tasse de café.

— Il s'agit, mon cher Lucian, d'un avant-goût de votre futur. Celui qui a inventé l'expression tout à fait erronée « dormir comme un bébé » devrait être pendu !

QUATORZE

A PRÈS LE PETIT DÉJEUNER, Antonia devait passer une grande partie de la journée avec ses modistes parisiens et leur petite armée d'assistants, qui devaient lui confectionner sur mesure une robe de cour. Ils arrivèrent avec des rouleaux de velours noir – car la cour pleurait encore la dauphine –, de taffetas blanc, de lin léger, de rubans en satin et de dentelle d'une finesse exquise. Armés de mètres rubans, de ciseaux, de craies et de centaines d'épingles droites, ils se mirent à draper, épingler, coudre et couper les tissus luxueux afin qu'ils s'ajustent parfaitement sur le corset de leur noble cliente et par-dessus les larges paniers exigés à la cour.

Sa duchesse étant bien occupée, le duc put mettre à exécution le plan qu'il avait déjà prévu avec son intendante pour l'anniversaire d'Antonia, qu'ils fêteraient le lendemain.

Le petit salon adjacent à la salle à manger principale était décoré avec une profusion de fleurs cultivées sous serre et placées dans des bacs de style chinois et dans des vases en porcelaine posés sur des piédestaux ornementés. La salle à manger avait été décorée de la même manière. Quand l'un des cadeaux d'anniversaire de la duchesse arriva de Paris dans une grande caisse en bois, l'intendante assura à son noble employeur que tout serait mis en œuvre pour le dissimuler. Le présent serait déballé et placé dans un coin de la salle à manger, sous un drap et entouré de paravents, devant lesquels on disposerait une ou deux compositions florales. Ainsi, si la duchesse passait par hasard dans cette pièce avant son anniversaire, les fleurs seraient assez distrayantes et elle ne remarquerait pas le cadeau dissimulé avec soin.

Toujours dans la salle à manger, le cirier du duc et ses assistants avaient abaissé le lustre et étaient occupés à polir le cristal et à insérer de nouvelles bougies en cire d'abeille Trudon blanche, tandis qu'on retirait deux rallonges de la longue table en acajou afin que quatre convives assis autour puissent profiter d'une proximité confortable. La table restait assez large pour recevoir un délicat surtout en argent et plusieurs corbeilles en porcelaine de Sèvres remplies d'une farandole de compositions florales colorées en pastillage créées par le confiseur du duc. Enfin, à chaque place se trouvaient l'argenterie, le cristal et la porcelaine nécessaires pour transformer un dîner en expérience somptueuse.

Tandis que ces préparations se poursuivaient sous l'œil expert du majordome adjoint, le duc se déplaçait d'un pas nonchalant en faisant tourner son lorgnon au bout de sa cordelette en soie et écoutait son intendante en surveillant d'un œil le flot régulier de valets de pied et de bonnes qui allaient et venaient. Satisfait de constater que les préparatifs correspondaient à ses attentes, il n'avait plus qu'une seule requête : que le berceau ouvragé de son fils soit placé sur son piédestal près de la chaise de la duchesse afin que le petit lord puisse se joindre aux festivités.

Puis le duc se retira dans la bibliothèque où il trouva Lord Vallentine, affalé, en train de lire les journaux anglais. Leur solitude ne dura qu'une heure avant d'être interrompue par un valet de pied à qui le majordome avait demandé d'informer leur maître quand son carrosse reviendrait de Paris.

Le valet de pied s'exécuta donc et quand on lui posa la question, indiqua à son maître que tout un groupe de passagers était descendu du large véhicule sous le passage cocher : le valet, le premier valet adjoint et le tailleur parisien de monsieur le duc, accompagné de deux de ses assistants. Le carrosse était suivi par un cheval tirant une charrette qui contenait une dizaine de rouleaux de divers tissus dont le tailleur de monsieur le duc avait besoin ainsi que les bagages des voyageurs et deux valets de pied en livrée qui ne ressemblaient à aucun valet de pied que lui-même avait vu auparavant.

Quand Lord Vallentine lui demanda de s'expliquer, le domestique grogna d'un air nerveux et ses yeux s'écarquillèrent, comme s'il craignait de ne pas être pris au sérieux. Il expliqua que ces deux hommes étaient aussi grands que les ours dans les cirques et avaient l'air tout aussi féroces, et qu'ils étaient venus s'occuper de ce qui se trouvait dans la grande caisse en bois, quoi que ce soit, qui était arrivée plus tôt et qui était à présent cachée sous des draps dans la salle à manger.

Lord Vallentine s'apprêtait à demander plus d'explications quand le duc congédia le valet de pied d'un geste de la main, sans afficher la moindre surprise et sans faire aucun commentaire sur ce qu'il avait entendu. Puis il posa son journal et se leva, s'excusant auprès de Lord Vallentine de le déranger ; il fallait que Sa Seigneurie quitte la bibliothèque, car le duc devait avoir une conversation urgente avec son valet. Vallentine déplia ses longues jambes, se leva de sa bergère et se retira poliment sans plus tarder. Il se demandait secrètement ce que le valet avait bien pu faire pour mériter d'être convoqué dans la bibliothèque. Il était simplement soulagé de ne pas être celui qui devrait subir la réprimande du duc – leur conversation à propos du chevalier Montbelliard avait déjà été assez éprouvante – et ne ressentait que de la compassion pour Ellicott.

Quand il se retrouva seul, le duc demanda que l'on apporte du café. En attendant l'arrivée de son valet, il s'occupa de lire la pile de correspondance qui s'accumulait sur son bureau et d'y répondre.

❧

Martin Ellicott entra dans la bibliothèque une heure après son retour à la villa, après sa visite à l'hôtel particulier parisien du duc, ayant une apparence moins froissée que quand il était descendu du carrosse sous le passage cocher. Il avait eu besoin de se changer, de s'asperger le visage d'eau froide et de se recoiffer. Rester cloîtré dans un carrosse avec quatre autres personnes l'avait épuisé. Non pas qu'il ait pour habitude de discuter vainement avec qui que ce soit, et encore moins les autres domestiques et les commerçants. Par ailleurs, il n'avait certainement pas expliqué à ces hommes pourquoi le duc avait demandé qu'ils l'accompagnent à la villa, tout simplement car il n'en avait aucune idée.

Tant qu'il était occupé à l'hôtel, il avait pu mettre son ignorance totale de côté. Mais à présent, alors qu'il avançait en silence sur l'épais tapis en tenant le portefeuille en cuir rouge qu'on l'avait envoyé chercher, il fut parcouru par un frisson de nervosité. Les poils dans sa nuque se dressèrent. Il ne se souvenait pas avoir déjà été convoqué dans une pièce publique utilisée par la famille du duc et ses invités, quelle que soit la maison. Il s'agissait d'une première et il était profondément troublé de se retrouver hors de son milieu.

Et quand le duc poursuivit la rédaction de ses lettres sans relever la tête, se contentant de lever sa main libre pour désigner un ensemble de fauteuils, non pas en face du bureau, mais près de la cheminée, le valet ne sut déterminer s'il devait déposer le portefeuille sur le bureau ou le garder avec lui. Après plusieurs secondes d'hésitation, il décida de le garder. Il resta planté là en silence, le dos droit, la tête haute, les yeux rivés sur les flammes, et il ne regarda ni autour de lui, ni le duc à son bureau, ni aucune des bibliothèques qui allaient du sol au plafond, ni la vue sur l'avenue bordée d'arbres par les portes-fenêtres.

Il avait l'habitude d'attendre, d'être silencieux et attentif et de ne pas parler tant qu'on ne lui avait pas adressé la parole, il n'envisagea donc même pas de s'asseoir. Il remarqua qu'on avait posé, sur une table au centre de cet ensemble de meubles, un plateau contenant un service à café en porcelaine et une lourde cafetière en argent sur son support. Mais il remarqua aussi l'absence totale de domestiques. Le valet de pied qui lui avait ouvert la porte était resté dans le couloir. Et si la présence du majordome était bien évidemment requise ailleurs, un majordome adjoint ou un valet de pied était habituellement toujours présent pour répondre aux besoins de son maître. Martin Ellicott supposa que ce nombre limité de domestiques était lié au fait que le duc et la duchesse résidaient actuellement dans cette villa, dans laquelle il n'y avait tout simplement pas assez de place pour loger l'habituelle armée de domestiques qui habitait dans l'hôtel et, en Angleterre, sur le domaine rural de Treat.

Alors qu'il patientait, debout et silencieux, la situation délicate dans laquelle il se trouvait le frappa tel un coup en pleine poitrine, à en avoir la nausée. Il était seul avec le duc. Il se sentit sot et embarrassé par sa réaction face à cette nouvelle expérience, car en sa capacité de valet, il était arrivé très souvent, lors des deux dernières décennies ou presque, qu'il se retrouve seul avec son noble employeur et très proche de lui dans l'intimité de sa garde-robe ou dans n'importe quelle autre pièce de ses appartements privés. C'est là que ses compétences et son expertise étaient attendues et appréciées. Mais il ne s'était jamais retrouvé seul avec lui dans une pièce publique, ce qui décupla sa nervosité. Paradoxalement, cette pièce lui semblait bien plus personnelle et intime que n'importe laquelle des pièces privées qui faisaient partie de son domaine en tant que domestique le plus proche du maître de maison.

Comment devait-il se comporter ? Que devait-il dire ? *Que faisait-il là ?*

Puis le duc prit la parole, mettant un terme à ses réflexions et exacerbant une nouvelle fois son appréhension.

— Asseyez-vous, Martin… Café ?

Le valet crut tourner de l'œil.

✶

— Asseyez-vous, ordonna le duc quand Martin Ellicott resta encore planté là à le regarder en battant des paupières.

Quand le domestique obéit à cet ordre, se perchant en équilibre précaire au bord du coussin de la bergère la plus proche, les talons et les genoux resserrés, le dos bien droit, les yeux respectueusement baissés vers le sol et le portefeuille posé sur ses genoux, Roxton soupira intérieurement. Non pas à cause de l'attitude de son valet – il s'était attendu à cette réaction et lui avait à l'évidence proposé du café pour le taquiner –, mais parce qu'il savait que cette conversation serait pénible, autant pour l'un que pour l'autre.

C'était la raison pour laquelle il l'avait remise à plus tard. Mais il ne pouvait plus la repousser, car l'anniversaire d'Antonia était le lendemain et il tenait à ce que tout dans cette journée soit parfait, pour elle. Et le bon déroulement de la journée dépendait du résultat de cet entretien – de cette conversation, qui serait aussi une sorte de confidence, il ne savait donc pas quel terme utiliser. La seule chose qu'il savait avec certitude, c'était qu'ils devaient surmonter ce moment pour atteindre le résultat désiré pour tous ceux qui étaient concernés. Ce que le valet ne savait pas, ce dont le duc et la duchesse étaient cependant bien conscients, c'était qu'à partir de ce jour-ci, la vie de Martin Ellicott ne serait plus jamais la même.

Avoir le dessus dans toute situation était le fort du duc.

Cela n'avait pas été le cas quand, petit, on l'avait arraché de force à sa mère pour l'envoyer vivre avec son grand-père. Le quatrième duc était indiscutablement un monstre sans cœur à l'esprit brisé par sa cruauté. Le vieil homme avait failli briser l'esprit du futur duc ; il y serait parvenu sans l'intervention d'un petit garçon qui avait risqué sa propre vie en se glissant dans sa chambre sous le couvert de l'obscurité. Ce garçon avait fait preuve de gentillesse envers lui, était devenu son ami et avait été son seul contact humain avec le monde extérieur pendant la première année où il avait été prisonnier de la campagne anglaise – des terres et un peuple qui lui étaient aussi étrangers que les éventuels habitants de la lune.

Ce garçon était Martin Ellicott, et le duc savait que sans lui, il aurait succombé à un mal-être dont il aurait pu ne jamais se remettre. Il aurait certainement perdu le peu d'humanité qu'il lui restait de sa vie précédente avec ses parents aimants. Pour cette seule raison, il lui était énormément redevable. Une dette encore plus importante s'était rajoutée à la première, car c'était Martin qui s'était mis en danger pour sauver Antonia et leur futur enfant d'un fou.

Se remémorer son grand-père ducal et les quelques années pendant lesquelles il avait vécu sous son joug, sous sa tyrannie, le troublait. Depuis la mort du vieil homme, il évitait complètement de penser à lui. Quant à la menace qui avait pesé sur les vies d'Antonia et Julian, cette horreur inimaginable était encore assez fraîche dans son esprit pour qu'il ait beaucoup de mal à en parler. À présent, il devait évoquer les deux, pour le bien de Martin Ellicott. Et égoïstement, pour son bien à lui, car il espérait pouvoir enfin enterrer ses démons.

Mais c'était finalement sa femme qui lui avait indiqué comment ces dettes devraient être repayées.

C'était à tout cela qu'il pensait tandis qu'il servait le café dans deux tasses ; il mit du sucre dans l'une des deux et tendit cette tasse-ci à Martin, qui la regarda mais ne la prit pas, car il ne savait pas quoi en faire. Il n'avait jamais mangé, ni bu la moindre goutte de quelque boisson que ce soit, en présence de son maître.

— Noir avec un sucre ; c'est ainsi que vous buvez votre café, non ? s'enquit le duc en anglais.

Le valet fut seulement capable de hocher la tête, serrant le porte-feuille avec tant de force que les jointures de ses doigts blanchirent. Le duc posa la tasse et sa soucoupe sur la petite table près du domestique.

— Alors vous l'apprécierez, ajouta-t-il.

Il releva les basques de sa redingote en velours et s'assit en face de lui. Il se demanda, en regardant par-dessus le rebord de sa tasse de café, s'il avait fait une erreur en le sortant de son milieu de façon aussi soudaine. Il ressemblait à un poisson hors de l'eau, respirant l'incerti-tude et le doute. Mais il savait que s'il voulait que Martin Ellicott se détende dans le cadre exceptionnel où vivaient les membres et les amis de la famille Roxton, alors il faudrait qu'il accepte le changement et tout ce qui allait avec le plus rapidement possible.

Néanmoins, le duc ne put résister à son envie de le taquiner légère-ment. Après tout, le domestique n'avait aucune idée de ce qui l'atten-dait et se pensait toujours son valet. Et si Martin était mal à l'aise à en avoir la nausée uniquement parce qu'il se trouvait dans sa bibliothèque, le duc était impatient de voir comment il réagirait à ce qu'il s'apprêtait à lui décerner. Il lui posa donc la question qui, il le savait, attirerait sa pleine attention et lui ferait oublier le cadre dans lequel il se trouvait :

— Êtes-vous revenu avec George Geraghty ? demanda-t-il d'un ton désinvolte en reposant sa tasse sur sa soucoupe.

Les doigts de Martin Ellicott relâchèrent l'étui en cuir rouge et il se redressa encore un peu, si cela était possible.

— Oui, Votre Grâce.

— Et à votre avis, Geraghty a-t-il fait ses preuves en tant que valet adjoint ?

— Oui, Votre Grâce. Il a surpassé mes attentes. Un jour, il fera un très bon valet auprès de quelque personnage glorifié.

Le duc fit semblant de s'inquiéter.

— Et pourtant, vous semblez… hum… mécontent de lui.

— Pas du tout, Votre Grâce.

Le duc ricana.

— Ah ! Je vois. Ce n'est pas de *lui* que vous êtes mécontent, mais de *moi*, car je vous ai obligé à l'emmener ici.

— Votre Grâce, je…

— Bientôt, vous comprendrez tout. En attendant, vous allez devoir rester dans tous vos états un peu plus longtemps.

Le duc but une gorgée de café, puis ajouta avec un petit sourire :

— Je suis satisfait que votre appréciation de Geraghty s'accorde à la mienne. Il a surpassé mes attentes, à moi aussi. Ce qui prouve que vous vous êtes bien occupé de lui et l'avez bien formé à devenir un jour valet auprès de quelque… hum… « personnage glorifié ».

— Je suis ravi de l'entendre, Votre Grâce.

— Je suis immensément satisfait que, comme vous, Geraghty ne fasse pas *d'histoires*.

— En effet, Votre Grâce.

— Quant à vos autres compagnons de voyage… Sont-ils venus sans… hum… rechigner ?

— Bien sûr. Quand monsieur le duc de Roxton réclame les services de son tailleur, celui-ci obéit sans se poser de questions.

— Naturellement, dit le duc avec un sourire. À présent, vous vous interrogez non seulement sur la présence de George Geraghty ici, mais vous voulez également me demander pourquoi j'ai besoin de mon tailleur et de ses assistants, alors que vous m'avez sélectionné des habits plus qu'adéquats dans ma garde-robe de l'hôtel, n'est-ce pas ? C'est également quelque chose qui deviendra plus clair en temps voulu. Et madame, vous a-t-elle… hum… transmis un paquet de lettres ?

— Exactement comme vous l'aviez prédit, Votre Grâce. Pas un seul paquet, mais deux. Ces lettres m'ont été jetées au visage avec des menaces pour le cas où je ne les transmettrais pas selon ses instructions. J'ai pris la liberté de les glisser dans le portefeuille.

— Qu'est-ce que je vous fais subir au nom de l'harmonie domestique !

Le duc reposa sa tasse et tendit la main pour récupérer l'étui, qu'il posa sur ses genoux avant d'en ouvrir le rabat.

— Bien sûr, vous n'avez pas pris la… hum… liberté de jeter un coup d'œil à ce que l'étui contient d'autre ?

Face au silence qui suivit cette question, le duc releva la tête à temps pour voir Martin retrousser les lèvres. Le duc esquissa un sourire en coin.

— Naturellement, vous n'en avez rien fait, sinon vous ne seriez pas assis là à vous demander ce qu'il se passe et à laisser votre café refroidir.

Après ce commentaire énigmatique, il sortit les deux paquets de lettres retenues par un ruban rose et les laissa tomber à ses pieds, à côté de son fauteuil.

— Je meurs d'envie de les jeter au feu. Mais je vais m'abstenir… Après-demain – je ne veux pas gâcher l'anniversaire de la duchesse –, dites-moi que des lettres sont arrivées de la part de ma sœur, et nous aurons tous les deux l'air convenablement surpris.

— Bien, Votre Grâce. Je n'oublierai pas.

— Je le sais, répondit le duc, sans artifice cette fois-ci et avec un sourire sincère.

Quand, en réaction à cela, le valet se dépêcha de récupérer sa tasse de café, le duc ricana.

— Ma parole, Martin, ai-je toujours été un maître si exigeant qu'il suffit que je vous adresse un mot gentil et un sourire pour vous désarçonner ?

Martin secoua vigoureusement la tête.

— N-non, Votre Grâce. C'est juste que… je n'ai aucune idée de ce que je fais ici, de ce que vous attendez de moi ou de ce que j'aurais pu faire pour vous déplaire. Je suis donc un peu… un peu… troublé.

— Je n'en doute pas, répondit le duc.

Il fouilla dans l'étui et, satisfait de constater que tout était en ordre, il referma le rabat et coinça le portefeuille entre l'accoudoir capitonné et sa cuisse. Puis il se réadossa au fauteuil en arborant une expression difficile à déchiffrer. Ce qu'il dit ensuite ne surprit pas seulement le valet, mais le perturba également un peu plus :

— Vous souvenez-vous du jour où je suis arrivé à Treat ?

— Je vous demande pardon, Votre Grâce ?

— Vous m'avez bien entendu. J'ai fait le vœu de ne jamais évoquer cette époque, mais… (Il leva une main en poussant un soupir.) Et pourtant, nous y voilà. Alors, vous en souvenez-vous ?

— Je m'en souviens, Votre Grâce. Comme si c'était hier.

Cette réponse surprit le duc.

— Vraiment ? Pourquoi donc ?

— Pourquoi est-ce que je m'en souviens si bien ?

— Oui. Je pensais que comme moi, vous trouviez ces souvenirs trop bouleversants pour les conserver.

Martin Ellicott sourit timidement. Il ne put s'en empêcher.

— Puis-je parler franchement, Votre Grâce ?

— Je serais déçu s'il en était autrement.

— Je comprends que vous, vous vouliez oublier cette journée – et d'ailleurs toutes ces années… Mais pour moi… ? Votre arrivée sur le domaine était l'événement le plus capital de ma courte vie. Je n'avais que huit ans. Cette période est donc gravée dans ma mémoire.

— Je suis désolé de l'apprendre…

— Je vous demande pardon, Votre Grâce. Vous n'avez pas d'excuses à me présenter. C'était pour moi un événement capital, mais pas parce que c'était éprouvant. Ce ne l'était pas… pour moi.

— Je ne le savais pas… Mais en y réfléchissant bien, je ne vous ai jamais interrogé ni sur ce jour-là, ni sur cette période, si ? Je me suis montré négligent. Si vous voulez bien satisfaire ma curiosité, pourriez-vous me dire en quoi cet événement était si… hum… capital pour vous ?

Le valet s'autorisa très brièvement à croiser le regard foncé du duc.

— Je n'avais jamais rencontré quelqu'un comme vous. Et à ce jour, je n'ai jamais rencontré quelqu'un qui vous égale. J'espère que cet aveu ne vous offense pas.

— Pas le moins du monde, dit le duc avant de souffler. Mais cela n'explique pas l'effet bouleversant que mon arrivée semble avoir eu sur vous. À moins que ce ne soit parce qu'il s'agissait de la première fois que vous rencontriez un petit garçon qui se rapprochait plus d'un animal sauvage et blessé que d'un enfant – indompté, débraillé et incapable de contrôler sa terreur… ? demanda-t-il en essayant de rester indifférent. Je comprends que mes… hum… accès de colère, pendant lesquels je criais de terreur à pleins poumons dans ma langue maternelle, aient pu être… hum… inoubliables.

Martin Ellicott resta sérieux et baissa les yeux sur la boucle endiamantée de la chaussure droite de son maître en se remémorant cette journée.

— J'étais le seul enfant à vivre à Treat. Et puisque je n'avais pas le droit de m'aventurer hors du domaine et que les autres enfants avaient l'interdiction d'y entrer, s'il m'arrivait de voir un enfant, c'était de loin. (Il releva les yeux sur le visage du duc et s'autorisa un petit sourire.) Ainsi, peu importe l'impression que vous donniez à votre arrivée ou que vous ayez eu l'air terrifié, j'étais fou de joie que vous soyez là.

Le duc s'agita dans son fauteuil, mal à l'aise.

— Et pourtant, je ne vous traitais pas du tout... *bien*.

— Vous me traitiez exactement comme on pouvait s'y attendre ; avec méfiance. Comment auriez-vous pu accepter la gentillesse d'un étranger alors que la chair de votre chair, votre grand-père, vous traitait de façon aussi abjecte ?

Après un instant de silence, pendant lequel on ne pouvait entendre que le *tic-tac* de la pendule de cheminée, le duc prit la parole d'une voix que Martin avait rarement entendue ; l'angoisse fermement contrôlée qu'il y entendit lui asséchà la gorge.

— L'ancien duc – mon grand-père – était un misérable vieil homme impitoyable, capable de... capable de grande cruauté... Faire ce qu'il a fait à un garçon d'à peine douze ans... Je ne l'aurais pas cru possible si je n'avais pas été moi-même ce garçon.

— Votre Grâce, pardonnez ma franchise, mais l'ancien duc traitait mieux ses chevaux et ses chiens qu'il ne vous traitait vous ! déclara le valet avec véhémence. Pendant cette première année, nous pensions qu'il réussirait à vous tuer.

Le duc secoua la tête avec un sourire en coin et retrouva sa voix habituelle.

— Me tuer ? Non. Il était déterminé à me faire... hum... souffrir. Mais il ne voulait pas que je meure. Après la mort prématurée de mon père, je suis devenu son seul héritier. Si j'étais mort également, cela aurait signé la fin du duché des Roxton. Et le vieil homme avait dépensé bien trop d'argent dans cette maison monolithique pour la voir tomber entre les mains de distants parents. Mais il a bien fait tout ce qu'il pouvait faire pour me vider de mon sang français quand je refusais de parler autre chose que ma langue maternelle...

— Comment auriez-vous pu faire autrement, alors que vous ne connaissiez pas un mot d'anglais ?

— C'est ce que vous pensiez ? Non. Je comprenais l'anglais. Mon père me parlait dans cette langue. J'étais seulement récalcitrant. (Il fronça les sourcils, perplexe.) Mais vous êtes français. Ou du moins, votre mère l'était. Comment l'ancien duc pouvait-il ne pas le savoir ?

— C'étaient les parents de ma mère qui étaient français. Mon père lui avait fait promettre de ne parler sa langue maternelle que dans l'intimité de nos appartements. Il savait que l'ancien duc abhorrait tout ce qui était français parce que Sa Seigneurie votre père était restée à Paris et refusait de revenir en Angleterre. Nous avons donc caché notre lien avec la France.

— Et pourtant, vous avez risqué d'être démasqué, non seulement en vous introduisant en douce dans ma chambre fermée à clé en passant par le trou du prêtre, mais également en me parlant français. C'était très courageux de votre part, et de la part de vos parents. Si vous aviez été pris sur le fait, je suis persuadé que le vieil homme vous aurait renvoyés tous les trois dans la nature, sans vous donner les références nécessaires pour trouver un nouvel employeur.

Martin Ellicott sourit.

— Si j'avais su que vous compreniez l'anglais, je vous aurais peut-être aussi caché mes compétences en français. Mais je ne le savais pas. Je me disais que si je vous parlais dans votre langue maternelle, vous comprendriez que j'étais un ami, et non un ennemi.

Le duc fit disparaître une peluche imaginaire de son genou vêtu de velours et dit d'une voix de nouveau rauque :

— Je me souviens… je me souviens que vous faisiez tout votre possible pour devenir mon ami et pour… pour me consoler… Je n'étais qu'un misérable maussade, ingrat et renfrogné. Je préférais rester dans mon malheur.

— Votre père venait de mourir et vous aviez été arraché à votre mère. Puis, votre grand-père vous a fait enfermer et ne vous a jamais montré le moindre soupçon de compassion. Votre chagrin et votre crainte étaient compréhensibles.

— Je me souviens tout particulièrement que vous insistiez pour que je me plie aux demandes de mon grand-père. Vous disiez que si je me comportais comme un acteur sur scène, ma vie prendrait une bien meilleure tournure.

— Je répétais ce que mes parents m'avaient dit de vous conseiller. Je ne comprenais pas précisément ce qu'ils voulaient dire.

— Je n'ai pas pris votre suggestion au sérieux. Moi, un Salvan par le sang, fils du marquis d'Alston, je devais m'abaisser au niveau d'un… hum… banal acteur… d'hommes qui gagnent leur vie en mentant ? Déjà à l'époque, alors que je n'étais qu'un jouvenceau en plein deuil, j'étais terriblement arrogant ! Mais je me souviens d'une autre chose que vous m'avez dite, qui m'a enfin poussé à accepter votre suggestion.

— Quoi donc ?

— Vous m'avez dit que l'ancien duc ne méritait pas de savoir ce que je ressentais et pensais réellement. Que je devais lui dire ce qu'il avait envie d'entendre, et rien de plus.

— Une fois de plus, ce conseil venait de mes parents. Ma mère me l'avait fait répéter plusieurs fois pour que je sois sûr de vous transmettre mot pour mot ce qu'elle m'avait dit.

— Votre mère était très sage. Ce conseil a marqué un tournant pour moi.

— Il vous a poussé à devenir acteur, Votre Grâce ?

— Un très bon acteur, Martin. Cacher ce que je pense et ce que je ressens au reste du monde est devenu une seconde nature, une façon de survivre à la misère de mon existence. Je suis devenu tellement doué dans cet exercice qu'avec le temps, j'ai fini par ne plus savoir quand arrêter de faire semblant. Et depuis cette époque, je reste en partie… hum… un acteur. (Une pensée confidentielle fit sourire le duc.) La duchesse me dit que je suis devenu tellement doué pour me cacher derrière un masque que j'arrive à me dissimuler à moi-même ce que je ressens ! Et elle a raison. (Son sourire disparut et il soutint le regard d'Ellicott.) Je n'ai jamais exprimé la gratitude que je ressens pour vous et vos parents, et p-pour… pour ce que vous avez fait pour apaiser m-ma… solitude et ma souffrance lors de ma première année en Angleterre.

— Vous ne l'avez peut-être pas exprimé verbalement, Votre Grâce, mais vous l'avez fait par vos actions.

— En quelle mesure ?

— Ne vous souvenez-vous pas, quelques mois après le début de votre emprisonnement, m'avoir promis qu'un jour, vous feriez de moi votre valet ?

— Je vous l'ai promis alors que j'étais encore enfermé ? Je pensais vous avoir fait cette promesse bien plus tard, avant de partir à Oxford avec Lord Vallentine.

— Je suis devenu votre valet lorsque vous êtes rentré de vos études universitaires, c'est vrai. Mais vous m'aviez fait cette promesse bien plus tôt.

— J'aimerais bien que vous me racontiez dans quelles circonstances cette promesse a été formulée.

Martine Ellicott inclina légèrement la tête devant le duc pour lui signifier son assentiment.

— C'était à la fin de vos six premiers mois au domaine. Pour vous récompenser de votre bon comportement – vous parliez enfin seulement en anglais avec les domestiques qui s'occupaient de vous –, vous avez pu bénéficier d'eau chaude et de vêtements propres. Il s'agissait de votre dernière nuit dans cette chambre. Le lendemain, vous alliez intégrer vos propres appartements à l'autre bout de la demeure. Ce qui signifiait qu'à partir de ce jour, je ne pouvais plus vous rendre visite en passant par le trou du prêtre. Ma mère a préparé un souper spécial pour l'occasion, à la fin duquel vous avez fait un discours formel…

Le valet afficha un large sourire et secoua la tête en y repensant, puis il continua en lançant un coup d'œil au duc, qui l'écoutait avec grand intérêt :

— Vous avez déclaré que pour les services que j'avais rendus au marquis d'Alston – vous m'avez dit que c'était vous, ce que je savais déjà, car nous avions tous reçu l'ordre de vous appeler Alston – et pour mes sages conseils, quand vous deviendriez monsieur le duc de Roxton – vous aviez déjà prévu de vous faire appeler par la version française de votre titre –, vous me sacreriez valet…

— *Sacrer ?* Je voulais sûrement dire « désigner », non ?

— Oui. Mais cela n'avait aucune importance. Sacrer ou désigner, j'étais très ému. Surtout que quand vous avez fait cette déclaration – et je ne sais pas si vous pourrez me croire, mais c'est pourtant vrai –, vous étiez debout sur un repose-pied, j'avais un genou à terre devant vous, la tête baissée, et vous aviez posé le manche d'un balai, qui remplaçait votre épée, sur mon épaule…

Le duc éclata de rire.

— Mon Dieu, vraiment ? Quelle fanfaronnade, quelle arrogance, pour un petit misérable dégoûtant aux cheveux mal peignés et en haillons ! Je m'en crois capable, je vous crois donc sur parole. Si seulement je m'en souvenais.

— À l'évidence, toute cette cérémonie m'a plus marqué que vous, Votre Grâce, répondit Martin, nullement décontenancé. Je me souviens notamment que vous m'aviez assuré que même après vous être échappé de Treat, vous reviendriez me secourir un jour…

— Tel un chevalier d'antan ? s'exclama le duc. Avais-je prévu de revenir avec une armée de loyaux partisans derrière moi ?

— Vous avez tenu parole. Vous êtes bien revenu, non pas avec une armée, mais avec un seul partisan loyal : Lord Vallentine. Et vous avez bien fait de moi votre valet. Moi, le fils d'une intendante et d'un major-dome, qui n'avait jamais été plus qu'un valet de pied adjoint.

— J'ai fait de vous mon domestique personnel, Martin. On ne peut pas vraiment dire que je vous ai secouru.

— Pardonnez-moi, Votre Grâce, mais en ce qui me concerne, c'est bien de cela qu'il s'agissait. Je suis devenu le valet d'un duc, et pas de n'importe quel duc, mais du duc le plus important d'Angleterre. C'est un grand honneur. Et je n'ai manqué de rien depuis. Avec vous, j'ai voyagé dans toute l'Europe, jusqu'au Levant et plus loin encore. Vous m'avez accordé votre confiance, ce qui est également un honneur, car vous ne l'accordez pas facilement. J'ai mené une existence merveilleuse. Je ne changerais pas un seul jour de ma vie. Pas un seul. Vous servir est un privilège et un plaisir, Votre Grâce, et vous connaître aussi.

— Je ne mérite vraiment pas votre dévouement, Martin, répondit le duc en soufflant d'un air embarrassé après avoir été aussi ouvertement vénéré. Mais je suis content d'apprendre que vous n'avez aucun regret. En revanche, cela rend ce que je suis sur le point de vous imposer encore plus difficile à décréter.

Il soupira, décroisa les jambes, remit le portefeuille sur ses genoux et continua :

— C'est quelque chose que j'aurais dû faire il y a longtemps. À vrai dire — et vous le savez mieux que personne —, je suis une créature égoïste et attachée à ses habitudes. Je ne puis imaginer quelqu'un d'autre à votre place. Mais notre monde, tel que nous le connaissions, a été chamboulé il y a presque exactement un an, n'est-ce pas ? Et nos vies ne sont plus pareilles depuis. (Il s'autorisa à sourire légèrement.) Je ne voudrais pas qu'il en soit autrement. Je suis certain que vous êtes du même avis que…

— De tout mon cœur, Votre Grâce ! l'interrompit Martin avec enthousiasme avant de pousser un soupir satisfait sans même s'en rendre compte. La duchesse a fait entrer le soleil dans nos vies à tous, et le petit lord, lui, fait ressortir les étoiles.

— Exactement, murmura le duc.

Il n'était pas du tout surpris par la réaction euphorique de son valet, qui l'émut étrangement, tant et si bien qu'il s'accorda un instant pour se reprendre. Il fouilla dans l'étui et en sortit plusieurs papiers qu'il posa sur le portefeuille avant de reprendre d'une voix mesurée :

— La duchesse ne souhaitait qu'une seule chose pour son anniversaire. Et je suis déterminé à lui accorder ce souhait, dès aujourd'hui.

Il posa une main à plat sur les papiers et regarda son valet, qui souriait toujours. Il savait que ce qu'il dirait ensuite effacerait ce sourire, mais il fallait qu'il le dise.

— Martin, il est temps que vous cédiez votre place de valet.

QUINZE

LE SOURIRE DE MARTIN ELLICOTT disparut et son visage pâlit. Il déglutit et s'efforça de rester calme.

— George Geraghty… Geraghty est ici pour me remplacer ?

— En tant que valet ? Oui. Mais…

Martin Ellicott se releva d'un bond.

— Je comprends.

Il inclina formellement la tête, puis il trouva le courage de regarder le duc en face.

— Vous n'avez pas à ajouter quoi que ce soit, Votre Grâce. Je…

— Vous ne compren…

— … chérirai les années passées à vos côtés…

— Vous souhaitez partir ?

— Qu… ? Non ! Oui ! Si c'est ce que vous voulez…

— Pourquoi voudrais-je une chose pareille ?

Martin Ellicott fronça les sourcils.

— Mais… Votre Grâce ! Vous m'avez remplacé par George Geraghty.

— En effet. Mais cela n'explique pas pourquoi vous voulez partir.

— Il le faut ! Je ne peux pas rester !

— Pourquoi pas ?

Martin Ellicott se demandait pourquoi le duc le provoquait au-delà du tolérable. Une minute plus tôt, ils étaient en train d'évoquer leurs souvenirs d'enfance communs et l'instant d'après, il avait appris que le duc le remplaçait à son poste de valet. Et à présent, il lui demandait pourquoi il voulait quitter son poste, ce qui était la dernière chose qu'il aurait jamais voulue. Il était complètement perdu.

— Je vous en prie, laissez-moi partir tant qu'il me reste un peu de dignité…

— Mais je ne veux pas que vous partiez, Martin. Avec ou sans votre dignité.

— Ah non ? J-je ne comprends pas. Je pensais que vous vouliez que je parte parce que je vous mets dans l'embarras.

— Dans l'embarras ? répéta le duc, intrigué.

Il s'appuya contre le dossier de son fauteuil et lui demanda de s'expliquer.

Le valet déglutit et se frotta les mains. Quand il se rendit compte que ses paumes étaient moites, il les essuya dans son dos et releva le menton.

— Vous savez qu'il n'est pas dans mes habitudes de prêter attention aux rumeurs qui circulent en bas ou de les commenter, à moins que vous ne me le demandiez spécifiquement, Votre Grâce. Et j'ai toujours gardé mes distances avec le personnel, car c'est ce qui convient pour quelqu'un de ma position. J'ai insisté sur ce point auprès de George Geraghty. Et je peux vous assurer, Votre Grâce, qu'en plus d'être un très bon valet, Geraghty est un homme exceptionnellement circonspect qui sait rester à sa place. Vous pouvez compter sur sa discrétion absolue et sur sa loyauté sans équivoque.

— Venant de vous, c'est un très bel éloge. Je ne l'aurais pas nommé à ce poste s'il en avait été autrement.

Les narines de Martin Ellicott frémirent.

— Il est au courant ?

— Il est au courant, oui, répondit le duc, ne pouvant s'empêcher d'esquisser un sourire en coin. C'était une petite mise à l'épreuve… et vous serez satisfait d'apprendre que votre élève s'en est très bien sorti…

— … car il ne m'a pas révélé que vous me remplaciez par lui ?

Le duc inclina la tête.

— Je devais m'assurer qu'il était à la hauteur de mes attentes… et des vôtres. Mais vous me disiez que vous vous étiez mis dans l'embarras… ?

— Je vous demande pardon, ce n'est pas vraiment moi que j'ai mis dans l'embarras, Votre Grâce, mais vous. Parmi vos domestiques de haut statut, certains ne voient pas d'un bon œil que vous m'ayez fait l'honneur de me nommer parrain du petit lord.

— En quoi est-ce une cause d'embarras, pour vous ou pour moi ?

Martin Ellicott ne put réprimer un sourire désabusé.

— Je ne connais pas un seul domestique, d'un côté ou de l'autre de la Manche, qui aurait eu le grand honneur d'être nommé parrain du fils d'un noble, et encore moins de l'héritier d'un duché. Et vous ?

— Et alors ? Je me moque pas mal de ce que pensent les autres. Vous le savez mieux que personne.

— Lord Vallentine aurait été un choix de parrain plus compréhensible. C'est votre meilleur ami et votre beau-frère. C'est aussi l'héritier d'un comté, et un excellent épéiste. Tandis que moi… j'ai des origines modestes, je suis un-un valet, et je…

— Je crois que c'est Cicéron qui disait – et j'admets ne pas connaître la citation exacte – que notre caractère n'est pas tant le produit du sang de nos ancêtres que des circonstances par lesquelles nous formons nos habitudes, par lesquelles nous grandissons et vivons. (Le duc leva une main au ciel.) Vous êtes né sur le domaine. Vos parents étaient travailleurs et respectables, ils montraient l'exemple. Je veux que quelqu'un montre l'exemple à mon fils. Vous avez travaillé à mon service, avec la plus grande loyauté, pendant près de vingt ans. Vous avez sauvé les vies de mon épouse et de mon fils, et n'avez pas hésité à vous mettre en danger pour le faire. Vous êtes le meilleur des hommes, Martin. En ce qui nous concerne, la duchesse et moi, vous répondez parfaitement à nos critères pour être le parrain de Julian.

— Merci… merci, Votre Grâce, murmura Martin Ellicott.

Il était tellement bouleversé que sa lèvre inférieure tremblota et il dut baisser les yeux vers le tapis, car sa vue était soudain brouillée derrière un voile de larmes. Il poussa un profond soupir et voulut prendre la fuite avant de s'effondrer complètement.

— Si vous… si vous voulez bien m'excuser, Votre Grâce. I-il faut que je fasse mes valises…

— Vos valises ?

— Vous voulez sûrement que je rassemble mes effets personnels et que je libère mes quartiers le plus rapidement possible afin que Geraghty puisse…

— Peu importe. Ce qui importe…

— Mais, je ne veux pas gêner quand il…

— Martin. Je vous ai dit que je ne voulais pas que vous partiez.

— Je suis désolé, Votre Grâce. Il le faut. Je ne peux pas rester. Je n'ai plus de travail dans votre foyer. Et à l'heure actuelle, j-j'ai besoin de… Il faut que je décide ce que je… Où, comment je vais… J'ai besoin d'être seul p-pour…

La mâchoire du duc se serra fermement.

— *Asseyez-vous.*

Immédiatement, le derrière de Martin Ellicott retrouva le coussin de la bergère. Mais il ne put relever son menton de sa poitrine.

— Pourquoi supposez-vous immédiatement que vous devez partir ? Ou que je souhaite vous remplacer ? demanda le duc en poussant un soupir agacé.

Le valet battit des paupières, ses larmes s'écrasant sur son haut-de-chausses en laine noir, et il se tamponna rapidement les yeux avec un mouchoir en lin propre.

— Mais… mais, vous m'avez déjà remplacé, Votre Grâce.

Le duc leva instantanément les yeux vers le plafond moulé et orne-menté et il ravala une riposte. Il prit une profonde inspiration et dit à Martin Ellicott de le regarder. Quand le valet s'exécuta, le duc soutint son regard vitreux et lui dit avec une retenue glaciale :

— N'allez pas imaginer que cet entretien est plus facile pour moi que pour vous… Comme je vous le disais plus tôt, je le repousse depuis des mois. Mais nous y sommes. Et le cours de notre avenir a déjà été décidé. Il n'est plus question de débattre, et ce depuis longtemps. Il faut maintenant que nous avancions afin de pouvoir tous retrouver un semblant de normalité. Pour être honnête, cet échange m'épuise. Je vous remercierai donc d'avoir l'obligeance de m'écouter sans m'inter-rompre. Quand j'aurai fini, vous pourrez parler aussi librement que vous le souhaitez, et sans avoir à me présenter d'excuses. Après tout, vous n'êtes plus mon valet, mais… hum… un homme libre…

Le duc marqua une pause en attendant que Martin Ellicott indique qu'il était d'accord, mais le valet ne sut déterminer s'il avait la permission de parler ou non. Il garda ses lèvres fermement pressées et hocha vigoureusement la tête.

— À partir d'aujourd'hui, Geraghty prend votre suite en tant que valet, déclara le duc. Il s'agit d'un… hum… léger heurt dans l'harmonie domestique de mes divers foyers, mais Geraghty m'a assuré que la perturbation serait minime pour tous ceux qui sont concernés, et principalement pour moi. (Le duc afficha un petit sourire.) Au vu des bouleversements monumentaux que j'ai déjà vécus ces douze derniers mois, ce n'est presque rien. Mais pour vous… ? Votre vie, Martin, est sur le point d'être chamboulée. Soyez certain d'une chose ; vous avez été remplacé dans votre fonction de valet, mais vous, je ne peux pas vous remplacer. La duchesse me dit que vous êtes *irremplaçable*. Et je suis d'accord avec elle.

Martin Ellicott écarquilla les yeux et la mâchoire lui en tomba.

— Bien. Vous voilà sans voix *et* avec les oreilles grandes ouvertes ! lança malicieusement le duc. Je n'aurai donc pas à me répéter. Je me doute qu'il vous faudra du temps pour assimiler entièrement ce que je suis sur le point de vous dire. Voici les copies des documents approuvés par mes avocats et signés de ma main, ajouta-t-il en posant ses longs doigts sur les papiers qu'il avait placés sur le dessus de l'étui en cuir. Ils sont pour vous, vous pourrez prendre le temps de les lire plus tard. Vous y trouverez également les dispositions relatives à vos règlements – faute de terme plus approprié. Il n'y a aucune… hum… condition à remplir. Tout ce qui est attendu de vous en échange, c'est que vous acceptiez gracieusement cette nouvelle vie, et – ai-je besoin de le préciser ? – que vous l'appréciiez. (Il lui adressa un petit sourire.) Pourquoi, vous demandez-vous sûrement, ai-je choisi ce moment particulier pour vous accorder ceci ? Tout simplement parce que demain, c'est l'anniversaire de la duchesse, et le seul cadeau qu'elle m'a demandé, c'est cette nouvelle vie dans laquelle vous êtes sur le point de vous lancer. Par conséquent, il m'incombe de vous conseiller, et j'insiste, d'accepter cette nouvelle vie si vous ne voulez pas la décevoir, elle.

Le duc secoua la tête avec un immense sourire en pensant à quelque chose, puis il toussa dans son poing et continua :

— La duchesse m'a tendu un miroir métaphorique et m'a poussé à regarder dedans afin de repérer les évidences de ma vie. Et l'une de ces évidences, c'est que depuis mes douze ans, vous êtes la seule constante de mon existence, la personne à qui je peux le plus accorder ma confiance. Elle a cité Montaigne en me disant que peu d'hommes sont admirés par leurs domestiques. Le fait que je sois toujours tenu en haute estime *par vous*, un homme de principes et de bravoure, mon valet depuis presque la moitié de ma vie est, a-t-elle dit, un grand honneur pour *moi*… Obstinée et toujours aussi exacte, Martin. C'est bien la duchesse. (Il souffla avec bonhomie.) Et nous nous portons tous mieux grâce à elle, non ? Bien, laissez-moi vous révéler ce que disent ces documents… Ah ! Mais d'abord, une autre tasse de café vous aiderait peut-être à reprendre des couleurs… ?

Martin Ellicott quitta la bergère d'un bond avec l'intention de servir du café au duc, mais il avait tellement le tournis qu'il faillit basculer vers l'avant. Il se retint rapidement au dossier du fauteuil et prit une grande inspiration en fermant les yeux. Quand il put se redresser, le duc était devant la cafetière en argent et leur servait du café dans deux tasses propres.

Le duc déposa une tasse dans sa soucoupe sur la table près de la bergère de Martin Ellicott, puis il lui dit de s'asseoir et de boire son café. Il but le sien près de la cafetière en surveillant Martin d'un œil avant de se rasseoir dans son fauteuil. Il laissa le portefeuille et les documents appuyés contre un pied du fauteuil. Il les connaissait presque par cœur, car il les avait chacun parcourus plusieurs fois avec ses avocats, son homme d'affaires et Antonia. Il ne lui restait plus qu'à mettre Martin Ellicott au courant.

Il attendit que ce dernier ait reposé sa tasse vide et se soit assis, perché au bord du coussin comme à son habitude, se disant que s'il avait pris la parole alors que Martin était encore en train de boire, il aurait très bien pu recracher son café sur son impeccable gilet en lin tant il aurait été surpris de découvrir ce qu'on lui accordait. Le duc en vint directement au fait :

— Martin, j'ai fait de vous un gentleman financièrement indépendant. Vous aurez droit à mille livres par an à vie, mais aussi à un subside pour vos vêtements et à un petit appartement dans chacune de mes maisons, où vous pourrez loger avec votre domestique personnel. Et pour les fois où vous aurez besoin de répit loin du giron familial, je mets Moran Hall à votre disposition, une charmante maison construite à l'époque de la reine Anne et située aux abords de Bath, dans le

Somersetshire. Un bail a été rédigé pour qu'elle vous soit louée à vie pour une bouchée de pain. La maison est en cours de rénovation et de nouveaux meubles sont en train d'être achetés. Des métayers vivent sur les terres qui lui sont rattachées, et leur loyer ainsi que leurs récoltes suffisent à entretenir la maison, les jardins et le parc au milieu duquel elle se situe. On me dit que la maison offre une jolie vue sur les collines et le bois. Toute réparation importante sera entreprise par mon duché et mon homme d'affaires enverra l'un de ses représentants deux fois par an afin d'inspecter le domaine.

» J'aurai d'autres détails à vous communiquer à propos de Moran Hall et des dispositions financières prises pour le règlement de votre subside, mais il n'est pas utile de les évoquer maintenant. Parcourez ces documents, et si vous remarquez le moindre détail qui ne va pas, vous n'aurez qu'à me le dire. Ah ! Avant que je n'oublie ; j'ai demandé à mon tailleur, pendant qu'il est là pour me créer un ensemble de deuil pour la cour, de prendre vos mesures afin de vous confectionner plusieurs ensembles, une douzaine de chemises et tout ce dont vous pourriez avoir besoin. Monsieur ne sera que trop heureux de s'exécuter. Bien sûr, aucun de ces superbes vêtements ne sera prêt à temps pour l'anniversaire de la duchesse, mais je suis sûr que vous trouverez au moins une redingote élégante à enfiler pour le dîner.

Quand Martin Ellicott dévisagea le duc comme s'il était frappé de stupeur, incapable de parler, de bouger ou de comprendre vraiment ce qu'on lui accordait, le duc lui adressa un sourire compréhensif.

— Vous avez beaucoup de choses à assimiler, n'est-ce pas ? Vous aurez sans doute besoin d'y réfléchir et… hum… la nuit porte conseil. Et pour vous éviter de penser que vous avez imaginé votre nouvelle situation au cours d'un rêve confus, je vous suggère de garder ces documents à portée de main. Et soyez en sûr, quoi que vous décidiez de faire du reste de votre vie de gentleman indépendant – que vous souhaitiez faire encore partie de ma famille ou partir mener votre vie ailleurs –, vous serez toujours le bienvenu et pourrez toujours revenir parmi nous ou en visite. Et si vous nous quittez, je m'attends au minimum à entretenir une correspondance régulière avec vous. Antonia ne vous le pardonnerait jamais si vous n'envoyiez pas une lettre de temps à autre pour prendre des nouvelles de votre filleul. Mais tout cela dépend entièrement de v…

— Rester ! s'exclama soudain Martin avant de déglutir avec un sourire tremblotant. Votre Grâce, je veux… Votre Grâce, je veux… je veux *vraiment* rester. Vous… l-la duchesse… le petit lord… et même Lord Vallentine et madame… Pardonnez-moi cette audace, mais je vous ai toujours tous considérés comme m-ma… *famille.*

Le duc rassembla les documents et le portefeuille et se leva.

— Dans ce cas, c'est décidé. Vous allez rester parmi nous en tant que membre reconnu de ma famille. La duchesse sera folle de joie.

Martin Ellicott retrouva l'usage de ses jambes et se leva également.

— J-je ne sais… je ne sais pas quoi dire… Comment vous… comment vous re-remercier… ?

Le duc lui tendit les documents avec un sourire narquois.

— Vous devriez peut-être attendre de vous être habitué à votre nouvelle situation avant de me remercier. Et je suis certain qu'une certaine période d'adaptation sera nécessaire des deux côtés. Vous aurez peut-être envie de me maudire plus que de me dire merci.

Martin battit des paupières.

— Je vous demande pardon, Votre Grâce, mais je ne comprends pas comment cela pourrait être possible.

— Bien sûr que non ! dit le duc avec un éclat de rire. Comment pourriez-vous le comprendre ? Vous avez passé toute votre vie à servir, à occuper un emploi rémunéré. Et je viens de vous couper l'herbe sous le pied en faisant de vous un gentleman ! Vous allez maintenant découvrir ce que nous vivons tous, ce qui représente sûrement un fardeau pour la plupart de mes pairs, si ce n'est tous.

— Quoi donc, Votre Grâce ?

— Maintenant que vous n'avez plus d'activité, plus besoin de gagner votre pain et que vous avez les moyens d'employer des gens qui exécuteront pour vous les tâches les plus insignifiantes, vous allez vous retrouver avec tellement de temps devant vous que vous ne saurez quoi en faire. Comment allez-vous remplir vos journées ?

Martin n'en avait aucune idée. Cela ne lui avait jamais traversé l'esprit, car il n'aurait jamais pensé se retrouver dans cette position. Le duc avait raison. Il avait toujours eu une tâche à accomplir, il n'avait jamais eu assez d'heures dans ses journées. Il était sur le point de répondre quand l'attention du duc fut détournée par l'ouverture de la porte cachée derrière une bibliothèque qui menait dans ses appartements privés de l'étage du dessus.

La tête de la duchesse apparut dans l'embrasure de la porte.

QUAND ELLE REMARQUA que le duc et Martin Ellicott étaient seuls, Antonia sourit en retour à son mari avant de reculer dans l'alcôve. L'instant d'après, une bonne ouvrit un peu plus la porte et la duchesse s'avança, enveloppée, par-dessus des jupons en soie noirs, de plusieurs couches de velours noir drapé qui étaient fixées sur le corset décolleté qu'elle portait par-dessus une fine chemise en coton grâce à du faufil et à une multitude d'épingles qui étincelaient à la lueur des bougies tels une centaine de petits points lumineux.

Elle traversa le tapis sur la pointe des pieds, dans ses bas, suivie de près par sa dame d'honneur et l'une des couturières, qui portaient à elles deux ce qui ressemblait à un nuage noir. Elles faisaient de leur mieux pour soulever plusieurs mètres de velours et éviter que le tissu ne traîne par terre, tout en restant aussi proches que possible de la duchesse afin que le faufil et les épingles ne soient pas arrachés du tissu. Les deux femmes étaient tellement concentrées sur leur tâche qu'elles ne remarquèrent même pas qu'elles grimaçaient sous le poids des attentes de la modiste, qui avait menacé d'attenter à leur vie si une seule épingle devait se détacher après des heures de travail minutieux.

Antonia ignorait tout cela, et si elle en était consciente, elle jugeait que ce n'était pas assez important pour y accorder son attention. Tout ce qui lui importait, c'était de connaître l'issue de l'entretien du duc avec Martin.

Fort d'une vie entière à se montrer discret et à savoir analyser ce qu'il se passait dans une pièce, Martin s'était reculé un peu plus loin dans la bibliothèque quand Antonia était apparue, lui permettant de discuter en privé avec son mari.

— Ne dites rien, déclara-t-elle en tombant dans les bras du duc. Je sais ! Je n'ai pas fini de m'habiller et mes cheveux sont tout décoiffés à force d'avoir été enroulés et déroulés. Je vous le dis, Renard, j'espère ne pas avoir à subir d'autre présentation à la cour dans ma vie ! Les paniers sont tellement larges que c'en est absurde et je ne sais même pas comment je pourrai monter dans le carrosse pour aller jusqu'au palais. Sans même parler de devoir en descendre... ! Mais je suis sûre que vous avez déjà pensé à tout, je ne vais donc pas m'inquiéter. En attendant, j'ai demandé à mes bonnes de retirer les paniers, sinon je n'aurais pas pu passer par l'escalier !

Elle lui adressa un sourire espiègle et lui dit à voix basse :

— Je crois que madame Claude m'en veut beaucoup d'être partie alors qu'elle était en train de tout épingler. Il faudra peut-être que vous la payiez un peu plus que prévu pour l'apaiser.

— Je le ferai au besoin. Mais elle est déjà largement indemnisée en ayant madame la duchesse de Roxton comme cliente. Une fois que la cour vous aura vue dans votre ravissante robe, elle recevra tellement de commandes qu'elle ne pourra même pas espérer pouvoir toutes les accepter.

Il laissa son regard descendre furtivement sur la partie de son corset qui se trouvait juste en dessous de son décolleté profond.

— Je suppose que le col remonte un peu plus quand la pièce d'estomac est fixée, mignonne ?

Antonia baissa la tête pour inspecter sa poitrine qui débordait de son corset décolleté, puis elle releva les yeux vers lui et haussa les épaules.

— Selon madame Claude, en ce moment, les dames de la cour se baladent pratiquement avec les seins nus...

— Les vôtres le seront si vous faites la révérence dans cette tenue !

Antonia gloussa et le duc lui adressa un clin d'œil, puis ils pensèrent à la même chose et redevinrent silencieux quand ils se rappelèrent qu'ils n'étaient pas complètement seuls. S'ils pouvaient attendre de leurs domestiques qu'ils prétendent être sourds quand ils se taquinaient dans l'intimité de leurs appartements, ils ne pouvaient pas attendre la même chose de leurs amis et de leur famille, ils faisaient donc preuve de circonspection en leur présence. Le duc ressentit une pointe de malaise après cet écart de conduite, mais Antonia eut une réaction entièrement différente, car cela ne pouvait signifier qu'une seule chose.

Elle regarda Martin avec un sourire éclatant et plein d'espoir, puis elle se tourna derechef vers le duc.

— Vous lui avez dit, et Martin a dit oui ?

— Tout à fait, ma vie.

— Bien.

Elle fit signe à Martin d'approcher, puis elle murmura au duc pendant qu'il les rejoignait :

— Mais il n'a pas du tout l'air satisfait.

— Il est plus que satisfait. Mais il est sous le choc. Vous avez mis sa vie sens dessus dessous, ma belle.

Ses yeux verts étincelèrent et elle lui adressa un tendre sourire.

— C'est l'un de mes petits talents bien à moi, non ?

— En effet, dit le duc en l'embrassant délicatement sur la tempe.

Antonia quitta l'étreinte du duc et s'avança à la rencontre de Martin quand il s'approcha d'eux, les deux femmes dans son dos la suivant en traînant les pieds.

— Je suis venue le plus rapidement possible après avoir appris que vous étiez revenu de l'hôtel. J'étais tellement impatiente de savoir si monsieur le duc et vous aviez discuté ! Mon essayage de robe est très pénible, et c'est la raison pour laquelle j'arrive ici à peine habillée, ce pour quoi je vous présente mes excuses, car il s'agit d'une très grande occasion pour nous tous, n'est-ce pas ?

Martin Ellicott la dévisagea, incapable d'articuler la moindre phrase cohérente qui pourrait convenablement exprimer ce qu'il ressentait par rapport à cette occasion. Bouleversé, ses épaules tressaillirent et il se passa une main sur la bouche avant de l'y appuyer fermement par crainte d'éclater en sanglots.

Antonia l'embrassa impulsivement sur la joue.

— Je suis certaine que monseigneur vous a dit tout ce qu'il y avait à dire, mais je voulais vous faire part de mon bonheur… le bonheur que *vous* avez provoqué chez nous deux.

Le baiser d'Antonia libéra Martin de sa stupeur. Avec un sourire timide, il prit les deux mains qu'elle lui tendait.

— Madame la duchesse, je ne sais pas comment… comment je pourrais jamais vous dire…

Il lança un coup d'œil au duc avant de regarder de nouveau dans les beaux yeux de la duchesse et de lui dire, après avoir pris une grande inspiration :

— Je ne saurai jamais vous exprimer convenablement la profondeur de l'amour et de la gratitude que je ressens pour vous et monsieur le duc… Être adopté au sein de votre famille a vraiment pour moi une importance que les mots ne suffiraient pas à décrire.

— Mais, Martin, répondit Antonia, vous êtes le parrain de mon fils, n'est-ce pas ? Après son père et son oncle, vous êtes celui qui est le mieux placé pour lui offrir protection et conseils. (Elle l'embrassa sur une joue, puis sur l'autre.) Bienvenu dans la famille, mon très cher ami.

Puis elle relâcha ses mains et recula pour retrouver les bras du duc. Elle leva la tête vers son mari avec un sourire et lui dit :

— Merci d'avoir exaucé mon vœu d'anniversaire, mon amour.

Puis elle haussa les épaules d'un air enjoué, joignit ses mains et déclara gaiement aux deux hommes :

— À présent, nous allons tous pouvoir beaucoup nous amuser demain !

SEIZE

L A JOURNÉE d'anniversaire d'Antonia commença paisiblement, le duc et la duchesse partageant un petit déjeuner tardif dans leurs appartements. Ils dégustaient leur chocolat chaud au lit, leur fils dormant profondément entre eux.

La nuit précédente n'avait pas été aussi calme. Au beau milieu de la nuit, leur bébé s'était réveillé très angoissé et les nourrices du Morvan et les nurses n'avaient rien pu faire pour le réconforter. Une dispute avait éclaté entre les nourrices et la première nurse et le parti des unes ou des autres avait été pris. La première nurse accusait l'une des Morvandelles d'avoir mangé trop de choux au dîner et l'autre d'avoir bu trop de café, ce qui avait gâté leur lait maternel, donnant donc des coliques au petit noble. Il n'était alors pas étonnant que le petit lord ne se sente pas bien. Les deux nourrices étaient scandalisées qu'on leur fasse de tels reproches, accusant la première nurse d'être jalouse. Cette Parisienne n'avait jamais accepté les Morvandelles, venues de province, et avait fait tout ce qui était en son pouvoir pour qu'elles et leurs enfants ne se sentent pas les bienvenus.

Leur dispute avait réveillé d'autres bébés et jeunes enfants et rapidement, les valets de pied de nuit s'étaient précipités dans la galerie en entendant les pleurs et les cris, car ils pensaient qu'un incendie, un cambriolage ou une autre catastrophe de ce genre était à l'origine de cette cacophonie. Puis, l'intendante et le majordome étaient arrivés, affublés de leur bonnet de nuit et l'air ensommeillé, leur inquiétude laissant rapidement place à la colère.

Enfin, Lord Vallentine était arrivé en chancelant au milieu de cette mêlée, vêtu de sa chemise de nuit et de ses mules en maroquin, son bonnet de nuit positionné de travers sur sa tête. Plissant les yeux dans la faible lumière, une chandelle levée devant lui afin de mieux voir ce qu'il se passait, il avait exigé le silence, puis avait répété sa demande en hurlant. Tous ceux présents dans la pièce s'étaient arrêtés, à l'exception des bébés et des jeunes enfants qui avaient continué à hurler et à pleur-nicher. Vallentine avait donc dû continuer à crier pour se faire entendre.

Il avait ordonné que son neveu en pleurs soit immédiatement conduit à sa mère. À l'évidence, la seule personne qui pouvait mettre un terme à ce cauchemar était madame la duchesse. Il se moquait de savoir qui serait chargé de réveiller le couple ducal à trois heures du matin, mais ce ne serait pas lui. Il avait ensuite confié au majordome la mission de rétablir le calme dans la maison avant de partir d'un pas lourd en jurant dans sa barbe et en marmonnant que si ses nuits de sommeil ininterrompu étaient comptées, il allait profiter de chacune d'entre elles – en dormant.

Maintenant que le soleil de fin de matinée inondait le tapis de la chambre, Antonia buvait son chocolat chaud et observait son bébé aux joues roses qui dormait comme un ange. Mais elle ne pensait pas à son fils, ni à son anniversaire présent, mais à celui de l'année précédente. Elle poussa un soupir de satisfaction.

— À cette heure-ci l'année dernière, j'étais déjà réveillée depuis longtemps, j'étais habillée et j'attendais que vous reveniez de votre balade à cheval pour que vous m'emmeniez en excursion. Vous en souvenez-vous ?

Elle détacha son regard de son fils pour donner sa tasse vide au duc et l'observa traverser la pièce à pas feutrés pour aller poser le plateau contenant le nécessaire à chocolat chaud sur le coussiège.

— Nous avions visité une foire, où nous avions rencontré un groupe de vieux gentilshommes vénitiens, ajouta-t-elle.

— Je ne savais pas que vous vous étiez levée tôt et que vous m'at-tendiez, ma petite. Mais oui, je me souviens de la foire et de ces Vénitiens. Nous avions discuté avec eux dans leur propre langue, ce qui les avait grandement impressionnés. Je sais qu'ils étaient tous épris de vous, ma vie. Nous avions passé une très bonne journée, n'est-ce pas ?

— Je n'avais jamais passé de meilleure journée d'anniversaire – jusqu'à aujourd'hui.

Il revint vers le lit et baissa la tête vers elle avec un sourire.

— Dans ce cas, je dois m'assurer que cette journée sera à la hauteur de vos attentes.

Elle lui tendit la main et il la leva vers sa bouche pour embrasser ses doigts.

— Mais comment est-ce que cette journée pourrait ne pas être parfaite, puisque je vous ai, vous, et que nous avons Julian ?

— Peut-être que quelques heures supplémentaires de sommeil ininterrompu l'auraient améliorée, lança malicieusement le duc, un œil posé sur son héritier. À votre avis, pouvons-nous oser le faire déplacer ?

Antonia gloussa.

— Notre nouveau système est parti en fumée cette nuit, non ?

— En effet. Et je sais de source sûre qui est le responsable. Cela n'arrivera plus… Il faut que j'aille m'habiller, maintenant. J'ai quelques affaires à régler avant de pouvoir passer le reste de la journée avec vous.

LE DUC ÉTAIT en train de sceller une deuxième lettre, un valet de pied près de lui, quand il s'interrompit en entendant de l'agitation derrière la porte de la bibliothèque, son cachet ducal suspendu au-dessus de la cire rouge encore chaude. Quand la double porte resta fermée, il apposa ses armoiries dans la cire, puis il reposa le cachet. Il agita ensuite la lettre scellée tel un éventail et après s'être assuré que la cire avait durci, il tendit sa correspondance au valet de pied.

— La lettre pour Lord Shrewsbury doit être distribuée par mon messager le plus fiable. Celle pour Lady Strathsay peut être envoyée comme d'habitude.

Il congédia le valet de pied d'un geste de la main et observa la porte se refermer derrière lui avec un sourire satisfait. Dans sa lettre pour Edward, Lord Shrewsbury – le chef des services secrets anglais, qui était également un vieil ami d'école rencontré à Eton –, il accusait pratiquement sa cousine Augusta Strathsay d'être une espionne pour le compte des Français. Il mentionnait la correspondance qu'elle entretenait avec le comte de Salvan et évoquait vaguement ses échanges réguliers avec certains individus du gouvernement français. Cela suffirait pour que Shrewsbury lâche les chiens ! Ainsi, chaque lettre qu'elle enverrait et recevrait serait ouverte, lue, copiée et rescellée avant de reprendre son chemin, ce qui causerait un retard considérable dans sa correspondance.

Par ailleurs, elle serait au courant de l'intrusion du bureau du chef des services secrets dans son courrier, car par transparence et parce qu'il voulait la rendre folle de rage, il lui avait dit exactement ce qu'il avait fait dans la lettre qu'il lui avait écrite.

C'était tout ce qu'elle méritait après s'être immiscée dans son foyer, après avoir fait tout son possible pour semer la discorde. À présent, il n'avait plus qu'à découvrir qui, dans son personnel, elle payait pour lui servir d'yeux et d'oreilles. Il s'apprêtait à réfléchir aux éventuels suspects quand la double porte s'ouvrit si violemment que ses deux battants vinrent heurter les bibliothèques, l'arrachant soudain à ses réflexions.

Il resta assis derrière son bureau, observant avec intérêt deux valets de pied se débattre, sous la direction du portier, pour contrôler un jeune gentilhomme aux épaisses boucles noires serrées qui faisait tout son possible pour se libérer sans trop de brutalité. Le duc devina immédiatement l'identité de l'étranger, mais il resta impassible et attendit de voir quelle serait l'issue de cette scène.

Les valets de pied réussirent enfin à contrôler le jeune homme en l'agrippant fermement sous les aisselles et en le levant un peu au-dessus du sol. Ils étaient sur le point de faire demi-tour pour le sortir de force de la pièce, mais le duc fit un signe presque imperceptible au portier. Celui-ci n'eut qu'à claquer des doigts et dire un mot pour que les valets de pied relâchent l'intrus et s'éloignent.

Le jeune homme regarda autour de lui et comprit qu'il n'était plus retenu ; il lissa les manches de sa redingote en laine et tira sur sa cravate froissée avant de s'approcher du bureau d'un pas assuré et d'effectuer une révérence devant le duc.

— Je ne voulais pas vous déranger, monsieur le duc…

Le duc l'interrompit :

— Vous… hum… ne me dérangez pas, monsieur Montbelliard. Mais vous avez troublé la tranquillité de mon foyer. La faute en incombe à mes domestiques incompétents, qui auraient dû vous arrêter dès la porte cochère. Allez-vous-en, lança-t-il d'une voix rageuse à son portier.

Roxton n'aurait pas su dire pourquoi il laissait la colère avoir raison de lui ; c'était peut-être à cause du manque de sommeil suite à la nuit qu'ils avaient passée avec un enfant qui pleurnichait. C'était aussi possiblement parce qu'il ignorait pourquoi ce jeune homme avait décidé de hanter sa maison, et surtout pourquoi il était déterminé à se présenter à la duchesse. Il aimait avoir le dessus dans toutes les situations. Et ce n'était pas le cas cette fois-ci. Il n'avait aucune idée des intentions de Montbelliard. Il ne savait pas si ses agissements cachaient bel et bien quelque chose de sinistre. Par ailleurs, Salvan influençait peut-être ce jeune homme d'une façon ou d'une autre, il ne pouvait pas être sûr du contraire. Ces deux-là l'importunaient plus que de raison. Mais puisque c'était l'anniversaire d'Antonia, ce n'était pas le bon jour pour s'interroger là-dessus ou sur quoi que ce soit d'autre. Il s'en abstiendrait donc. Il se pencherait sur ce profond mystère un autre jour. En attendant, il voulait que Montbelliard s'en aille avant que son épouse ne puisse le croiser par hasard.

Il ne proposa pas au jeune homme de s'asseoir et resta installé derrière son bureau.

— Je ne suis pas disponible pour les visiteurs. Mais puisque vous êtes arrivé jusque dans ma bibliothèque, j'aurai la politesse de vous laisser me dire ce qui vous amène.

— Merci, monsieur le duc. Je me demande si je pourrais avoir la permission de revenir un jour où vous seriez disponible…

— C'est une question à laquelle mon portier aurait pu répondre, ce qui vous aurait évité d'importuner tout le monde en venant jusqu'ici de force.

— Je vous demande pardon, monsieur le duc, je ne voulais déranger personne. Mais votre portier ne voulait pas écouter ma simple demande, j'ai donc…

— Épargnez-moi ce genre de détail insignifiant, le coupa le duc d'une voix traînante. Vous pensez que notre… hum… lien familial vous donne le droit d'entrer chez moi et d'être en ma présence ?

— Non, monsieur le duc. Pour rien au monde je ne vous imposerais ma présence. Et si je suis honoré de vous rencontrer enfin, même si cet entretien doit être bref, ce n'est pas pour vous que je suis venu ici en ce jour particulier.

— Monsieur Vallentine n'est pas non plus disponible pour les visiteurs.

— Je suis venu parce qu'aujourd'hui, c'est l'anniversaire de madame la duchesse de Roxton.

Le duc se redressa, stupéfait.

— Vous savez que c'est l'anniversaire de ma femme aujourd'hui ?

— Oui, monsieur le duc.

Le chevalier plongea une main dans la profonde poche intérieure de sa redingote et après quelques légères difficultés, il en sortit un petit paquet fermé par un ruban en satin. Il s'approcha du bureau et dit :

— J'ai un petit cadeau d'anniversaire pour madame la duchesse.

Le duc était horrifié. Il fixa le paquet comme s'il s'agissait d'une fiole de poison qu'on venait de lui ordonner de boire.

— Je refuse de l'accepter ! Rangez-le immédiatement !

Il savait qu'il était irrationnel, que le vide qu'il ressentait soudain au plus profond de son estomac était absurde, mais pour la première fois de sa vie, il se sentait *vulnérable*. Il ne lui fallut qu'un instant pour comprendre ce qui était à l'origine d'une telle réaction. Combien de fois avait-il, comme Montbelliard, débarqué chez un autre homme avec un cadeau pour une épouse inconsolable, dans le cadre d'un rituel de séduction ?

Mais il n'avait jamais été assez naïf, stupide ou impoli pour aller donner le cadeau au mari ! Il n'avait eu des liaisons qu'avec des épouses qui acceptaient ses avances. Des épouses dont les maris étaient indifférents et dont les mariages étaient des unions dénuées d'amour, arrangées pour le bénéfice politique et financier de leur famille. Chaque parti d'un tel arrangement connaissait les règles de ce genre d'union. Mais son mariage était entièrement différent, était tellement incompréhensible pour la plupart de ses pairs que même à l'heure actuelle, dix mois après l'échange de leurs vœux avec Antonia, beaucoup restaient encore sous le choc et incrédules qu'ils se soient mariés pour une seule et unique raison – par amour. Et leur amour était incontestable.

Assurément, Montbelliard devait le savoir. Ou alors, il pensait peut-être que puisque monsieur le duc était amoureux de sa femme, il avait perdu tout recul et, par conséquent, avait baissé sa garde ? Ou peut-être que quelqu'un d'autre – Salvan – lui avait mis cette idée dans la tête. Peu importe le raisonnement ou les intentions du chevalier, que le comte de Salvan soit impliqué ou non, Roxton n'était pas prêt à le traiter, ou à traiter ce cadeau, avec autre chose que du mépris.

Le duc se leva et les deux valets de pied s'éloignèrent de la double porte.

— Monsieur, cet entretien est terminé.

Le chevalier sembla confirmer la première impression que le duc avait eue de lui, car il ne lui présenta pas instantanément ses excuses et ne recula pas pour le laisser tranquille en s'inclinant si bas qu'il finirait à genoux. Il resta là où il était, flanqué de chaque côté par un valet de pied en livrée.

— Mille excuses, monsieur le duc, mais madame de Chavigny m'a demandé d'apporter ce présent à madame la duchesse de Roxton.

En l'entendant prononcer le nom de sa tante, le duc indiqua aux valets de pied de ne rien faire.

— C'est… de sa part à elle ?

— Je ne sais pas, monsieur le duc.

— Elle ne vous a pas dit qu'il était de sa part ?

— Non, monsieur le duc.

— Continuez.

— J'ai peu de choses à ajouter. Quand j'ai dit à madame de Chavigny que je retournais à Versailles dans l'espoir de m'entretenir avec les maîtres de la Grande Écurie, elle m'a demandé de lui rendre ce petit service – d'apporter ce paquet ici, pour madame la duchesse, car c'est son anniversaire. C'était le moins que je pouvais faire après toute la gentillesse dont elle a fait preuve envers moi.

L'explication du chevalier était plausible, mais même si le duc sentit les battements de son cœur ralentir en apprenant que le cadeau ne venait pas personnellement du chevalier, il continuait à soupçonner le comte de Salvan d'être impliqué d'une façon ou d'une autre. Après tout, madame de Chavigny n'était pas seulement sa tante à lui, mais aussi celle du comte, et cette vieille femme tyrannique était facilement influençable. En dépit du comportement odieux que le comte avait adopté envers Antonia et de son exil subséquent sur son domaine, il restait le chef de la famille Salvan. Et ce statut avait beaucoup d'importance aux yeux des vieilles tantes. Il savait que si son cousin le comte leur disait de sauter, elles sauteraient sans se poser une seule question.

Roxton savait aussi avec une amère certitude qu'il avait actuellement besoin de madame de Chavigny – sa tante Victoire – plus qu'elle avait besoin de lui. L'étiquette de la cour établissait que seule une aristocrate à la vertu irréprochable pouvait parrainer une femme qui souhaitait être officiellement présentée à Leurs Majestés. La tante du duc était l'une de ces rares femmes ; c'était une catholique pieuse qui avait été une épouse dévouée et la mère de plus d'une douzaine d'enfants, dont deux étaient des évêques et une autre, une nonne, était à la tête d'un couvent qui éduquait les jeunes femmes de la noblesse. Une autre de ses filles avait l'immense privilège d'être l'une des dames d'honneur de l'actuelle reine.

Il était impatient qu'arrive la présentation d'Antonia à la cour. Lorsque ce rituel absurde serait derrière eux, lui et Antonia pourraient poursuivre leur vie sans avoir besoin de l'ingérence ou de l'approbation de ses parents Salvan, que ce soient ses vieilles tantes ou ce jouvenceau plein d'assurance qui se tenait devant lui. Ce jeune homme disait peut-être la vérité, mais il y avait quand même quelque chose chez lui qui mettait le duc aux aguets.

— Vous pourrez dire à madame de Chavigny que vous vous êtes acquitté de votre mission, déclara-t-il, indiquant d'un hochement de tête à ses valets de pied qu'il congédiait le chevalier avant de prendre l'une des lettres sur son sous-main. Déposez le paquet sur mon bureau.

— Je suis désolé, monsieur le duc, mais ce… ce n'est pas tout. Madame de Chavigny m'a donné des instructions bien précises quant à la livraison de ce cadeau d'anniversaire.

Quand le duc releva les yeux de sa lettre mais ne dit rien, le chevalier déglutit avant de poursuivre :

— Madame de Chavigny s'est montrée très persévérante et m'a fait promettre que je livrerais ce présent à madame la duchesse de Roxton en personne.

Le duc eut une réaction inattendue. Il laissa échapper un ricanement qui venait du plus profond de sa gorge. Il reposa la lettre et regarda le chevalier en face, toute hilarité ayant disparu de son visage.

— Vous venez de trahir votre ignorance, monsieur. Vous ne

connaissez pas aussi bien madame de Chavigny que vous l'affirmez, sinon vous sauriez que ma tante n'est jamais… hum… persévérante.

— Je ne veux pas vous contredire, monsieur le duc, mais madame de Chavigny a insisté… oui ! Elle a insisté pour que je remette ce cadeau en personne. C'est elle qui…

— *Assez.* Sachez une chose : si vous vous approchez encore de ma maison ou de n'importe quel membre de ma famille, je vous renverrai là d'où vous venez et je m'assurerai que vous ne puissiez jamais en revenir. Bonne journée, monsieur.

Le duc adressa un hochement de tête à ses valets de pied. Ils savaient quoi faire.

Le chevalier regarda à gauche, puis à droite, ses yeux s'écarquillant de panique quand on le souleva par les coudes. Il fixa le duc, qui lui avait tourné le dos et qui s'éloignait vers un mur recouvert de livres. Il tira sur l'un d'eux, révélant l'escalier secret. Le duc quitta la pièce ainsi, sans un mot et sans se retourner pour vérifier si ses domestiques s'étaient bien débarrassés de ce visiteur indésirable.

À eux deux, les valets de pied tirèrent le chevalier en arrière pour le faire sortir de la bibliothèque, puis ils le traînèrent hors de la villa et le lâchèrent sans ménagement sur les pavés de l'avenue. Il se releva et épousseta ses bas et son haut-de-chausses. Ce fut à cet instant seulement qu'il se rendit compte qu'il n'avait plus le cadeau d'anniversaire fermé par un ruban en satin. Il jura à voix basse. Quand on l'avait soulevé, l'un des valets de pied avait dû le lui arracher des mains et le jeter sur le bureau.

❧

Le cadeau pour la duchesse, qui contenait une lettre dissimulée dans son emballage, avait quitté la bibliothèque dans la poche du duc.

DIX-SEPT

LE DUC ET LA DUCHESSE se préparèrent avec un soin exceptionnel pour le dîner d'anniversaire d'Antonia ; ils voulaient tous les deux être à leur avantage pour l'autre.

Roxton portait un ensemble en velours noir agrémenté de galons argentés sur les manchettes, le col et les rabats de ses profondes poches, tandis que son gilet en soie blanc était délicatement brodé avec du fil argenté et des sequins sur les pans avant et sur les poches. Les boucles au niveau de ses genoux et celles qui ornaient ses chaussures en cuir noires étaient incrustées de diamants. Le seul bijou qu'il portait, à l'exception de sa bague ducale sertie d'une émeraude, était une petite boucle de chemise en forme de cœur incrustée d'émeraudes et de diamants – un cadeau qu'Antonia lui avait fait pour son anniversaire.

La robe à la française d'Antonia, avec ses jupons assortis, était en soie du plus pâle des roses nacrés et brodée avec du fil argenté. La pièce d'estomac et les pans avant de la robe étaient décorés de ruches ondulées et les engageantes à volants au niveau des coudes de ses manches resserrées étaient faites de la plus délicate soie bruxelloise. Ses chaussures à talons étaient recouvertes de la même soie rose que sa robe et étaient également brodées avec du fil argenté. Elle portait le collier paré d'émeraudes et de diamants que le duc lui avait offert pour son dernier anniversaire, ainsi qu'une paire de boucles d'oreille et un bracelet assortis, qu'il lui avait offerts le jour de leur mariage. Ses cheveux couleur miel étaient relevés ; on les avait tressés et bouclés, on y avait passé des rubans en soie roses, et une délicate aigrette en plumes dorées et ornementée de dizaines de minuscules diamants – qui était également un cadeau que son bien-aimé lui avait fait, pour la naissance de leur fils – avait été fixée dans sa coiffure.

Elle choisit un éventail peint à la gouache qui allait avec sa tenue. Quand elle fut satisfaite de son reflet dans le long miroir placé dans un coin de sa garde-robe, elle remercia ses bonnes, récupéra l'éventail et se mit à courir à travers les pièces de l'enfilade, à la recherche du duc. Mais il n'était pas dans ses appartements. Le nouveau valet, Geraghty, la salua et lui indiqua que monsieur le duc l'attendait dans le salon attenant à la salle à manger.

Elle l'y trouva, debout devant une porte-fenêtre, en pleine discussion avec Martin Ellicott. En les voyant ensemble, des larmes de bonheur lui montèrent soudain aux yeux, mais elle les chassa rapidement d'un battement de cils avant de s'avancer vers eux avec un sourire éblouissant.

— Je suis désolée pour mon retard, mais Gabrielle ne trouvait pas mon aigrette, leur dit Antonia en touchant inconsciemment l'accessoire dans ses cheveux avant d'ouvrir grand les yeux et de secouer la tête. Mais elle était sur la coiffeuse depuis le début !

Elle posa ses doigts sur le bras du duc et dit à Martin :

— Qu'avez-vous fait de votre première matinée de liberté, Martin ?

— De liberté ? Êtes-vous en train d'insinuer que Martin est un esclave affranchi de l'empire, ma belle ?

Antonia leva les yeux vers lui d'un air malicieux, puis elle répondit avec un doux sourire et en adressant un haussement de sourcils à Martin :

— Si vous êtes empereur, Martin pourrait-il être autre chose ?

Quand le duc lui adressa un immense sourire, elle lui murmura :

— Vous êtes mon Auguste, bien que je n'aie rien d'une Livie…

— Si je suis votre Auguste, alors vous êtes ma Livie, répondit malicieusement le duc. Et je ferai de mon mieux pour le supporter.

Antonia soupira et hocha la tête, prenant un air inconsolable.

— Vous pouvez vous estimer heureux que la Livie que vous avez épousée n'ait pas de premier mari abandonné et deux fils déjà là dont vous auriez dû vous inquiéter.

— De tels obstacles n'ont pas arrêté Augustus, et ils ne m'auraient certainement pas arrêté non plus, répliqua le duc, ajoutant en lui adressant un tendre sourire : Je vous aurais quand même épousée, ma vie.

— Cela me rend très heureuse ! Mais je suis aussi heureuse de ne pas avoir abandonné un premier mari, car je n'aime pas l'idée de rendre quelqu'un malheureux. Et ce premier mari aurait été très triste, non ? Imaginez un peu, il aurait dû continuer à vivre tout en sachant que dès que sa femme – *moi* – vous avait vu *vous*, elle n'avait plus jamais pensé à lui ! C'est ce qu'il s'est passé avec Livie et Auguste.

Le duc éclata de rire et Martin également, ce qui surprit tellement ce dernier qu'il plaqua une main contre sa bouche. Antonia se pencha vers Martin, un éclat dans les yeux, et lui dit :

— Je suis désolée, mais il va falloir que vous supportiez nos facéties. En famille, nous ne faisons pas de manières. N'est-ce pas, monseigneur ?

— Je crois que Martin est déjà bien conscient de nos… hum… facéties depuis un moment, ma fée. Et il sait très bien quand il doit fermer ses yeux et ses oreilles.

Quand Antonia écarquilla les yeux et articula un « oh » silencieux, il lui lança un clin d'œil.

— Exactement, mignonne.

— Monseigneur n'aurait pas pu choisir meilleur moment pour faire de vous un gentleman indépendant, fit remarquer Antonia à Martin sur le ton de la confidence. La nuit dernière, on nous a emmené Julian au milieu de la nuit, et il était dans un tel état que ses hurlements ont réveillé tous nos domestiques. Au début, monseigneur a cru que la maison était en feu ! Je m'en souviens à peine, car je pensais uniquement à mon pauvre petit garçon. Mais monseigneur m'a dit que tout le monde avait les yeux écarquillés et tremblotait, qu'ils étaient tous à moitié endormis et à moitié habillés, au point que c'en était comique. Et le pauvre Juju n'en finissait pas de pleurer. Quand nous sommes arrivés au point où je ne savais vraiment plus quoi faire, monseigneur a eu une excellente idée : il a suggéré que je chante à notre fils. C'est donc ce que j'ai fait ; j'ai chanté pour lui en italien.

— Et la situation s'est-elle améliorée, madame la duchesse ? s'enquit poliment Martin en lançant un coup d'œil au duc, qui avait levé les yeux vers le plafond.

Antonia aperçut ce coup d'œil et gloussa.

— Non. Mais je pense avoir aidé à distraire son père, qui était exaspéré.

— Vous chantez très bien, ma vie. Je l'ai toujours dit.

— Je chante bien quand vous pouvez m'entendre ! répliqua Antonia. Mais chanter m'a aidée, moi aussi, en me distrayant également. Puis, le problème s'est réglé tout seul et Julian s'est arrêté de pleurer en un claquement de doigts, dit-elle en imitant le geste.

— Comment, madame la duchesse ? s'enquit Martin, sincèrement intrigué.

— Ce qui est infiniment plus intéressant, dit le duc d'une voix traînante, espérant détourner la conversation vers un autre sujet, c'est la réponse à la question que vous avez posée plus tôt à Martin sur la façon dont il a passé sa première matinée de... hum... liberté.

Antonia et Martin ne lui prêtèrent pas attention.

— Julian s'est calmé quand monseigneur s'est promené dans notre chambre en le portant contre son épaule, confia Antonia à Martin, puis elle pencha la tête sur le côté en réfléchissant, appuyant les branches de son éventail fermé contre son menton. Je pense que c'est arrivé parce qu'il se tenait droit, et grâce au mouvement de la marche et aux frottements dans son dos.

Elle attrapa la manche de Martin et lui dit avec un sourire émerveillé et pantois :

— Mon fils a fait le rot le plus bruyant que j'avais jamais entendu ! C'est la vérité, je vous le dis. Je n'aurais pas cru possible qu'un être aussi petit puisse produire un tel son si je ne l'avais pas moi-même entendu, mais c'est bien vrai !

— Martin n'a peut-être aucune expérience des nourrissons, mignonne, mais il n'est pas nécessaire d'en avoir pour savoir qu'ils sont capables des émissions les plus... hum... *surprenantes*. Et je suis sûr qu'avec le temps, si Martin a cette chance, il sera témoin de toutes sortes de développements remarquables chez notre fils. Et qu'ils le fascineront tout autant que nous.

— Vous pouvez compter là-dessus, Votre Grâce, répondit Martin avec toute la dignité qu'il pouvait rassembler, tout en essayant de réprimer un ricanement, car il visualisait mentalement cet aristocrate austère au possible en train de porter contre son épaule un bébé en plein rot.

Le duc inclina la tête et articula un « merci » silencieux, puis il indiqua à un valet de pied qui portait un plateau de s'avancer et de leur servir des coupes de champagne. Ils en prirent tous une avec enthousiasme, puis le duc proposa de trinquer.

— Nous célèbrerons officiellement l'anniversaire de la duchesse quand nous dînerons, dit le duc, mais je ne peux pas laisser passer l'opportunité, pendant que nous sommes tous les trois, de lever notre verre en votre honneur, Martin.

— Merci, Votre Grâce, répondit Martin d'un ton mal assuré. J'avoue que je suis toujours en état de choc…

— Et vous n'êtes pas le seul ! lança malicieusement le duc.

— Voulez-vous parler du personnel, Votre Grâce ? s'enquit Martin. J'avoue qu'il m'a semblé étrange de passer la porte verte pour dire au revoir, mais les circonstances m'ont facilité la tâche. Ils étaient tous tellement occupés à préparer les festivités d'aujourd'hui que je n'ai pas voulu les déranger dans leur travail. Et personne ne travaillait plus dur que Jean-Camille qui, avec l'aide de plusieurs domestiques de cuisine, mettait en boîte des dizaines de macarons pour les envoyer à l'hôtel…

— Monseigneur, vous avez fait envoyer des macarons à Paris ? l'interrompit Antonia, étonnée. Pour tout le personnel ?

— Oui. Je me suis dit que ce serait un joli geste si non seulement ma sœur, mais également tous les domestiques de l'hôtel et d'ici, recevaient des macarons en l'honneur de votre anniversaire.

Le duc but une gorgée de champagne, très satisfait de lui-même.

— Je ne peux m'attribuer le mérite de l'idée initiale, ajouta-t-il, mais je suis fier d'avoir inauguré une tradition annuelle qui consistera à distribuer des macarons à mes domestiques et à ma famille chaque année pour célébrer l'anniversaire de madame la duchesse de Roxton…

— Oh, j'aime énormément cette idée de tradition ! déclara Antonia en frappant gaiement dans ses mains. Vous avez rendu cette journée doublement exquise, monseigneur ! Merci. C'est comme si on avait exaucé deux de mes souhaits, alors que je n'en avais formulé qu'un. Mais je vous en prie, Martin, qu'avez-vous fait ce matin dans vos propres appartements ?

— Je parie que vous n'avez pas réussi à dormir plus longtemps pour remplir quelques heures de la matinée, lança malicieusement le duc.

— Après m'être levé à l'aube pendant deux décennies, Votre Grâce ? répondit Martin en secouant la tête. Mais cela m'a laissé le temps de rédiger plusieurs lettres avant le petit déjeuner et ma rencontre avec le tailleur… J'ai écrit à… j'ai écrit… Veuillez m'excuser…

Quand il s'accorda un moment pour boire son champagne, la gorge soudain serrée et les larmes aux yeux, le duc et la duchesse échangèrent un sourire compréhensif. Antonia ne voulait surtout pas que Martin remarque le silence embarrassant, elle s'apprêtait donc, pour le combler, à demander au duc où se trouvait Lord Vallentine, qui était assurément en retard pour les festivités. Mais Martin retrouva l'usage de la parole et continua :

— J'ai d'abord écrit une lettre à ma mère.

Le duc fut pris de court.

— Mrs. Ellicott est… ? Est-elle en forme ?

Il avait failli dire « vivante » avant de modifier rapidement la fin de sa phrase.

— Elle va très bien, Votre Grâce, répondit Martin avec un sourire. Elle vit aux abords de votre village d'Alston, dans une jolie maison au bord de la rivière.

— Cette maison appartient à monseigneur ? s'enquit Antonia.

— Le village entier m'appartient, ma belle, répondit le duc de sa voix traînante avant de froncer les sourcils et de dire à Martin : Je me souviens vaguement qu'Ellicott était venu me parler de l'état de ces maisons…

— Mon père s'est adressé à Sa Grâce peu de temps après la mort du quatrième duc, car la situation était désespérée. Il vous a informé du triste manque d'entretien du village et des maisons de nombreux métayers. Vous avez sans doute oublié sa demande, notamment car nous étions occupés – vous, Lord Vallentine, moi-même et plusieurs autres domestiques – par l'organisation de notre voyage dans les États italiens et sur les îles grecques.

— Et bien sûr, monseigneur a fait réparer toutes les maisons, déclara Antonia avec assurance.

— Oui, madame la duchesse, confirma Martin. À l'intérieur et à l'extérieur. Chaque maison a eu droit à un nouveau toit et à une nouvelle cheminée. Par ailleurs, le pont du village a été reconstruit pour permettre à ceux qui vivent sur la rive gauche de traverser la rivière facilement, sans avoir à parcourir trois kilomètres jusqu'aux pierres de gué du barrage.

Antonia adressa un sourire complice au duc.

— Mon père ne disait-il pas que votre coquille noircie dissimulait une multitude de bonnes manières ? En voici la preuve !

— La foi indéfectible que vous avez en moi me rassure et me... hum... ravi constamment, ma chère épouse, répondit le duc avec un sourire modeste. Mais je pense – en particulier en ce qui concerne le village d'Alston – que si j'ai bien fait réparer toutes les maisons et reconstruire le pont, ce n'était pas pour des raisons purement altruistes. Je n'ai pas tant agi que réagi, tout simplement car il s'agissait de la dernière chose que mon grand-père aurait voulue. C'était un pingre tyrannique. (Roxton leva son verre avec un grand sourire.) Et je m'en réjouis chaque jour, car il m'a légué une immense fortune...

— Que vous utilisez pour aider les autres, déclara fermement Antonia. Ne dites pas le contraire, je sais que c'est vrai ! Lorsque nous retournerons à Treat, dit-elle à Martin avant que le duc ne puisse répondre, j'aimerais beaucoup faire la connaissance de votre mère. J'irai lui rendre visite, si vous n'y voyez pas d'inconvénient.

— Elle serait honorée, madame la duchesse. Nous pourrions peut-être... y aller ensemble... ?

— Oui ! Quelle merveilleuse idée, Martin.

Le duc serra la mâchoire et leva le menton.

— Ne pensez pas que j'ignore ce que vous manigancez tous les deux ! À peine serez-vous assis autour d'un thé et de gâteaux que vous interrogerez Mrs. Ellicott à propos de mon enfance... Non ! N'essayez pas de le nier !

Antonia le regarda avec de grands yeux innocents.

— Mais, monseigneur. Je n'avais pas l'intention de faire quoi que ce soit de ce genre. À présent, c'est exactement ce que je compte faire.

Le duc et Martin Ellicott la regardèrent, puis ils se tournèrent l'un vers l'autre et éclatèrent de rire à l'instant où Lord Vallentine entrait tranquillement dans le salon. Mais un détail fit taire les rires et inscrivit de la stupéfaction sur les visages de la duchesse et de Martin Ellicott : Vallentine tenait la plus grande fierté du couple ducal dans ses bras. Le duc, cependant, n'était pas entièrement surpris. Il leva son lorgnon pour examiner son meilleur ami, des boucles de ses chaussures à sa perruque poudrée, avec un sourire satisfait. Ses ordres avaient été exécutés à la lettre.

Vallentine était suivi par un essaim de nurses et de valets de pied qui transportaient tout un attirail pour nourrisson. Quand Sa Seigneurie s'avança dans la pièce, cet essaim passa dans la salle à manger, où ils déchargèrent le couffin en osier, les couvertures, les coussins, les vêtements pour bébé, les bavoirs et un assortiment de hochets. Deux des nurses les plus expérimentées restèrent dans la pièce pour aider à gérer l'enfant ducal pendant le dîner, si cela s'avérait nécessaire.

Lord Vallentine n'avait fait que quelques pas sur le tapis quand Antonia se précipita vers lui dans un bruissement de soie, arborant un sourire réservé à son fils. Le petit visage du bébé s'illumina quand il vit celui de sa mère bien-aimée. Elle lui parla d'une voix qu'elle utilisait exclusivement pour lui, le chatouillant sous son menton potelé et déposant des baisers sur son petit poing, lui demandant s'il s'était comporté de façon exemplaire avec son oncle et parrain.

Lord Vallentine avait bien envie de se débarrasser de son neveu, mais puisqu'Antonia avait encore sa coupe de champagne à la main et que le duc s'était approché de son pas nonchalant mais ne lui avait pas proposé de récupérer son fils, il garda le petit rayon de soleil ducal dans ses bras et annonça avec satisfaction :

— Il a bu, puis il a été lavé et apprêté. Pour la deuxième fois, car il avait déjà été lavé et habillé quand un petit accident s'est produit. Il porte donc sa tunique de second choix. Et quel protocole ! Dame ! (Il leva les yeux au ciel en soufflant.) Je me serais jamais douté qu'un être aussi minuscule pouvait expulser autant de choses à la fois, et à une sacrée vitesse, par ailleurs !

— Et maintenant, vous le savez, le taquina le duc.

— Mon pauvre petit. J'espère que maintenant, ton estomac est apaisé, dit Antonia à son bébé avant de regarder d'un air méfiant son beau-frère, puis son mari, et encore son beau-frère. Je suis très heureuse de constater que vous avez passé du temps avec notre fils, Lucian, mais pourquoi avoir choisi cette journée en particulier pour découvrir ces choses ?

Quand elle confia sa coupe de champagne au duc pour récupérer son fils, Vallentine le lui tendit et lui dit d'un ton décontracté, sans répondre à sa question :

— On m'a demandé de vous assurer à tous les deux que le petit lord porte du rembourrage et trois couches de tissu sous son lange en laine. Quoi que cela veuille dire ! Mais je suis sûr que vous comprenez, et que cela vous satisfait. La première nurse m'a dit que ce serait le cas.

Antonia blottit son visage contre son fils avant de le soulever au-dessus de sa tête avec de grands yeux et un large sourire ; il poussa un petit cri de joie.

— Cela signifie qu'il devrait n'y avoir aucun petit accident pendant notre repas et que la robe d'anniversaire de sa mère devrait rester au sec.

Elle redescendit son fils pour l'appuyer contre sa hanche et se tourna vers Vallentine pour lui dire :

— Mais je ne comprends toujours pas pourquoi vous vous intéressez à de tels détails ; je suis persuadée que, comme monseigneur, vous préférez confier ces tâches à ceux qui, comme il le dit si bien, sont experts dans ce domaine.

— Je suis sûr que le temps que Vallentine a passé dans la nursery s'est révélé… hum… instructif de bien des manières, ma vie, lui dit le duc, de cette voix toujours taquine qui mettait Antonia aux aguets. Et qu'il a maintenant une bien meilleure appréciation du système que nous essayons au mieux de mettre en place afin que notre fils et nous-mêmes puissions vivre une existence plus… hum… harmonieuse.

— Ah ça ! J'ai appris une ou deux choses sur les nourrissons, et j'aurais préféré ne pas en savoir autant, révéla Vallentine avec une grimace qui fit glousser Antonia.

Il regarda son meilleur ami du coin de l'œil et reprit :

— Et vous n'avez pas besoin de me donner une autre leçon. J'ai entendu votre message aussi distinctement que les cloches de Notre-Dame de Versailles.

Il saisit une coupe de champagne qu'un valet de pied qui restait dans les parages lui tendait et en but la moitié d'une traite avant d'ajouter, avec un long soupir et en pointant le duc de son verre :

— Ça m'a donné l'excuse parfaite pour évoquer avec Estée la mise en place de notre propre… Comment avez-vous appelé ça ? Notre propre système ! À trois heures du matin, je confierai notre précieux bébé à ceux qui sont experts dans le domaine, je peux vous le dire !

— Je suis ravi de l'entendre, répondit le duc. Et de constater que votre visite à la nursery vous a bien fait comprendre à quel point il est important de profiter d'un sommeil ininterrompu.

Antonia comprit soudain et s'approcha de Vallentine avec un regard noir.

— C'est donc vous qui avez dérangé Julian en pleine nuit !

— *Moi ?* L-le déranger *lui* ? répéta Vallentine d'une petite voix incrédule. Ses hurlements faisaient trembler toute la maison bien avant mon arrivée dans la nursery pour rétablir l'ordre.

— Mais vous n'avez rien rétabli du tout, Lucian, si ? répondit Antonia. Et maintenant, je comprends pourquoi vous avez passé la matinée dans la nursery. Ce n'est pas parce que vous en aviez envie, mais parce que monseigneur vous a envoyé y faire pénitence. Mais peu importe, mon petit chéri, dit-elle en faisant des mamours à son fils. Heureusement que tu as deux parrains, car je sais qu'au moins, le deuxième s'intéresse sincèrement à toi…

— Hé ! Voilà qui n'est pas juste, grommela Vallentine.

— Il est trop tard pour que vous prétendiez vous intéresser à mon fils, l'interrompit Antonia d'un ton taquin.

Elle fit volte-face quand deux valets de pied ouvrirent en grand la double porte qui menait dans la salle à manger et que le majordome en sortit pour annoncer que le dîner était prêt.

Antonia parcourut brièvement du regard la salle à manger remplie de fleurs et poussa une exclamation de surprise. Des bacs de fleurs colorées parcouraient les murs comme dans le salon, mais ce fut en voyant la table qu'elle écarquilla un peu plus les yeux ; elle était dressée avec l'argenterie, la vaisselle en cristal et en porcelaine et de délicates fleurs colorées en pastillage dans des paniers en osier. La scène était baignée dans la lumière vacillante des bougies, un valet de pied en livrée se tenait derrière chaque chaise, et les nurses près du berceau ornementé. Antonia se tourna vers le duc avec un sourire larmoyant.

— Oh, Renard ! C'est… c'est parfait ! C'est celui-ci, mon meilleur anniversaire !

Puis elle se pencha vers son fils et murmura à son oreille :

— Et toi, mon ange, tu as le meilleur père du monde entier.

DIX-HUIT

— Vous avez vous-même façonné le bâton pour vous faire battre, en êtes-vous bien conscient ? lança Vallentine au duc d'un ton taquin quand ils suivirent Antonia dans la salle à manger décorée. L'année prochaine, elle s'attendra à des préparatifs encore plus élaborés pour l'occasion, avec encore plus de fleurs et de babioles, et Dieu sait quoi d'autre ! Ha, ha !

— Êtes-vous en train d'insinuer que je suis incapable de prendre soin de ma femme et de son bonheur, Lucian ? s'enquit Roxton d'une voix traînante, satisfait de constater que ses instructions avaient été suivies à la lettre et qu'Antonia était proprement surprise et ravie.

Lord Vallentine était trop fatigué pour se soucier de savoir si son ami se montrait cavalier ou non, même s'il estimait que c'était bien le cas. Il leva une main au ciel.

— Dame ! Vous y mettez pas, vous aussi ! J'ai passé une matinée épuisante à cause de vous. Instructive, mais épuisante. Ce dont j'ai besoin maintenant, c'est d'un verre de votre meilleur bordeaux et…

Il eut un sursaut et s'arrêta net avant d'atteindre sa chaise.

Le duc prit sa place en bout de table. Antonia s'installa à l'autre extrémité, déposant son fils dans son berceau avec l'aide des nurses. L'enfant ducal était appuyé sur des oreillers afin qu'il soit soutenu et bien calé, lui permettant également de bien voir les festivités, et en particulier sa mère, le berceau restant à portée de main pour elle. On lui donna un hochet, qu'il agrippa et agita dans tous les sens, faisant tinter les petites clochettes en argent, ce qui le fit gazouiller de bonheur.

Mais c'était le quatrième convive qui avait visiblement cloué les chaussures de Lord Vallentine au parquet. Martin Ellicott suivit les indications du duc et s'assit à sa gauche, juste en face de la chaise prévue pour Sa Seigneurie. Il s'agissait d'une disposition intime, les convives étant assez proches les uns des autres pour que la conversation puisse être entendue par tous. Cette disposition leur permettait également de faire circuler aisément les nombreux plats proposés sans nécessiter l'intervention des domestiques, même si des valets de pied devaient aller et venir avec les plats, car contrairement à la façon de procéder habituelle, ils ne pouvaient pas tous être servis à la fois à cause de la taille réduite de la table.

Vallentine avait remarqué que Martin Ellicott se tenait près du duc dans le salon, mais n'avait pas jugé que sa présence nécessitait le moindre commentaire. Après tout, ce n'était pas la première fois que le valet apparaissait à côté de son maître, et il n'était pas convenable de saluer les domestiques, à moins que cela ne soit nécessaire ou qu'on ait été invité à le faire. Il avait donc fait peu de cas de la présence d'Ellicott. Elle était liée à des raisons propres au duc, qui ne le regardaient en rien. Mais alors qu'ils s'étaient avancés dans la salle à manger, le valet les avait suivis, et il s'était non seulement installé à table – à la place qui aurait été occupée par l'épouse de Sa Seigneurie si elle avait été en assez bonne forme pour être présente –, mais un valet de pied était en train de remplir son verre et on avait placé une serviette pliée sur son genou gauche, comme s'il avait tout à fait le droit de s'asseoir à la table de son maître.

Lord Vallentine ne le comprenait pas et se dit qu'on devait lui faire une plaisanterie. Il rejoignit précipitamment sa place et se laissa lourdement tomber sur sa chaise, tirant la serviette sur son genou vêtu de soie avant d'appuyer les coudes sur la table et de prendre son verre, qui était à présent rempli de bordeaux. Il leva le menton et lança un regard en coin à Martin Ellicott avant de s'adresser au duc :

— Très bien. J'ai accepté ma punition pour ne pas avoir suivi les conseils experts de vos nurses et vous avoir imposé votre bébé qui hurlait à trois heures du matin, mais cette fois-ci je suis ébaubi. Quel tour êtes-vous en train de me jouer, hein ?

— Je vous demande pardon, Lucian ? Un tour ?

Vallentine ouvrit grand les yeux et désigna Martin Ellicott d'un geste de la tête – ce dernier s'était tourné vers la duchesse, qui avait dit quelque chose après s'être installée à table.

— Ça, dit-il dans un murmure feint. C'est la place d'Estée. Vous-savez-qui est assis à sa place !

— C'est la place de ma sœur, oui. Quand elle est là. Mais elle n'est pas là. À son retour, les chaises seront… hum… replacées en conséquence.

— Vous savez que ce n'est pas ce que je veux dire ! laissa échapper Lord Vallentine dans un sifflement bruyant, avant de se redresser et de faire claquer sa langue. Très bien. Comme vous voulez. Dame. Je vais accepter ce qu'il se passe, quoi que ce soit, car je suspecte que vous n'êtes pas à l'origine de tout ça, que vous n'êtes donc pas coupable. C'est l'anniversaire de la petite, après tout.

— Il n'y a pas de coupable à désigner, Vallentine, l'interrompit Antonia.

Elle l'avait entendu et avait su que quelque chose n'allait pas à sa table quand elle avait vu Martin baisser la tête et les yeux vers son assiette. Lui aussi l'avait entendu. Elle regarda le duc, et quand il lui adressa un sourire encourageant, elle lui rendit son sourire et continua :

— Je célèbre mon anniversaire avec les gens les plus importants au monde pour moi. Si madame avait été assez en forme pour être présente, le repas aurait été parfait. Mais tous les hommes sont là : mon époux et mon fils, ainsi que mon beau-frère, oncle et parrain de mon fils, et son deuxième parrain – qui se trouvent également être nos plus proches amis.

Elle se tourna vers Martin et lui dit d'un ton affectueux :

— Je ne pense pas que vous ayez été officiellement présenté à Sa Seigneurie, Martin. Lord Vallentine est le meilleur ami de monsieur le duc et le mari de ma belle-sœur, la sœur de monseigneur. C'est également-ment l'oncle de mon fils et son parrain, tout comme vous. C'est le meilleur épéiste de France et d'Angleterre, il est très courageux et intré-pide. Et Lucian, poursuivit-elle en se tournant vers Lord Vallentine, j'aimerais vous présenter monsieur Ellicott, un gentleman indépendant, qui est également le parrain de mon fils et un bon ami de monsieur le duc. Ils se connaissent depuis l'enfance. (Elle lança un coup d'œil à Martin, les larmes aux yeux.) Martin a sauvé ma vie et celle de mon fils, il est courageux et intrépide, lui aussi. Sur ce point, vous vous ressemblez beaucoup… Et ce que je souhaite, ce que monseigneur souhaite aussi, c'est que vous deveniez bons amis.

Après quelques secondes de silence, Martin recula sa chaise et se leva. Il s'inclina devant Vallentine, mais ce geste n'avait rien de servile ; c'était une marque de politesse, comme quand deux étrangers de même statut se saluaient dans la rue. Puis Lord Vallentine reposa sa serviette et se leva. Il regarda directement Martin, puis il s'inclina de la même manière, tel un homme rencontrant un étranger qu'il prendrait pour un pair. Puis il fit autre chose, quelque chose qui consolida l'affection de ses hôtes et qui mit tout le monde à l'aise. Il tendit la main pardessus la table.

— C'est un honneur de vous rencontrer, monsieur.

— C'est un honneur pour moi, milord, répondit Martin.

Ils se serrèrent la main, se rassirent et remirent leur serviette sur leurs genoux.

Antonia n'aurait pas pu rêver meilleure issue pour rendre son anniversaire plus spécial encore. Puis le duc la surprit. Il fit signe à un valet de pied, qui s'avança et déposa devant la duchesse un plateau en argent qui contenait plusieurs paquets emballés avec des rubans de diverses couleurs. Antonia fixa le duc.

— C'est pour moi ? Mais, vous m'avez déjà offert ce que je voulais pour mon anniversaire, monseigneur !

— Est-ce que quelqu'un d'autre fête son anniversaire aujourd'hui ? demanda Lord Vallentine en levant les yeux au ciel. Et ne les secouez pas comme l'année dernière ! ajouta-t-il en se penchant vers l'avant et en agitant un doigt vers le plateau en argent. Vous êtes une duchesse maintenant, il faut que vous soyez soucieuse du décorum…

— En tant que duchesse, je peux vous dire, Vallentine, que vous devriez arrêter d'être vieux jeu comme vous l'êtes toujours !

Antonia prit l'un des paquets et le montra à son fils.

— À ton avis, quel cadeau attend ta mère sous cet emballage, Juju ?

— Il ne peut pas vous le dire ! se moqua Vallentine.

Antonia ignora Sa Seigneurie et dit au duc :

— Nous devrions peut-être manger d'abord, puis j'ouvrirai mes cadeaux avec le café et les gâteaux.

— Si c'est ce que vous préférez.

— Non ! Pas cette fois ! déclara obstinément Vallentine. Je refuse. Et puis, je sais ce que contient l'un de ces cadeaux, nous pourrions donc peut-être commencer par celui-ci ?

— J'aimerais pouvoir dire que je veux satisfaire la curiosité de Lucian, dit le duc, mais en vérité, c'est moi qui suis impatient. Voulez-vous bien nous faire le plaisir de regarder vers la cheminée derrière vous, mignonne ?

Antonia s'exécuta et en voyant ce qui l'attendait, elle plaqua ses mains sur ses joues.

Des valets de pied avaient soigneusement déplacé les bacs de fleurs, les paravents et le grand drap en lin, révélant la plus magnifique des chaises à porteurs. Ce véhicule personnel, sur ses quatre côtés, avait été peint avec des couleurs vives représentant des scènes bucoliques sur un fond doré et laqué au vernis Martin. Des boiseries dorées dans lesquelles des feuilles d'acanthe et des bouquets de fleurs avaient été sculptés bordaient les trois panneaux vitrés et les armoiries ducales des Roxton avaient été peintes sur la porte et sur le panneau arrière. Le tout était surmonté par du cuir noir tendu et retenu par des clous en cuivre, formant un toit en dôme qui était orné, à son sommet, d'une couronne ducale en bois doré.

Elle se retourna vers le duc.

— Elle est à moi ?

— Il était inconcevable pour moi que ma duchesse se déplace dans Versailles autrement que dans sa propre chaise.

— J'ai vu des grandes dames parcourir les couloirs du palais et les jardins dans leurs belles chaises, mais je n'aurais jamais pensé en avoir une à moi ! Et celle-ci est magnifique.

— Madame la duchesse de Roxton ne mérite rien de moins.

Quand elle hésita, le duc sourit et lui dit :

— Je vous en prie. Allez l'inspecter de plus près. Vallentine et son estomac peuvent attendre.

Antonia se précipita vers la cheminée et tourna autour de la chaise en sautillant, examinant les quatre côtés. Elle regarda par les fenêtres, puis elle ouvrit la porte. Et quand elle passa la tête dans le véhicule, elle en découvrit l'intérieur opulent. La banquette capitonnée en velours de laine à motif floral était équipée d'accoudoirs. Les murs et le plafond étaient tapissés d'un motif similaire, tandis que les rideaux des trois fenêtres étaient en soie damassée et dorée. Une pendulette d'officier en or se trouvait à côté de la banquette rembourrée, dans un renfoncement sous la fenêtre de droite. Sous la fenêtre de gauche, elle trouva une pochette qui pouvait contenir quelques petits objets dont elle pourrait avoir besoin, comme un éventail, son livre de prières ou un miroir à main.

La chaise à porteurs était de très belle facture et n'avait pas d'égal. Mais ce n'était pas cette élégante chaise en elle-même qui ferait écarquiller les yeux des têtes qui se tourneraient sur son passage ; c'étaient les deux imposants porteurs dans leur livrée. Ils se tenaient d'un côté de la cheminée telles des sentinelles, un harnais en cuir brillant et en cuivre ajusté sur leurs larges épaules. Ils tenaient chacun, dans une grande main gantée, un long brancard en bois peint qui, une fois glissé dans son support de chaque côté de la chaise, servait à la soulever entre eux et à transporter sa passagère là où elle le souhaitait.

Antonia céda à son envie de relever ses jupons en soie, de grimper dans la chaise et de fermer la porte. Elle s'installa sur la banquette rembourrée et regarda autour d'elle avec émerveillement. Puis elle abaissa la fenêtre et passa la tête à l'extérieur, rayonnante de bonheur.

— Elle est assez grande pour que Julian s'asseye sur mes genoux et regarde par la fenêtre !

— Si vous comptez emmener l'enfant ducal avec vous, c'est bien dommage qu'il n'y ait pas assez de place pour emmener aussi l'une des nurses, lança malicieusement Lord Vallentine. À votre place, je ne quitterais pas la maison sans au moins l'une d'entre elles, deux de préférence.

— Ce véhicule dont vous parlez s'appelle un carrosse, Lucian, intervint le duc d'une voix traînante en indiquant aux deux porteurs qu'ils pouvaient se retirer. Devrions-nous commencer à manger sans vous, ma belle ? demanda-t-il à Antonia d'une voix entièrement différente.

— Oh, allez-y ! Je suis trop excitée et heureuse pour manger, annonça-t-elle à la fenêtre de la chaise à porteurs, s'accordant encore quelques instants pour en inspecter l'intérieur opulent.

— Ces deux-là donnent l'impression de pouvoir soulever un carrosse ! fit remarquer Vallentine en observant les porteurs partir avec leurs brancards. Je me réjouis de constater que vous veillez à ce qu'elle soit bien protégée quand elle se déplace sans vous, ajouta-t-il à voix basse pour le duc.

— Ils ont reçu mes ordres et ma bénédiction pour faire le nécessaire.

— Vous pensez… ? Pardonnez-moi, Votre Grâce, dit Martin en anglais et à voix basse également, suivant leur exemple et faisant de son mieux pour modérer son inquiétude. Assurément, aucune menace immédiate ne doit peser sur la duchesse, si ?

— Si c'est de mon cousin exilé à Limoges que vous parlez, alors non, mais…

— On n'est jamais trop prudent ! Dame ! l'interrompit Vallentine en serrant les dents. Et tant que ce ver de terre n'est pas mort et enterré avec ses amis vers de terre, nous devons tous rester vigilants.

— Bien sûr, milord, approuva Martin. Je vais…

— Nous en discuterons plus tard ! siffla Lord Vallentine en attrapant le plat couvert le plus proche et en feignant de s'intéresser à ce qu'il contenait, car Antonia était sortie de la chaise à porteurs et en refermait la porte.

Elle courut vers le duc, qui avait posé ses couverts en argent.

— Merci ! dit-elle en l'embrassant sur la joue. Vous êtes trop bon avec moi, comme toujours. Vous me gâtez.

— Vous gâter est ma prérogative. Cela me fait plaisir de vous offrir ces petits quelque chose, ma fée, autant que cela vous fait plaisir de les recevoir. Le plaisir est partagé. Vous comprenez ?

Quand elle hocha la tête, il serra ses doigts et lui dit doucement :

— Vous devriez peut-être manger, vous aussi ?

— Je vais manger, et ouvrir les petits cadeaux en même temps.

Les gentilshommes se passèrent les plats, à commencer par quatre types différents de soupe, avant de remplir leur assiette avec un assortiment de viandes rôties et de spécialités gastronomiques à base de légumes. Pendant ce temps, Antonia dégustait un bol de velouté à la crème de poulet et picorait dans les différents plats proposés. Entre ces divers plats, elle déballa ses cadeaux, donnant les emballages et les rubans à son fils pour qu'il joue avec. À chaque fois qu'elle ouvrait un paquet, elle prenait beaucoup de plaisir à montrer d'abord ce qu'il contenait à son fils avant de partager son contenu avec les autres convives.

Madame et Vallentine lui avaient offert une bonbonnière en porcelaine peinte qui avait la forme d'un whippet endormi, pelotonné sur lui-même. Une fine chaîne en or fixée au couvercle à charnière se terminait par une petite pince qui permettait d'attacher la bonbonnière au nécessaire d'Antonia. Elle envoya un baiser à Vallentine pour le remercier, auquel il répondit en agitant sa fourchette.

La deuxième boîte contenait un marque-page en soie et en velours. Une délicate gerbe de fleurs était brodée sur tout le long et il se terminait en une frange. En son centre, les initiales A et R étaient finement cousues, entrelacées, dans un cadre ovale. Une petite note dans la boîte disait simplement « De la part de M.E. ».

— Merci, Martin. Je le chérirai et m'en servirai tous les jours. Il est encore plus spécial, car il a été confectionné par vos soins. N'est-ce pas ?

— En effet, madame la duchesse, répondit-il avec un sourire timide. Vous avez découvert mon passe-temps lors de notre traversée pour aller en Angleterre, non ?

— Puis je vous ai forcé à m'en parler. C'est un maître de la couture, monseigneur, déclara-t-elle fièrement en donnant la boîte contenant le marque-page à Martin pour qu'il la transmette au duc. C'est la mère de Martin qui lui a appris à coudre.

— Elle a la ferme conviction que pour exceller dans sa vocation, il faut être expert dans de nombreux domaines, la couture étant l'un d'eux, expliqua Martin en donnant la boîte au duc. La broderie est simplement une extension de cette compétence et quelque chose que j'aime faire quand le temps m'appartient.

— C'est très impressionnant, le complimenta le duc en inspectant son art à travers son lorgnon. Je vois que vous aurez de quoi occuper vos soirées, si jamais vous ne souhaitez pas jouer aux cartes ou que vous trouvez nos conversations ou les divertissements proposés insipides.

— Jamais rien chez vous n'est insipide, Votre Grâce.

— Vous réussirez peut-être mieux que ma femme à convaincre la duchesse d'apprendre à se servir d'un tambour à broder, commenta Vallentine, tout en sachant qu'il provoquait Antonia et en suivant d'un œil distrait les valets de pied qui faisaient des allées et venues pour remplacer les plats découverts et vides par de nouveaux mets.

— Mais pourquoi devrais-je apprendre à me servir d'un tambour alors que nous avons maintenant deux très bons brodeurs dans la famille ? Et ne me dites pas qu'il faut que je sache m'en servir pour quand monsieur le duc et moi aurons une fille, car je pourrai faire appel à Martin ou à madame pour lui apprendre à manier l'aiguille à la perfection. Le problème se règle tout seul.

— Ce serait un honneur, madame la duchesse, déclara Martin.

— Vous n'allez pas prendre son parti contre moi, vous aussi ! se plaignit Lord Vallentine avec bonhomie en tendant la main vers le plat couvert le plus proche. Je suis déjà en position de faiblesse, entre Roxton et ma femme qui refusent de prendre parti. Et je ne peux jamais gagner contre elle, vous savez. Elle a la manie de déformer mes paroles…

— Le fait qu'ils ne prennent pas parti ne signifie pas qu'ils sont de mon côté, Lucian, l'interrompit Antonia en asseyant son fils sur ses genoux, sur un coussin que la nurse avait placé là.

Elle regarda le duc avec un sourire espiègle avant de dire à Vallentine :

— Cela signifie seulement qu'ils ne sont pas du vôtre.

— Voyez ce que je veux dire ? grommela Vallentine à Martin.

Il souleva le couvercle d'un plat et ses yeux s'illuminèrent quand il découvrit de la truite à l'ail et à la sauce aux amandes. Il s'en servit une portion et proposa le plat à Martin.

— Essayez ça, l'encouragea-t-il.

Il lança un coup d'œil à Antonia et, constatant que son attention semblait accaparée par son enfant, il ajouta sur le ton de la confidence et avec un clin d'œil :

— L'ail et la sauce aux amandes accompagnent délicieusement la truite, mais ce n'est pas quelque chose que je peux manger quand ma femme est là.

— Peut-être parce que c'est un plat plein d'amandes qui, comme le nougat de Montélimar que vous devriez également éviter de manger, vous donne des vents excessifs ? déclara Antonia d'un ton neutre en attrapant son troisième cadeau et la note qui allait avec.

Mais en entendant des ricanements étouffés et des bafouillements, elle releva les yeux et s'aperçut que Lord Vallentine secouait la tête en marmonnant quelque chose d'incohérent, tandis que le duc et Martin appuyaient leur serviette contre leur bouche.

— Mais… Lucian, le souci doit bien venir des amandes, non ? Je ne comprends donc vraiment pas pourquoi vous continuez à en manger, dit-elle, perplexe, en se tournant vers le duc pour avoir sa confirmation. S'il mange des amandes, il a des vents. Madame s'en plaint et dit que Lucian insiste toujours pour en manger, même si elles ne lui réussissent pas. Y a-t-il un problème dans ma mise en garde, monseigneur ?

Le duc baissa sa serviette et s'efforça de prendre un air de préoccupation polie.

— Je ne pense pas que Lucian ignore ce petit tracas, ma vie. Simplement, il est gêné que vous évoquiez sa… hum… malheureuse condition aussi-aussi… *ouvertement*.

Antonia leva une main au ciel, déconcertée.

— Mais, madame le fait tout le temps, et même à table. Et si Lucian n'en avait pas parlé à l'instant, je n'en aurais pas parlé non plus.

— Je n'ai pas parlé de… Oh, très bien ! Dame ! concéda Vallentine quand Antonia ouvrit grand les yeux. J'y ai fait allusion, mais je n'en ai pas parlé. Et Estée me met peut-être en garde quand nous sommes à table, ajouta-t-il dans un grommellement embarrassé, mais elle ne le fait que quand nous sommes entre nous.

— Mais nous sommes entre nous en ce moment même, Lucian, déclara fermement Antonia.

Elle embrassa le dessus du bonnet blanc de son fils avant de lancer un sourire au duc par-dessus la table et d'ajouter à voix basse :

— Il n'y a que des membres de la famille autour de cette table.

— Si Sa Majesté peut supporter que chaque détail de son fonctionnement corporel soit rapporté au monde entier, Lucian, alors vous pouvez sûrement supporter que votre épouse et votre belle-sœur se soucient de votre santé, fit remarquer le duc en prenant son verre à vin et en adressant un clin d'œil à la duchesse. Le voir autrement reviendrait à se plaindre de ce qui n'est rien de plus qu'une… hum… puisque nous parlons franchement… bouffée d'air chaud…

Pour changer de sujet et parce qu'il était curieux de savoir ce que contenait le cadeau de madame de Chavigny, que le chevalier Montbelliard avait tant insisté pour remettre à Antonia en mains propres, il demanda :

— S'agit-il du cadeau de tante Victoire, ma belle ?

Elle hocha la tête et leva les yeux, distraite par la note qu'elle avait trouvée dans l'emballage cadeau.

— Trois jolis mouchoirs bordés de dentelle et sur lesquels sont brodées mes initiales.

— Des mouchoirs ? En tout cas, notre fils voit ce cadeau d'un bon œil, répondit le duc avec un large sourire en observant son enfant jouer avec l'un des mouchoirs qu'il tenait dans ses deux poings et sur lequel il tirait avec acharnement. Voulez-vous bien nous faire part de ses vœux d'anniversaire ? demanda-t-il d'un ton léger en buvant une gorgée de vin.

Antonia n'eut aucune hésitation avant de révéler le contenu de la note.

— Curieusement, elle n'est pas écrite de sa main. Elle a peut-être demandé à sa dame d'honneur de la rédiger pour elle, car son arthrite la fait beaucoup souffrir à cette période de l'année. Elle me souhaite de passer une très bonne journée avec vous et notre fils… et elle est impatiente de nous voir, mais surtout de voir à quel point Julian a grandi.

Antonia plia la note et la remit dans la boîte avec deux des trois mouchoirs, puis elle la glissa sur la table pour qu'elle soit hors de portée de leur bébé. Le duc insista dans son interrogatoire, car il savait que la note devait dire autre chose qu'elle n'avait pas révélé, possiblement parce qu'elle voulait le protéger des conséquences de cette note.

— Indique-t-elle quand elle pense arriver ? Elle m'a assuré qu'elle serait là bien avant votre présentation à la cour.

Antonia croisa son regard noir et dit avec un petit soupir de résignation :

— Je ne sais pas pourquoi j'essaye de vous cacher des choses, car vous le devinez toujours ! Et puisque vous m'avez posé la question, je vais vous répondre. Mais je sais que vous ne serez pas content d'elle, et je ne voulais pas gâcher notre journée. Tante Victoire dit que ce n'est pas sa faute, mais que pour éviter une querelle familiale, elle ne peut plus venir séjourner chez nous.

— Tante Victoire a toujours été… hum… influençable, commenta le duc avec un sourire en coin.

— Influençable ? ricana Vallentine. Il suffirait de souffler sur cette vieille tante pour que ses opinions s'envolent dans le sens opposé !

— Il vaudrait mieux que vous lisiez vous-même ses excuses, dit Antonia en faisant passer la note de madame de Chavigny au duc par le biais de Martin.

Roxton lut attentivement la note à travers son lorgnon. Pendant ce temps, les autres convives finirent ce qui restait dans leur assiette et vidèrent leur verre de vin. Mais Antonia voyait bien que le duc était loin d'être satisfait et faisait de son mieux pour ne pas le montrer, elle dit donc gaiement, pour rompre le silence :

— Peu importe chez qui tante Victoire a choisi de séjourner – que ce soit une sœur ou une nièce –, ce sera l'occasion parfaite pour aller lui rendre visite dans ma magnifique nouvelle chaise, n'est-ce pas ?

En entendant cela, le duc laissa se calmer la tempête de mécontentement qu'il ressentait envers sa famille Salvan. Il s'occuperait d'eux le lendemain. Il leva son verre et rendit son sourire à Antonia.

— Tout à fait, ma belle.

— Selon moi, tante Victoire a pris de bien mauvaises décisions dans sa vie, mais s'attirer votre mécontentement doit compter parmi les pires ! ricana Vallentine en grignotant une aile de perdrix à la sauce à l'ail avant de désigner le duc du petit os qui lui restait. Si j'étais du genre à parier, je dirais que le fait que vous avez besoin d'elle pour cette présentation l'a poussée à agir imprudemment d'une manière ou d'une autre, ou dans quelque projet.

— Comme vous êtes perspicace, Lucian. Vous avez peut-être raison, ou alors sa sœur et sa nièce utilisent cette histoire de querelle familiale et tante Victoire pour… hum… me forcer la main, car elles attendent quelque chose de *moi*.

— Mais, si elles attendent quelque chose de vous, monseigneur, riposta Antonia, pourquoi ne se contentent-elles pas de vous le demander ? Elles auraient alors leur réponse.

— Elles ont peur, déclara Vallentine. De la réponse et de votre mari…

— C'est ridicule ! déclara Antonia avec véhémence. De quoi auraient-elles peur, alors que la réponse de monseigneur ne sera jamais injuste ?

Le duc inclina la tête avec un sourire.

— Merci, ma vie.

Il plia la note et la tendit à Martin pour qu'il la rende à Antonia, qui la glissa dans la boîte avec les mouchoirs. Puis il dit à Lord Vallentine de façon énigmatique :

— Quand la question vous viendra, Lucian, voilà la réponse.

Vallentine ne savait pas du tout ce que voulait dire son meilleur ami, mais il soupçonnait un fort lien entre ses propos et les femmes de la famille Salvan qui soutenaient la cause du chevalier Montbelliard. Il abandonna toute autre question, sauf une :

— Entre quelle sœur idiote et quelle nièce écervelée tante Victoire doit-elle choisir pour son séjour à Versailles ? Il doit y avoir au moins une douzaine de chaque.

— La… hum… querelle est entre tante Philippa et sa belle-fille, Marie-Louise, duchesse de Touraine…

— *Comment ?* Philippa la Pieuse ? laissa échapper Lord Vallentine avec une grimace de dégoût. Et Touraine la Terreur ? Je préfère passer du temps dans une nursery pleine de gamins qui hurlent et qui puent plutôt qu'une heure en compagnie de l'une de ces mornes dames. Et j'en sais quelque chose ! J'ai accompagné Estée chez tante Victoire deux fois. Tante Philippa et madame de Touraine étaient toutes les deux présentes et elles étaient *toutes* en train de se quereller ! Ne me demandez pas à quel propos, dame, mais Estée s'est rapidement jetée dans la mêlée. Je m'étais retiré pour admirer les massifs.

— Vous y êtes allé deux fois ? s'enquit le duc en haussant les sourcils, sa bouche tressaillant. Je ne savais pas du tout que courtiser ma sœur avait été une telle épreuve pour vous.

— Une épreuve ? répéta Vallentine en levant les yeux au ciel. Vous avez pas idée ! (Il souffla de l'air, faisant trembler ses lèvres, et secoua la tête.) Je préférerais dormir dans un fossé que chez n'importe laquelle d'entre elles !

Ils se mirent tous à rire autour de la table, puis Antonia prit une grande inspiration et regarda Vallentine comme si elle était excessivement choquée.

— Oh que non ! se plaignit Sa Seigneurie. Vous ne pouvez pas me réprimander d'exprimer à voix haute ce que nous pensons *tous* de tante Philippa et de madame de Touraine…

— Non ! Non ! Je me moque complètement de ce que vous pouvez dire à leur propos. D'ailleurs, vous avez tout à fait raison. Non. Ce que je veux, Lucian, c'est que vous refassiez ce que vous venez de faire. S'il vous plaît.

Sa Seigneurie fronça les sourcils.

— Ce que je viens de… ?

— Ce drôle de bruit que vous avez fait avec votre bouche.

— Mais, pourquoi est-ce que… ?

— Renard ! Avez-vous vu ? s'enquit Antonia, les yeux pétillants d'enthousiasme. Avez-vous entendu ?

Le duc n'avait ni vu ni entendu, mais il se doutait que sa joie avait tout à voir avec leur enfant, qui avait levé la tête vers elle en entendant sa voix.

— Lucian, si vous voulez bien faire plaisir à la duchesse.

— Très bien. Mais tout ce que j'ai fait, c'est souffler ainsi.

Vallentine s'exécuta et s'apprêtait à demander pourquoi il devait s'abaisser aux facéties d'un bouffon quand il sursauta à son tour en entendant un bruit inhabituel. Il regarda d'abord Antonia, puis le duc, et enfin Martin. Ils l'avaient tous entendu, car ils restèrent tous ahuris pendant un instant.

Le petit lord, Julian Renard Hesham, marquis d'Alston et héritier du duché des Roxton, venait de vivre une nouvelle étape capitale dans son développement en produisant son premier gloussement. Il était en train de regarder sa mère, mais à l'instant où Lord Vallentine avait soufflé de l'air entre ses lèvres pour la deuxième fois, il avait tourné la tête pour regarder directement la source d'un bruit aussi étrange. Lord Vallentine recommença une troisième fois, comme pour s'assurer et pour prouver aux autres convives qu'il était bien à l'origine des gloussements du petit lord. Et sans surprise, le bébé ducal gloussa et continua à glousser. Il s'agissait d'un petit gargouillis de bonheur tellement contagieux qu'il dessina un grand sourire sur les visages de tout le monde.

Cependant, quand il y pensa plus tard ce même soir alors qu'il se préparait à aller dormir, Vallentine se demanda, et ce n'était pas la première fois, si peut-être ces rires n'avaient pas seulement été une réaction à la nouvelle capacité de son neveu à glousser, mais aussi provoqués par lui. Car après avoir satisfait la demande d'Antonia en soufflant de l'air entre ses lèvres pour faire glousser son fils encore plus, il avait ajouté les grimaces à son répertoire. Il était émerveillé de constater tout ce que pouvaient faire les adultes pour amuser les très jeunes.

Mais au bout du compte, cela n'avait aucune importance. Ils s'étaient tous beaucoup amusés pendant le repas d'anniversaire de la duchesse. En revanche, il regrettait d'avoir été têtu et de ne pas avoir écouté ses conseils. Si seulement il avait eu la détermination de se priver de truite à la sauce aux amandes ; il passa une bonne partie de la nuit à se sentir ballonné et nauséeux, ce qui lui donna une meilleure appréciation des maux de ventre de son neveu. Mais il n'avouerait jamais cela à Antonia. Et il craquerait de nouveau. Mais pas le lendemain, ni le surlendemain. Il se passerait peut-être d'amandes et de nougat de Montélimar pendant un mois. Après avoir pris cette décision, Vallentine put enfin sombrer dans le sommeil. Il espérait dormir jusqu'en fin de matinée. Il savait que ses nuits ininterrompues étaient comptées – il lui restait cinq mois. Il comptait les jours jusqu'à l'arrivée de son propre petit rayon de soleil. Il était impatient !

FIN – POUR L'INSTANT...

Découvrez la suite des événements après la fin heureuse dans le troisième livre de la saga : *Son Duc*.

Explorez les personnes réelles, les lieux et les objets mentionnés dans l'histoire sur le tableau Pinterest de Lucinda Brant dédié à la saga de la fondation des Roxton.